ein Ullstein Buch

Ullstein Buch Nr. 3017
im Verlag Ullstein GmbH,
Frankfurt/M – Berlin – Wien

Ungekürzte Ausgabe

Umschlagentwurf:
Kurt Weidemann

Mit freundlicher Genehmigung
des Carl Hanser Verlag, München

Printed in Germany 1973
Gesamtherstellung:
Ebner, Ulm
ISBN 3 548 03017 3

# Ansichten einer künftigen Germanistik

Herausgegeben von
Jürgen Kolbe

ein Ullstein Buch

Inhalt

## Vorbemerkung des Herausgebers

Daß die Krise der Germanistik in Kritik überzugehen habe, ist schon eine einigermaßen betagte Forderung. Es scheint an der Zeit, neben der Kritik und über sie hinaus nun auch Aussichten darauf zu bieten, wie es in dieser vielgeschmähten Disziplin weitergehen soll. Beides, die kritischen Einwände und die künftigen Möglichkeiten, versucht dieser Band vorzuführen. Denn zweifellos bleiben die konstruktiven Programme akademische Fiktion, wenn sie nicht von der Reflexion über die ideologisch belastete Tradition und der vielen kaum noch erträglichen Praxis dieses ›Massenfachs‹ ausgehen. Erst die Kritik macht das Modell glaubwürdig – und umgekehrt.

Natürlich sind beim derzeitigen Zustand der »Wissenschaft von deutscher Sprache und Literatur« keine ein für allemal lindernden Rezepte gegen die herrschende Misere zu erwarten. Aber es gibt ernstzunehmende Vorschläge. Der Kreis derer, die dazu imstande und bereit sind, beschränkt sich nicht auf die Mitarbeiter dieses Bandes. Nicht alle, die einer fortschrittlichen Germanistik das Wort reden, konnten aufgefordert werden. Einige prominente Literaturwissenschaftler verzichteten aus den verschiedensten Gründen auf eine Mitarbeit. Immerhin gehört es ja auch nicht zur üblichen Praxis dieser Disziplin, über die Voraussetzungen und Bedingungen des Germanistenberufs kritische und überdies noch öffentliche Rechenschaft abzulegen. Beiläufig verrät schon die Entstehungsgeschichte des vorliegenden Sammelbandes die Schwierigkeiten der Germanisten, über die Germanistik zu schreiben. Um so mehr ist den Mitarbeitern zu danken; denn so wie die Dinge liegen, gehört schon – gleichviel ob Student oder Ordinarius – eine Portion Zivilcourage dazu, die eingefahrenen Kreise durch Grundsatzreflexionen zu stören und dabei noch den möglichen Widerspruch zum Nachbarbeitrag in Kauf zu nehmen.

Ohne Absicht ergab sich jedoch eine bemerkenswerte und überraschende Wahlverwandtschaft der Ansichten darüber, in welcher Richtung sich eine künftige Germanistik zu ändern habe. Sprach- und Literaturwissenschaft werden, wenn sich verwirklicht, was dieser Band projiziert, in Zukunft anders aussehen als bisher. Literaturgeschichte und die »Kunst« der Interpretation treten zugunsten linguistischer Fragestellungen in den

Hintergrund. Im gleichen Maße wird das Verhältnis zwischen akademisch-wissenschaftlicher Ausbildung und pädagogischer Praxis des Philologen neu bestimmt. Dabei spricht für die vorliegenden Entwürfe, daß sie sich nicht auf wissenschaftstheoretische Erörterungen beschränken, sondern konkrete und detaillierte Modellpläne anzubieten haben. Auch deshalb sollte der Band nicht allein für Germanisten diskutabel sein. Die Problematik der anderen Philologien ist mindestens am Rande eingeschlossen.

Die Mitarbeiter sind Studenten, Assistenten, Professoren und Schriftsteller mit germanistischer Vergangenheit. Eine Harmonie derer, die wissenschaftlich mit Literatur umgehen, soll damit nicht suggeriert werden; immerhin aber die Möglichkeit der Diskussion.

*Zur 2. Auflage:*

Die Hoffnung, daß die »Ansichten einer künftigen Germanistik« in der Wissenschaft von der Literatur etwas in Bewegung bringen, hat sich – über die lebhafte kritische wie zustimmende Resonanz in der Öffentlichkeit und in der Universität hinaus – wenigstens in einem Falle erfüllt. Ein Arbeitskreis aus Studenten, Assistenten, Professoren und Schriftstellern, eingeladen von der neuen Universität Bielefeld, einigte sich – ausgehend vor allem von den Studienmodellen Wolfgang Isers und Harald Weinrichs – auf ein »Memorandum zur Reform des Studiums der Linguistik und der Literaturwissenschaft«, das am Ende dieses Bandes abgedruckt wird. Die darin zusammengefaßten Thesen berücksichtigten auch die künftige Praxis des Literatur- und Sprachunterrichts in der Schule. Nicht zuletzt deshalb sind davon konkrete Veränderungen zu erwarten.

J. K.

# I. Kritik

## Reinhard Baumgart:

## Was soll Germanistik heute? Vorschläge zur Reform*

Um es gleich zu sagen: Zuständig für irgendwelche Vorschläge, für Antworten auf diese Frage bin ich nicht. Obwohl, ich weiß nicht, wer ist das eigentlich? Wie lange bleibt man denn »Germanist«? Darf einer sich so noch fünfzehn Jahre nach der Promotion nennen und auch, wenn er wie ich ziemlich eilig, nur gut vier Jahre studiert hat, worin sich nicht eben viel Liebe zum Fach ausdrückt?

Jedenfalls, ich bin nicht mehr auf dem sogenannten laufenden, habe die Sekundärliteratur und sogar die meisten ihrer Opfer sehr aus den Augen verloren, kein Fachmann, also, auch kein Fachidiot, eine dürftige Legitimation. Aber immer, wenn ich die jüngsten Germanisten ihre Sorgen bereden höre, staune ich. So verjährt, höre ich dann heraus, sind meine eigenen Erfahrungen mit der Germanistik also doch nicht. Was sie soll, weiß sie offenbar seit 1945 nicht mehr so pathetisch und selbstsicher wie früher.

Wieder einmal und aufsässiger als je wird die Frage nach dem gesellschaftlichen Nutzen auch dieses Fachs gestellt. Sie radikal zu beantworten, wäre so einfach wie fruchtlos. Denn, machen wir uns keine Illusionen: Was wäre denn, gäbe es ab morgen früh keine Germanistik mehr? Hätten wir dann bald eine andere Literatur oder Literaturkritik, andere, bessere oder schlechtere Kulturredaktionen oder Theaterspielpläne? Ich zweifle. Selbst der Deutschunterricht würde an den Schulen wohl weiterlaufen, wie er schlecht und recht läuft. Didaktik, wie sie dort gebraucht wird, lernt man an den Universitäten nicht, auch keine Methodik des Aufsatzschreibens. Die ältere Germanistik wiederum, mit der Studenten fast die Hälfte ihres Studiums zubringen, kommt im Laufe von neun Oberschuljahren nur auf ein paar Wochen zu Wort. Die Bundesrepublik

* Dieser Aufsatz ist die verkürzte Niederschrift eines im Juni 1968 vor der Germanistischen Fachschaft der Universität Freiburg/Br. nach Stichworten gehaltenen Referats; er wurde in DIE ZEIT vom 18. 10. 1968 veröffentlicht.

ohne Germanistik also, die wäre wohl mit bloßem Auge nicht zu unterscheiden von der heutigen, sie sähe sicher nicht aus wie ein Land nach der Kulturrevolution.

Diese radikale Vermutung ließe nur einen lakonischen Schluß zu: Nichts mehr kann und soll Germanistik heute.

Doch ich möchte, ein bißchen kleinlauter und konkreter, trotzdem fragen: Könnte diese Disziplin zeitgemäßer sein, als sie offenbar ist, und dann wie? Kann sie ihren Forschungsgegenstand für Zeitgenossen produktiv machen? Ihren Forschungsgegenstand, das heißt, die ganze literarische Überlieferung.

Denn so billig es sein mag, schon in der Auswahl einmal andere Akzente zu setzen, also etwa die lange verdrängte Linke der deutschen Literatur neu ans Licht zu befördern, ob Forster oder Herwegh oder Toller, auch Wieland, auch Heine – als einziger Ausweg in die Aktualität wäre das doch zu billig. Der neue Stoff würde bald ausgehen. Die neue Parteilichkeit würde auch ein allzu schmeichelhaftes Bild von deutscher Tradition, deutschen Kontinuitäten malen. Könnte also Literaturwissenschaft nicht nur an neuem Stoff, sondern erst recht durch Abschied von alten Methoden und Institutionen produktiv werden?

Die Grenzen ihrer Möglichkeiten sind auf den ersten Blick einzusehen. Zugegeben, sie ist eine Erinnerungswissenschaft, eine historische, und Erinnerung hat es notorisch zu tun mit dem, was vorbei ist, sich nicht mehr ändern läßt. Da wird Rezeptivität leicht gemacht, Produktivität fällt schwer. Doch jede Erinnerung braucht schließlich ein Subjekt, sie ist relativ, und das wäre meine erste Erwartung: daß die Subjekte der Germanistik, ihre Produzenten, daß Germanisten unsere Zeitgenossen sind.

Das klingt bescheiden bis zur Banalität, selbstverständlich ist es nicht.

Mir jedenfalls schien Germanistik geradezu ein Training, das alle Organe für die Gegenwart und also auch für die aktuelle Literatur verschließt. Erzieht sie nicht zu einem Umgang etwa mit Goethe, der immun macht etwa gegen das Letzte von Günter Eich? Wenn sie wirklich Literaturwissenschaft sein will und nicht bloß Deutschkunde, dann erstaunt die Kontaktlosigkeit der meisten ihrer Vertreter zu dem, was heute Literatur ist. Erst wenn der Rang eines Autors bestätigt, wenn er heilig oder doch selig gesprochen ist, beginnt sie sich ihm – und dann auch gleich ehrfürchtig – zu nähern, vorgestern Carossa und Hesse, jetzt schon Brecht oder Benn. Gegenüber der eigentlich zeitgenössischen Literatur herrscht fast nur Ratlosigkeit oder Schweigen, gelegentlich unterbrochen von Fehlurteilen *ex cathedra,* die mit Vorliebe Handwerksleistungen nach bewährten Mustern, also Epigonalitäten, zu Kunstwerken ausrufen.

Produktiv aber, statt nur museal, könnte Germanistik doch nur dann sein, wenn sie von der Gegenwart aus Vergangenheit reflektiert, wenn ein zeitgenössisches Bewußtsein und Literaturbewußtsein ihr Ausgangs- und Bezugspunkt wird. Ihre Aufgabe wäre dann nicht nur das Gegenwärtigmachen alter Texte, also deren Behandlung als Gegenstände *gegenwärtiger* Reflexion, sondern auch das Historischmachen der neuen und der neuesten Texte, ihre Behandlung als Gegenstände gegenwärtiger *Reflexion.* Wenn sie etwas produzieren kann, dann mehr als nur ästhetische, nämlich eine historische Sensibilität, und das, allerdings, wäre eine schon politische Aufgabe.

Obwohl, es klingt zunächst wohl eher harmlos, wenn ich mir eine Germanistik wünsche, die sich versteht als historische Poetik, mit den Produktionsweisen, den Wirkungsarten und Rezeptionsverläufen literarischer Werke als Lehr- und Forschungsgegenstand. Doch schon das hätte Konsequenzen. Man könnte sich dann eben nicht mehr illusionär verbrüdern mit den fernen Zeiten und Werken, sondern hätte gerade deren Fremdheit herzustellen, als eine allerdings verstehbare Fremdheit. Über die fremden Dokumente gebeugt, ließe sich dann nicht mehr sagen: Das ist faustisch, das ist Iphigenien-Humanität, das ist Biedermeier-Bescheidung, nimm's probeweise als Vorbild, mach's innerlich fromm nach, sondern nur: So war das einmal, das sind nicht wir, das ist aber immerhin unsere Vergangenheit. Vorbei wäre es dann auch mit den sublimen Einempfindungskünsten der sogenannten werkimmanenten Interpretation.

Worauf diese hinausläuft, dieses legitime Kind der inneren Emigration im »Dritten Reich«, das hat mit Genauigkeit und Wut der Berliner Student und SDS-Ideologe Peter Schneider erzählt:

»Wir sind so verdammt immanent gewesen. Als wir den Prinzen von Homburg durchgenommen haben, da haben wir den

Prinzen von Homburg durchgenommen. Als er verzweifelt war, weil er einen sinnlosen Befehl nicht befolgte, da haben wir uns nicht gefragt, wieso er deswegen verzweifelt war. Als er sich auf seinen Tod vorbereitete, da haben auch wir uns auf seinen Tod vorbereitet. Als er sich eine Augenbinde anlegen ließ, da haben auch wir uns eine Augenbinde anlegen lassen. Und als sich der Kurfürst mit ihm versöhnte, da waren auch wir versöhnt. Wir waren alles. Wir waren groß und erhaben wie Schiller, wenn wir Schiller lasen, krank und ironisch wie Thomas Mann, wenn wir Thomas Mann lasen, universal und ein Glücksfall, wenn wir Goethe lasen, aber niemals lasen, dachten, fühlten wir so, wie wir selber waren.«

Auch solche Germanistik kann zur formierten Gesellschaft hinerziehen, auch sie ist ein Instrument der Disziplinierung, ein *verhältnismäßig* unschuldiges, aber doch kein unschuldiges. Auch mit Hilfe von Dichter- und Denkerautoritäten kann Folgsamkeit gegenüber Autorität schlechthin eingeübt werden, dann nämlich, wenn Interpretation zur wortgewandten, selbstvergessenen Andacht vor dem Interpretierten wird, »ehrfürchtig und in gläubiger Verehrung«, wie ein Germanist 1934 schrieb, aber diese Haltung ist seit 1945 nicht ausgestorben. Eine Frage wie »How good is Hamlet?« dürfte in deutscher Literaturwissenschaft selten laut geworden sein. Zu Kritik, zu genau solchen Fragen aber sollte sie künftig provozieren.

Sicher, sie hat die Werke in ihrer historischen Figur, ihrer historischen Fremdheit erst einmal herzustellen. Aber sie sind deshalb doch keineswegs unantastbar, selbstverständlich. Der historische Hintergrund, gerade auch der negative, die historischen Folgen, gerade die negativen, wären in die Werke selbst schon einzuzeichnen. Gefragt werden sollte etwa, was an deutscher Misere so herrlich sublimiert wird in Schillers Briefen zur ästhetischen Erziehung, im Aufsatz über das Marionettentheater, in den Wahlverwandtschaften, eine wie fruchtbare, wie unfruchtbare Tradition damit begründet wurde. Oder: Welchen Weg legt ein Gedicht zurück, bis es als Bildungsgut, Dressurmittel im Lesebuch vorkommt, welchen Weg ein Stück, bis es nur noch gestischer Pomp für Staatstheater oder Fernsehen ist, was verschuldet daran eine falsche Überlieferung, oder, wie weit hat das Überlieferte selbst diese herausgefordert?

Aber nicht nur von der Gegenwart her, auch aus der Geschichte selbst ließe sich schon genügend Kritik befreien. Warum nicht einer Darstellung der Romantik fortlaufend etwa Heines Kritik der romantischen Schule entgegenhalten, warum nicht einmal Schiller auch von Bürger her kritisieren, statt immer nur umgekehrt, warum die Konzeption des klassischen Dramas nicht gleich messen an den anti-idealistischen Dramaturgien Büchners oder Brechts?

Eine solche Germanistik allerdings, die Verständnis eben nicht mehr verwechseln würde mit Einverständnis, die kritische Erinnerung betreiben würde statt Feier des Gewesenen als zeitlos und vorbildlich, sie müßte nicht nur das blind immanente Interpretieren lassen, sondern wäre auch weniger denn je Literatur*geschichte*. Was da als Geschichte, als Geistesgeschichte nämlich jeweils verstanden wurde, das war eher Fiktion, im Kantschen Sinne nur eine Kategorie des literaturwissenschaftlichen Verstandes, ganz gleich, ob man naiv nur die Perlenkette der Werke und Autoren herunterbuchstabierte, ob man Literatur nach Schulen oder Weltbildern oder Stilen auf Vordermann brachte oder ob man den Werken nur noch ihre Botschaften, Motive, Techniken, »Probleme« abpflückte, um sie dann getrocknet, gedörrt auf ein historisches Schnürchen aufzufädeln.

Wir kennen die Ergebnisse: Das Problem der Willensfreiheit von bis ..., Der Einfluß Ovids auf ..., Der Selbstmord, Der Wald, Die Rosenmetapher, jeweils von bis ...

Diese Art Literaturgeschichte, solche scheinbar fugenlosen Kontinuitäten sind wahrscheinlich erschlichen, sicher aber unproduktiv. So kam es, wie der Berliner SDS formulierte, zu jener »Freiheit einer Forschung, die Forschungsprobleme aufstellt, um forschen zu können.«

Wichtiger noch scheint, daß auch ein derart glatt kanalisierter Geschichtsfluß das Geschehene und Geschriebene wieder mit dem Schein der Naturnotwendigkeit, der Unantastbarkeit und Selbstverständlichkeit verklärt, daß er Andachtshaltungen fördert und kritische lähmt. Eine Taktik der historischen Querschnitte, der Sprünge, des Vergleichs von Verschiedenem würde Geschichte schärfer sichtbar machen als das schwungvolle Ausführen von historischen Längslinien. Schließlich, man weiß doch, auf welche ehernen Dummheiten Herders schöne Thesen vom Wachsen und Verwelken der Kulturen inzwischen heruntergekommen sind. Gut hundert Jahre lang waren sie eine Basis dieses Fachs. Auch sie gehören zur nicht mehr fortsetzbaren Tradition.

Und was, weiterhin, ist noch zu erwarten vom monographischen Herausmeißeln einzelner Autorengrößen, exemplarischer Schöpferpersönlichkeiten und folgerichtiger Oeuvre-Entwicklungen? Sobald Literatur verstanden wird als gesellschaftlicher Prozeß, läßt sie sich kaum noch auflösen in biographische Nischen. Dafür wären nun, von außen nämlich, die scheinbar folgerichtigsten Lebensgeschichten auch gegen den Strich zu lesen, etwa Goethes Lebenslauf, immer noch der germanistische Paradefall für apologetische, affirmative Darstellung. So notwendig und selbstverständlich war eben Weimar doch nicht, dafür folgenreich: Selbst am Ostberliner Schiffbauerdamm hat sich die »Einschüchterung durch Klassik« wiederholt. Eine gegenwartsbewußte Germanistik könnte auch das zeigen.

Falls sie sich aber so und neu verstehen wollte als eine Lesekunst, die sich zwar vor allem an Einzelwerken bewährt, aber immer über deren Horizont hinausschaut auf andere Werke, auf den internationalen, den gesellschaftlichen, den politischen Kontext – dann wird sie verzichten müssen und können auf allen Vollständigkeits-, Wissens- und Stoffwahn, auf die immer noch obligatorische Speicherung von Lexikon- und Examenswissen. Produziert wird damit nur Gedächtnis, kein Literaturverständnis. Auch diese Paukerei war und ist ein vielleicht unbewußtes, aber wirksames Mittel einer Erziehung zur Gedankenlosigkeit, zu einer leeren Disziplin, zu etwas, was gerade Literatur wahrhaft niemandem beibringen will: Gehorsam.

Solche Wünsche, Bedürfnisse oder auch nur Illusionen, diese Vorstellung von dem, was Germanistik heute sein sollte und vielleicht sein könnte, sie lassen sich nicht erfüllen ohne eine Reform der Institutionen, des germanistischen Studiums.

Entbehrlich wäre für dieses Konzept alles, fast alles, was derzeit an germanistischer Sprachwissenschaft gelehrt und gelernt wird. Keine Kenntnis vom Schicksal der Aspiranten im Althochdeutschen, nicht einmal vom Anteil der Prager Kanzlei bei der Ausbildung des Neuhochdeutschen hilft irgend etwas zum besseren Verständnis von Wieland oder Georg Heym. Schlimmer: Man kann wohl auch Heinrich von Morungen vollauf begreifen, ohne vorher Wulfilas gotische Bibelsprachübungen gelesen zu haben. Noch schlimmer: Wie wenig man selbst von deutscher Literatur vor der Renaissance wissen muß, sicher nichts von Frau Ava oder vom Straßburger

Alexander, um in neuerer Literaturgeschichte zu Hause zu sein und Deutsch an den Schulen zu lehren, das hat ein einsichtsvoller Vertreter der älteren Germanistik, Peter Wapnewski, schon vor längerer Zeit bekanntgegeben.

Nutzlos bleibt also, insistiert man nicht auf dem Fetisch Bildung an sich, sondern auf deren Produktivität, für ein solches Konzept fast alle ältere Germanistik. Gäbe es allerdings eine germanistische Philologie auf dem Fundament reiner Sprachwissenschaft, die also, statt die toten Fakten der historischen Grammatik immer nur wiederzukäuen, fünfzig Jahre Linguistik aufgearbeitet hätte und beschlagen wäre selbst in Logistik, Informationstheorie – die wäre produktiv für jede Literaturwissenschaft, vor allem für die Interpretation der neuesten Texte, aber auch für endlich stichhaltigere Theorien der literarischen Kommunikation, des literarischen Kunstwerks. Doch ich höre: in Westdeutschland gibt es sie nicht, noch nicht, sie beginnt sich eben erst zu etablieren. Es gibt, höre ich, nicht einmal eine befriedigende Geschichte der neuhochdeutschen Sprache.

Wenn sich aber Weimarer Klassik verstehen läßt auch ohne Minnesang oder westgermanische Konsonantengemination, setzt sie nicht Kenntnisse im Griechischen, mindestens die Lektüre von Corneille und Racine voraus? Läßt sich ohne eine Ahnung von der Französischen Revolution irgend etwas vom literarischen Deutschland um 1800 begreifen? Dürfen deutsche Romane des neunzehnten Jahrhunderts strikt außerhalb und oberhalb der sozialen und politischen Geschichte überhaupt interpretiert werden?

Das alles nur Beispiele, um zu behaupten: Wenn Germanistik wirklich als Literaturwissenschaft neu produktiv werden will, dann muß ihr Verhältnis zu ihren Hilfswissenschaften neu durchdacht, formuliert und, soweit möglich und nötig, im Studiengang neu institutionalisiert werden. Statt Philologie wären nun Soziologie, Geschichte, Informationstheorie wichtiger und hilfreicher.

Eine solche Germanistik könnte sich freilich nicht länger feierlich begreifen als »Deutschkunde«, als »Wissenschaft vom geistigen Leben des deutschen Volkes«, wie Wolfgang Stammler noch 1962 seiner »Deutschen Philologie im Aufriß« ins Vorwort schrieb. Wie und warum sich dieses Fach zwischen Romantik und Wilhelminismus etablierte, ist historisch verständlich. Germanistik wollte den gewünschten, dann eingetroffenen Nationalstaat von innen her formieren, beglaubigen helfen, das »innere Reich« dem äußeren unterschieben oder überstülpen. Sie hat das zum letztenmal nach 1918, in borniertem Trotz gegen Versailles getan, so gut, wie man weiß, daß ihr der Übergang vom Weimarer ins »Dritte Reich« fast nahtlos gelang. Von ihrem Beginn bis 1945 glaubte sie einen gesellschaftlichen, einen politischen Auftrag zu erfüllen: die jeweils zeitgemäße Profilierung deutschen Nationalbewußtseins. Wenn sie einen solchen Auftrag heute nicht von der NPD annehmen will, dann hat sie ihn nicht mehr.

Die nur noch institutionell zusammengehaltene, die leer gewordene Einheit des Fachs aufzugeben, das ist längst fällig. Sinnvoll war der nationalstaatliche, einzelsprachliche Begriff von Literatur nie, erklärbar bleibt er nur durch das Aufkommen der Literaturwissenschaften gleichzeitig mit der Formierung der Nationalstaaten. Künftig aber dürfte es Literaturwissenschaft nur noch geben als ein einziges Fach, in dem dann jeder seine Spezialitäten auswählen könnte, Germanistik, Romanistik, Slawistik, Anglistik oder noch weiter Entferntes. Dann wäre auch vergleichende Literaturwissenschaft nicht länger nur ein kosmopolitischer Luxus am Rande, ein Supplement, sondern zugleich Basis und Ziel aller Einzeldisziplinen. Wer sollte auch etwas verstehen etwa vom deutschen neunzehnten Jahrhundert, wenn er nichts weiß von der europäischen Literatur dieser Zeit? Dagegen werden ihm, wie gesagt, Hans Sachs oder Wolfram nichts dabei helfen.

Das alles wird kaum möglich sein ohne eine Reform auch der Lehrformen. Die weitausgreifenden Wissens- und Epochenvorlesungen, diese unangefochtenen Monologe, könnten und müßten zurücktreten, um einer zur Diskussion hin offenen Vorlesung etwa des amerikanischen Typs Platz zu machen. Ins Zentrum aber würden Methodenseminare, auch natürlich soziologische oder sprachtheoretische sowie die gemeinsame Arbeit an Texten rücken. Und begonnen werden sollte ein solches Studium lieber von vorn statt von hinten, nicht mehr mit dem Gotischen oder Altnordischen, sondern mit der Lektüre gegenwärtiger, auch und gerade der noch nicht kanonisierten Literatur. Über sie liegen noch keine patentierten Antworten vor. Da müssen Lehrende und Lernende gemeinsam, vom selben Nullpunkt aus vorwärtskommen – eine sokratische, eine wünschenswert unautoritäre Situation.

Ich gebe zu: Dieser Katalog wird vielen schon ahnungslos utopisch, anderen noch kläglich bescheiden klingen, er setzt sich zwischen die Stühle. Doch die bescheidene Utopie scheint immerhin realisierbar. Eine solche deutsche Literaturwissenschaft jedenfalls, Germanistik nur noch in Anführungszeichen, könnte verglichen mit der bisherigen gesellschaftlich produktiv werden, statt nur archivalisch oder Produzentin von Verinnerlichungen zu bleiben, produktiv nicht nur für die gegenwärtige Literatur und Literaturkritik, die Theater, Redaktionen, Schulen.

Gäbe es sie bald, dann gäbe es bald nicht mehr die spätwilhelminischen Lesebücher, die immer noch umlaufen und immer neue Generationen auf einen Feierabendbegriff von Literatur hin dressieren. Es gäbe auch, nur Beispiele, endlich mehr Untersuchungen und folglich Theorien über Rezeption und Wirkungsmöglichkeiten von Literatur, die auf mehr hinausliefen als hochherzige Vermutungen, oder Materialien zur Geschichte des Bildungsprivilegs, aus denen die Versuche zu seiner Aufhebung lernen könnten, oder auch verläßliche Überlegungen über Buch und Theater als literarische Medien, was aktuell wäre, gerade weil eine künftige Literatur allein durch sie kaum noch vermittelt werden kann.

Von einer solchen »Germanistik«, meine ich, ließe sich dann nicht mehr sagen: ob es sie gibt oder nicht, ist außerhalb der Universitäten fast irrelevant. Mir schiene das eine Änderung. Andere erwarten mehr. Sogar, daß von ihr, ausgerechnet von ihr, eine kommende Kulturrevolution ausgehen könnte. Der Gärtner als Bock – auch eine Utopie, doch eine hoffnungslose.

Michael Pehlke:

## Aufstieg und Fall der Germanistik – von der Agonie einer bürgerlichen Wissenschaft*

Die deutsche Universität hat ihren zweiten Pyrrhussieg errungen. Die beflissen hastige Ratifizierung des Staatsvertrages über ein bundeseinheitliches Hochschulordnungsrecht, dem die überwältigende Mehrheit der Professoren erleichtert applaudierte, sollte auch den dogmatischen Liberalen klargemacht haben, daß der Weg jener Lehr- und Forschungsfabriken, die die Ideologen des Patriarchats als institutionalisierte »Gemeinschaft von Lehrenden und Lernenden« verherrlichen, wenn schon nicht direkt ins faschistische Massengrab, so doch immerhin auf den kapitalistischen Friedhof der formierten Gesellschaft führt. Die freudige Systemkonformität aller Disziplinen, die sich wie Jurisprudenz, Nationalökonomie und die berüchtigten Bindestrichsoziologien an der Herrschaftstechnik des Kapitals ausrichten und dessen rationalisierte Bedürfnisse als Wissenschaftstheorie verkaufen, droht durch ihre staatliche Sanktionierung auch der trauten Innerlichkeit jener Fächer den Garaus zu machen, die, versammelt unter der traditionell geistbeflissenen Obhut philosophischer Fakultäten, ohnmächtiges, wenn auch unbequemes Unbehagen am Bestehenden produzieren. Daß dieses Unbehagen in Protest und Widerstand konkret wurde, seine Geburtsstätte attackierte und gar tendenziell revolutionäre Formen annahm, war nicht geplant und mußte unterbunden werden.

Eine neue Gleichschaltung der Universität steht bevor, sofern

* Diese polemische Analyse der herrschenden Germanistik ist aus Westberliner Sicht geschrieben. Sie vernachlässigt bewußt zwei Bereiche des Faches: die traditionelle Altgermanistik und die DDR-Germanistik; diese, weil von ihr – wenn auch überkommene – Ideologiekritik bereits intensiv betrieben wird, und weil sie sich mit einer völlig anderen politischen Situation auseinanderzusetzen hat, jene, weil ihre Methodik angesichts der Erkenntnisse der modernen strukturalistischen und generativen Linguistik höchst fragwürdig erscheint, und weil sie sich kaum zur emanzipatorischen Wissenschaft umfunktionieren läßt. Gewidmet ist der Aufsatz all jenen graduierten Germanisten, die sich im liberalen Antifaschismus verschlissen haben und auf Grund ihres Rollenbewußtseins und rigider Interessenbindungen keines konkreten antikapitalistischen Engagements fähig zu sein scheinen.

sie nicht schon handfest praktiziert wird: der systematische Abbau all jener wissenschaftlichen Methoden und Disziplinen, die regressiven Romantizismen nachträumen oder konkrete antiautoritäre Utopien entwickeln. Mit der staatlich verordneten »kritischen Anpassung« durch die geplante technokratische Hochschulreform versucht der Spätkapitalismus verzweifelt, sich seiner ideologischen Ungleichzeitigkeiten zu entledigen, eine seinem technologischen und organisatorischen Stand adäquate zweckrational orientierte Leistungsideologie durchzusetzen. Klassisches Beispiel solcher ideologischen Renovierung im Bereich der Hochschulen ist der noch längst nicht vergilbte Dahrendorf-Plan, der die Verschulung der Universität zum Prinzip erhebt; ihm assistieren die deprimierenden Berufsaussichten der Absolventen jener Fächer, die wie Soziologie, Politologie usw. zu den sog. Überflußwissenschaften gerechnet werden.

Die Zukunft der philologischen Disziplinen liegt im Dunkeln; das konzertierte Zusammenspiel von universitärem Prüfungsterror und Anpassung der Schule an systemkonforme Lerntheorie läßt vermuten, daß auch hier der unverbindliche Methodenpluralismus zugunsten fremdbestimmter Rationalisierung des Ausbildungs- und Forschungsprozesses abdanken wird. Die Rechnung für diesen sich abzeichnenden Rationalisierungsprozeß werden zu gleichen Teilen die reaktionären und die explizit progressiven Vertreter der philologischen Fächer zu bezahlen haben, jene, weil sie hinter den geforderten wissenschaftlichen Standard zurückfallen, diese, weil sie ihn überschreiten und sich damit die Verwirklichung der Theorie in der gesellschaftlichen Praxis verstellen. Wenn es der studentischen Avantgarde nicht gelingt, diese Anpassungs- und Integrationsmechanismen, sei's reformistisch oder revolutionär, zu durchbrechen, werden sich die philosophischen Fakultäten in einen Garten Eden des zynischsten Opportunismus verwandeln.

> Rezept
> Hier können wir keinen,
> Sagen meine Studenten,
> Positiven Ansatz finden.
> Ich auch nicht.
> Das Wort positiv
> Und andere Wörter
> Achtzigmal
> Vor sich hin sprechen. [1]
>
> Walter Höllerer

Ein greifbares Gespenst schleicht durch deutsche Hörsäle, erschreckt honorige Professoren, flieht vor roten und schwarzen Fahnen und versteckt sich hinter aggressiven Polizeiknüppeln: das Gespenst der krisengeschüttelten deutschen Philologie. Von radikalen Studenten gejagt, von Professoren mit massiver Repression geschützt, von Assistenten halbherzig verteidigt, hat sich die Germanistik zum Abbild ihres eigenen Dilemmas verwandelt. Mit euphemistischen Vokabeln wie »Unruhe« und »Unbehagen«, die längst zur gängigen Ware von liberalen Podiumsdiskussionen verkommen sind, läßt sich der Protest gegen die herrschende Germanistik, die noch immer die einzige Germanistik ist, nicht verschleiern: die Krise der Germanistik steht stellvertretend für die globale Krise jener Fächer, die aufgrund ihres Wissenschaftsverständnisses in unpolitisch-affirmativer Harmonie mit der bestehenden Gesellschaft leben, das kritische Potential der Studenten von gesellschaftlicher Praxis fernhalten und zage Detailkritik allenfalls im Rahmen fachinterner innerer Emigration deklamieren. Die Erinnerung an die Vergangenheit und die Erfahrung der Gegenwart der Germanistik, die stets auf exemplarische Weise freiwillig versagte, wenn es darum ging, die Errungenschaften auch nur der bürgerlichen Demokratie zu verteidigen, legitimieren die revoltierenden Studenten zu einem vernichtenden Urteil über die Zukunft des Faches, das als Strafmaß nur zwei Alternativen zuläßt: Abschaffung oder radikale Umfunktionierung.

Die Kontroverse um die Germanistik, die keine Kontroverse mehr ist, weil alle Argumente auf der Seite des Angreifers stehen, hat sich nicht spontan entzündet. Sie verdankt ihre Entstehung vielmehr einem ganzen Ensemble von Ursachen; die

Ermordung von Benno Ohnesorg und die Verabschiedung der Notstandsgesetze waren nur die Katalysatoren eines Prozesses, dessen Beginn – spätestens – auf das Jahr 1945 zu datieren ist.

Gründlicher als die Germanistik hat sich während des Faschismus keine Wissenschaft diskreditiert; die Menge der Germanisten, die ideologische Wegbereiter und Helfershelfer des politisch organisierten Irrationalismus waren, bleibt nachdrückliches Indiz dafür, daß damals nicht Individuen sich schuldig machten, sondern daß sich eine Wissenschaft in den Dienst des Verbrechens stellte, das seine Ziele für jeden, der lesen konnte, offen dargestellt hatte. Daß bis heute keine umfassende Darstellung der Germanistik unter dem Banner des Faschismus erschienen ist, weckt auch bei gutwilligen Zeitgenossen den Verdacht, die deutsche Germanistik könne sich eine Fachgeschichte ihrer NS-Vergangenheit nicht leisten und provoziert die Ahnung, daß germanistische Methodik und nationalistische Ideologie nur zwei Seiten derselben Münze sind. Diese Vermutung wird von Staigers beklemmender Züricher Rede nahezu verifiziert, in der sich die Affinität zwischen der postfaschistischen Diätkur werkimmanenter Interpretationsvirtuosität und präfaschistischer Literaturontologie selbst unter Beweis stellt.

Der unheiligen, aber theoriegeschichtlich unausweichlichen Allianz von Germanistik und Nationalsozialismus liegen Ursachen zugrunde, die bereits anderswo, wenn auch eher kursorisch, analysiert worden sind. Von ihren romantischen Ursprüngen her war es erklärtes Ziel der Germanistik, das Seinshafte des deutschen Wesens, abgebildet in deutscher Sprache und Dichtung, zu erforschen, deutsches Bildungsgut, das allemal Bildungsgut der deutschen Bourgeoisie war, mit messianischer Tendenz zu vermitteln, und als »allumfassende ... Deutschkunde« das Theorem von der »Dichtung als Erzieherin des Volkstums« [2] in wissenschaftliche Praxis umzusetzen. Akzeptiert man Gadamers Einsicht, daß jedes theoretisch gesetzte Erkenntnisziel spezifische Erkenntnismethoden impliziert (und umgekehrt), so wird einsichtig, daß solche pädagogische Problemstellung der Germanistik die Liaison dangereuse mit dem Nationalsozialismus bereits vorwegnahm. Programmatisch formulierte Kommerell die Dichtungstheorie der präfaschistischen Germanistik als Titel eines seiner faszinierendsten und gefährlichsten Bücher: »Der Dichter als Führer in der deutschen Klassik«. Hinter solchen beschwörenden Theoriestenogrammen steht die ganze historische Erfahrung des deutschen Bürgertums, der Glanz und das Elend der intellektuellen Elite Deutschlands, die ihren halb erzwungenen, halb freiwilligen Verzicht auf politische Aktivität in der Suche nach dem Gral sublimierte. Das Ideal individuelldichterischer Größe, das Kommerell dem, wie er meinte, dürftigen Zeitgeist entgegensetzte, erwies sich in den Händen derer, die seine politische Suggestion ausnutzten, als plumpe Mythologisierung der Geschichte, die einem Führer gänzlich anderer Art den Boden bereitete. Hinter der edlen Maske solcher esoterisch-heroisierenden Germanistik verbarg sich die brutale Visage des faschistischen Klassenkämpfers: die Germanistik war noch stets das größte ideologische Waffenarsenal der Bourgeoisie, die Imperialismus meinte, und Innerlichkeit proklamierte, um ihre Opfer zu betäuben. Wohin das alles führen sollte, formulierte Benjamin in seiner Kritik des Kommerellschen Buches, die ihren Gegenstand als Allgemeines nimmt: »Ein Hölderlin-Kapitel beschließt diese Heilsgeschichte des Deutschen. Das Bild des Mannes, das darin entrollt wird, ist Bruchstück einer neuen vita sanctorum und von keiner Geschichte mehr assimilierbar. Seinem ohnehin fast unerträglich blendenden Umriß fehlt die Beschattung, die gerade hier die Theorie gewährt hätte. Darauf aber ist es nicht abgesehen. Ein Mahnmal deutscher Zukunft sollte aufgerichtet werden. Über Nacht werden Geisterhände ein großes ›Zu Spät‹ draufmalen. Hölderlin war nicht vom Schlage derer, die auferstehen und das Land, dessen Sehern ihre Visionen über Leichen erscheinen, ist nicht das seine. Nicht eher als gereinigt kann diese Erde wieder Deutschland werden und nicht im Namen Deutschlands gereinigt werden, geschweige denn des geheimen, das vom offiziellen zuletzt nur das Arsenal ist, in welchem die Tarnkappe neben dem Stahlhelm hängt.« [3]

Wie schon den Zusammenbruch des Kaiserreiches, so überstand die Germanistik auch den Untergang des Hitlerreiches unbeschadet, wenn nicht gar gestärkt: an die Stelle militanter Innerlichkeit trat deren traumatische Rationalisierung, die handwerkerhafte Methode subtilster Interpretationsartistik. Und dennoch: daß die Chance einer radikalen Revision der Germanistik mit Bedacht vertan wurde, daß die politischen Exzesse abgelöst wurden durch eine Phase angestrengter Textkritik und intuitiv bemühter Textexegese, legte den Keim jener Krise, die heute die Germanistik lähmt. Es mutet an wie historische Ironie, daß gerade die scheinbare politische Enthaltsamkeit der postfaschistischen Germanistik die Politisierung des Faches potenzieren sollte: zum einen dadurch, daß die positivistische Tendenz der textimmanenten Methode den Einzug des Heideggerschen Existenzialismus in die Germanistik unterstützte, zum anderen dadurch, daß der inflationäre Erfolg der an Heidegger orientierten Staigerschen Literaturontologie fast automatisch abermals latent faschistische Ideologeme hervorbrachte, die den Rationalitätsanspruch und Sachlichkeitsappell der Interpretationsmethode endgültig als Anpassungsideologie entlarvten. Der Renaissance ideologiekritischer Methoden, wie sie etwa die Vertreter der Frankfurter Schule nach Deutschland re-importierten, zeigte sich die ontologisierende Nachkriegsgermanistik nicht gewachsen: es schlug die Stunde des Methodenpluralismus, den allerdings viele Professoren als Vehikel unziemlicher Politisierung ihres Faches empfanden. Konkret wurde diese Liberalisierung der Germanistik in der Entwicklung halbwegs objektiver, soziologisch fixierter literarischer Qualitätskriterien, so z. B. in der kritischen Rezeption ehemals hochgepriesener Autoren wie Carossa, Bergengruen, Jünger und Wiechert.

Der engagierten Anstrengung, wissenschaftliche Interpretationsmethoden zu entwickeln, die den Zusammenhang von literarisierter Ideologie und deren ästhetischer Präsentation auf den Begriff bringen, verdankt der germanistische Seminarmarxismus die entscheidenden Impulse: es setzte eine hastige Rezeption der marxistischen Klassiker und der von ihnen inspirierten linken Literaturwissenschaftler wie Mehring, Lukács, Benjamin usw. ein. Die Wiederentdeckung des dialektischen Materialismus, der den schönen Traum vieler Germanisten von der Autonomie der Literatur endgültig zerstörte, gab auch den Anlaß zur kritischen Überprüfung des germanistischen Methodenpluralismus, in dem sich die Anpassung der Wissenschaft an die pluralistische Ideologie, den spätkapitalistischen Verschnitt der klassischen liberalistischen Ideologie, spiegelt. Das inoffizielle Ende des Wechselbalgs Methodenpluralismus implizierte jedoch bereits den Untergang seines Totengräbers, des esoterischen Seminarmarxismus, dessen universitätsinterne Praxis dem von Marx in den Thesen über Feuerbach formulierten Anspruch des Marxismus nicht gerecht wurde.

Die Analyse spezifisch bürgerlicher Ideologien in der Literatur, das Fahnden nach autoritären und faschistischen Denkinhalten in der Literatur der »heilen Welt« oder dem, was als Trivialliteratur abgekanzelt wurde, machte den Studenten das Dilemma einer Anwendung marxistischer Methodik klar, die lediglich als Mittel einer literaturwissenschaftlichen In-Group-Verständigung funktioniert. Der Widerspruch zwischen der, euphemistisch formuliert, geringen Qualität und antidemokratischen Tendenz solcher literarischen Produkte und ihrer immensen Verbreitung demonstrierte sinnfällig die politische Ohnmacht der nur literarischen Kritik. In diesem Bewußtwerdungsprozeß einer gesellschaftskritisch argumentierenden Germanistik spielte die Untersuchung deutscher Schullesebücher, in denen die Idyllik agrarischer und kleinbürgerlicher Lebensformen, offen antidemokratische Klassenkampfpropaganda und reaktionäre Autoritätshörigkeit fröhliche Urständ feierten, eine zentrale Rolle. Der manifeste Widerspruch zwischen linker akademischer Theoriebildung und rechter gesellschaftlicher Praxis, unter dem alle sich gegen Anpassung sträubenden wissenschaftlichen Disziplinen leiden, wurde zum entscheidenden Dilemma der progressiven Germanistik; zeigte er doch, daß die verlogene offizielle Trennung von ökonomischer Basis und ideologisch-kulturellem Überbau der Entwicklung progressiver Methodik und Theorie auch in der Literaturwissenschaft ihre Grenzen vorschrieb, sie ins Ghetto der Universität sperrte. War schon einmal das Prinzip systemhöriger individualistischer Innerlichkeit in der Germanistik beseitigt, so wurde durch die Organisationsform des Wissenschaftsbetriebes kritisches Potential mittels abgestufter Kanalisierungsmechanismen absorbiert; die Parole von staatlicher Bürokratie, Universität und Kulturindustrie hieß und heißt: Lizenzierung von Kritik als Ventil ihrer eigenen revolutionären Energie.

Der Weg der Germanistik vom komplexen Krisenbewußtsein zur praxisbezogenen emanzipatorischen Wissenschaft stößt auf Widerstände, die im akademischen Arbeitsprozeß selbst begründet liegen und an deren Erhaltung die vom Staat ausgehaltene Universität massives Interesse besitzt. Greifbar wird die bürgerlich-konservative Ideologie der herrschenden Germanistik weniger in dem, was sie an angeblichen Werten und Methoden vertritt und offeriert, als vielmehr in der Organisation des Studienganges, hinter dem allemal das klassische Totalitätsideal steht. Unabdingbarer Mythos des Universitätsbetriebes, zumal des germanistischen, ist das Prinzip der individuellen Erkenntnisgewinnung, das einer umfassenden Revision der Germanistik, die auf interdisziplinäre Kooperation als conditio sine qua non angewiesen ist, im Wege steht. Es mag als Fortschritt zu werten sein, daß an einigen germanistischen Instituten die Anfertigung kollektiver Seminararbeiten den Studenten zugestanden wurde; minimal bleibt solcher Fortschritt allerdings, solange kollektive Dissertationen, Magister- und Staatsexamensarbeiten nicht akzeptiert werden. Eine Veränderung der Germanistik kann nicht ohne die Abschaffung des individuellen Leistungsprinzips geschehen, das nur noch als Abwehrmechanismus gegen kollektive Erkenntnis- und Theorieproduktion funktioniert. Solange Prüfungsterror, Konkurrenzsituation und Prestigezwang als Gradmesser wissenschaftlicher Qualifikation dienen, solange die Anfertigung von Dissertationen, Habilitationen etc. dem Terrorismus des überholten Totalitätsmythos und der Akkumulation von Sekundärliteratur unterworfen ist, solange mündliche Prüfungen, in denen nach schönster schulischer Tradition abgefragt wird, was längst gedruckt zur Verfügung steht, das allgemeine Dilemma der Germanistik zum privaten Problem des Kandidaten macht, wird die Krise der Germanistik permanent sein und, gut getarnt in ihrem Schatten, der alte Betrieb sinnlos weiterrotieren.

Jüngst wurde in Marburg von den Germanisten ein Reformmodell verabschiedet, das in koketter Progressivität Germanistik definiert als »gesellschaftsbezogene Wissenschaft, deren Objekte – Literatur und Sprache – gesellschaftliche Phänomene darstellen ... Ihre Objekte verlangen die Reflexion des geschichtlichen Prozesses, in dem sie entstehen und sich verändern, sowie die Analyse ihres jeweiligen Verhältnisses zur sozialen Realität. Insofern die Germanistik selbst bedingt ist durch die in der Gesellschaft wirkenden Interessen, ist es nötig, daß sie ihre historischen Bedingungen reflektiert, um aus dieser kritischen Selbstreflexion heraus künftige Fragestellungen und Methoden entwickeln zu können.« [4] Wie verdienstvoll es auch sein mag, daß dieses Kompromißpapier zumindest die zutage getretene Problematik der Germanistik selbst zum Gegenstand germanistischer Arbeit erhebt, angesichts des Fehlens einer klaren Zielprojektion – es wird lediglich abstrakt gesprochen, »daß Lehrende und Lernende an der Bewußtseinsbildung innerhalb der Gesellschaft teilnehmen können« [5] – und angesichts der perfektionierten Reglementierung des Studiums, bleibt ein solches Programm, das sich gemäßigte Politisierung der Germanistik zum Ziel gesetzt hat, pure Deklamation. Wenn man den Praxisbezug der Germanistik lediglich auf den Output sprachsoziologisch trainierter Lehrer reduziert, die die Sprachschwierigkeiten von Arbeiterkindern abbauen, damit aus ihnen statt Hilfsarbeitern Diplomingenieure werden, wenn man die Manipulationstechniken der Massenmedien nur analysiert, um sich selbst zu immunisieren, dann sitzt man genau jener idealistisch-liberalistischen Detailkritik auf, die nur an Symptomen herumkuriert, damit das gesellschaftliche System stabilisiert wird. Das eigentliche Dilemma der Germanistik besteht nicht in ihrer esoterischen Fixierung auf sog. Dichtung – wie problematisch dies auch sein mag –, zu der sie den Zugang durch beharrliche Sekundär- und Tertiärliteraturproduktion eher verstellt als freigibt, sondern darin, daß sie zur Kommunikation mit den Konsumenten außerhalb der traditionellen Bildungsbourgeoisie unfähig ist.

Die gegenwärtige Germanistik stellt, um es im Vokabular der Kybernetik zu sagen, einen eigenen isolierten Regelkreis dar, der seine Voraussetzungen aufgrund der Rückkoppelungsprozesse zwischen Literaturwissenschaft, literarischer Kritik und literarischer Produktion, permanent selbsttätig produziert. Diese Isolierung der Germanistik – sie steht stellvertretend für die aus Arbeitsteilung und Spezialisierung resultierende systematisierte Undurchschaubarkeit aller Wissenschaften im Spätkapitalismus – zu durchbrechen, wird die dringendste Aufgabe der neuen Germanistik sein. Was die Germanistik – wenn auch klassenspezifisch an die Bourgeoisie gekettet – einst leistete, nämlich als wissenschaftliche Vermittlungsinstanz die Konsumenten von Literatur mit der literarischen Produktion vertraut zu machen, wird sie in Zukunft wieder zu praktizieren haben, es sei denn, sie wollte freiwillig in ihrem Elfenbeinturm ersticken; freilich wird sie sich auf eine neue Zielgruppe zu orientieren haben, die lohnabhängigen Produzenten des gesellschaftlichen Reichtums. Erst die Demokratisierung der Kultur, d. h. die Herstellung authentischer Bedürfnisse und deren sozialer und kultureller Befriedigung, wird jene frustrierende Differenz zwischen ästhetischer und gesellschaftlicher Praxis aufheben, der die Kultur ihre Rolle als verdinglichter Utopie des schönen Scheins und die Germanistik ihre diversen Sündenfälle verdankt.

## 2. *Historiengemälde*

> Die schöne Gabel
> Als die Gabel mit dem schönen Horngriff brach,
> Flog mir durch den Kopf, daß tief in ihr
> Immer ein Fehler gewesen sein müßte. Mit Mühe
> Rief ich mir zurück ins Gedächtnis
> Die Freude an der Makellosen.
>
> Bertolt Brecht [6]

Die Geschichte der Germanistik ist die Geschichte der Ideologie des deutschen Bürgertums im 19. und 20. Jahrhundert. Allerdings wäre es voreilig, anhand der Entwicklung germanistischer Methodik eine direkte Kontinuität zwischen den Grimmschen Anfängen und den faschistischen Exzessen der Germanistik konstruieren zu wollen; denn eben diese hastige Ideologiekritik war schuld daran, daß bei der Konzipierung einer progressiven Germanistik zunächst verhängnisvolle Irrwege eingeschlagen wurden, daß man sich vorschnell auf Gervinus und Hettner berief, ohne deren ideologische Ambivalenz wahrzunehmen.

Die Germanistik der Brüder Grimm war dem revolutionären Ideal des deutschen Bürgertums, der Schaffung des Nationalstaates, in dem der partikularistische deutsche Feudalismus überwunden ist, theoretisch verpflichtet. Wenn Jakob Grimm als den Antrieb seiner Forschungen einen Nationalbegriff angibt, der die Nation als Volk definiert, und das Volk wieder »den Inbegriff von Menschen« nennt, »welche dieselbe Sprache reden«, so formuliert er jene Sehnsucht des Bürgertums nach einem großdeutschen Staat, die erst vom Nationalsozialismus verwirklicht wurde. Indem Grimm den gegen den Feudalismus gerichteten politisch revolutionären Appell der Bourgeoisie zur Grundlage seiner sprachwissenschaftlichen Forschungen erhebt, degradiert er ihn zugleich zur romantischen Spekulation, der Geist der deutschen Sprache, die er mit seinem Wörterbuch ausdrücklich den unteren Klassen als Vermächtnis und Auftrag zugänglich machen will, werde gleichsam automatisch gegen alle politischen Widerstände die Schaffung eines deutschen Nationalstaates, in dem der mythische Ursprung der Geschichte zu sich selber kommt, durchsetzen. Im Werk Jakob Grimms – und in seinem zweideutigen politischen Verhalten – stehen sich die historischen Antinomien des revolutionären deutschen Bürgertums auf geradezu tragisch-exemplarische Weise gegenüber: das Verlangen nach einer staatlichen, den eigenen Bedürfnissen angepaßten Ordnung, die die politische Ungleichzeitigkeit des Feudalismus aufhebt, und die utopische Hoffnung auf die geschichtliche Macht der Vernunft, die in der Hegelschen Rechtsphilosophie ihre philosophische Form findet. Zugleich jedoch entstanden aus diesem offenbaren, wenn auch vom liberalen Bürgertum notwendig nicht begriffenen Widerspruch jene zwei Stränge bürgerlicher Ideologie, deren konservativ-liberaler im Faschismus aufging, während der progressiv-liberale stets, bis auf die Ausnahme der 48er Revolution, in oppositioneller Tatenlosigkeit verharrte.

Leo Kofler hat in seiner »Geschichte der bürgerlichen Gesellschaft« anhand der Äußerungen von Theoretikern des bürgerlichen Staates nachgewiesen, daß das bürgerliche Freiheits- und Humanitätsideal untrennbar mit dem Begriff des Eigentums als dem Garanten der Unabhängigkeit verbunden war: aus solcher Perspektive wird klar, daß das eigentliche Dilemma der emanzipatorischen Politik des Bürgertums darin bestand, daß sein humanitärer Bildungsanspruch gegen die ökonomische Ordnung, deren ideologische Rechtfertigung er war, verstieß. Mit Recht weist Kofler darauf hin, daß die radikal-liberalen Vertreter der Volkssouveränitätsidee während der 48er Revolution eher Verbündete des kleinbürgerlichen und proletarischen Radikalismus als des »ideenlosen Praktizismus und Egoismus« des Bürgertums waren: »die deutsche Bourgeoisie unterschied sich von den bürgerlichen Klassen anderer Länder nicht nur durch das Fehlen jeglicher revolutionären Erinnerung und demokratischen Tradition, nicht nur durch die daraus erfließenden ideologischen Halbheiten und Inkonsequenzen, sondern auffälligerweise auch dadurch, daß sie ideologisch und moralisch der feudalromantischen Ideen- und Gefühlswelt geradezu unterlag.« [7]

Dem Zerfall der bürgerlich-revolutionären Ideologie entsprechend formierten sich in der deutschen Germanistik wissenschaftliche Richtungen, die zwar annähernd konträr zueinanderstanden, in Wirklichkeit jedoch nur die historische Ohnmacht des Bürgertums illustrieren, seine Ideale zu realisieren: die textkritische Lachmann-Schule und Gervinus' Bemühungen, eine wissenschaftliche Literaturgeschichtsschreibung zu begründen. Während Lachmanns Erarbeitung einer textkritischen Editionstechnik die Germanistik erst zur eigentlich rational überprüfbaren, nicht mehr auf Spekulation verwiesenen Wissenschaft erhob, indem er den von Grimm apriori gesetzten Ursprungsmythos selbst zum Ziel wissenschaftlicher Rekonstruktion ernannte und dementsprechend Einfluß ausübte, blieb Gervinus, dessen Literaturgeschichte Mehring den »einzigen großen Versuch« genannt hat, »den die bürgerliche Wissenschaft gemacht hat, um den ideellen Gehalt der klassischen Literatur in die politischen Kämpfe ihrer Klasse aufzunehmen« [8], ohne jede Wirkung. Gervinus' exemplarisches Bestreben, zumindest die moralischen Implikationen der bürgerlichen Literatur beim Worte zu nehmen, und sie gegen die herrschende gesellschaftliche Praxis als politische Postulate auszuspielen, endete als Fiasko: nicht nur zerstörte der Hochverratsprozeß offiziell Gervinus' wissenschaftliche Reputation, sondern seine Verfälschung bürgerlicher Ideale zu allgemein menschlichen absoluten Humanitätsbegriffen demonstrierte die prinzipielle Fragwürdigkeit des ersten und einzigen großen Versuchs der bürgerlichen Germanistik, Literatur in ihren politischen Funktionen darzustellen. Dennoch entlarvt Gervinus' Scheitern die dezisionistischen Voraussetzungen aller späteren affirmativen Literaturgeschichtsschreibung: da der Literarhistoriker, will er sich nicht in totaler Spekulation aufgeben, seinen literarischen Gegenstand auf politische und soziale Realität beziehen muß, bedarf er der Strukturierungsmodelle, mit denen er sich identifiziert, und die als akzeptierte Wirklichkeitsmuster seine Parteilichkeit verraten. Der idealistische Charakter der Gervinusschen Methode und Literaturtheorie mindert jedoch nicht seine Bedeutung für die bürgerlich-liberalistische Literaturwissenschaft, deren Ideologie er auf idealtypische Weise vertrat. Daß die Chance, an Gervinus anknüpfend eine politische Theorie der Literatur zu entwickeln, vertan wurde, demonstriert das Versagen der Hochschulgermanistik, deren Entwicklung nur das allgemeine Scheitern des Liberalismus in Deutschland spiegelt.

Während Gervinus und Hettner, der jedoch durch seine Exkursionen in einen mißverstandenen Sozialismus eher zur skurrilen Randfigur wurde, jene Richtung der Germanistik vertraten, die an den Idealen des progressiven Liberalismus festhielt, wurde die eher konservativ-nationalistische Tradition der Germanistik von den Protagonisten des Positivismus, der in Wahrheit ein deterministischer Biographismus war, zum methodisch-theoretischen Überbau des wilhelminischen Reiches umformuliert. Das dominierende Theorem des Positivismus, die These von der Gesellschaft als einer »zweiten Natur«, kam der Selbsteinschätzung des Kaiserreiches entgegen und scheiterte zugleich an seiner gesellschaftlichen Wirklichkeit, die sich spätestens 1914 endgültig demaskierte: »Der Fortschrittsglaube des Positivismus, der ein Glaube an die Identität wissenschaftlicher Forschung mit der im Kaiserreich erreichten Harmonie und Erfüllung gesellschaftlicher Entwicklung war, verschwindet seit dieser Zeit fast spurlos aus der Germanistik. Die bestehende Verbindung der Literaturwissenschaft mit dem Bürgertum wird von nun an fortwährend geleugnet. Die zweite Hälfte des 19. Jahrhunderts wird jetzt zur Verfallszeit par excellence erklärt, ein tiefer Pessimismus prägt seit dem Ausgang des ersten Weltkrieges die Aussagen der Germanisten über die Gesellschaft, in der sie leben.« [9] Ideologisches Auffangbecken der von der Geschichte brüskierten und decouvrierten Germanistik war schließlich der Irrationalismus der Diltheyschen Lebensphilosophie, der an die Stelle auch nur annähernder wissenschaftlicher Exaktheit die Ideologie des intuitiv nachvollziehbareren Erlebnisaktes setzte. Den sozialistischen Literaturwissenschaftlern wie Franz Mehring und Clara Zetkin gelang es angesichts der explizit konservativen Tendenz der bürgerlichen Germanistik nicht, das Ghetto wissenschaftlicher Subkultur zu verlassen.

Sollte jemals – was zu wünschen wäre – eine Geschichte der Germanistik als Ideologiegeschichte geschrieben werden, so hätte sie die spezifische Ungleichzeitigkeit der germanistischen Ideologien untereinander und zum jeweiligen Entwicklungsstand der ökonomisch-sozialen Organisation darzustellen. Daß die liberal-progressive Tradition der Germanistik unterging, noch ehe sie ihren wissenschaftlichen Höchststand erreicht hatte, verdankt sie der allgemeinen politischen Entwicklung Deutschlands, wie sie etwa Heinrich Mann im »Untertan« als Tragikomödie des Liberalismus auf den satirischen Begriff gebracht hat. Helmut Böhme beschreibt in seinen »Prolegomena zu einer Sozial- und Wirtschaftsgeschichte Deutschlands im 19. und 20. Jahrhundert« den fortschreitenden Zerfall des ökonomischen Liberalismus, der gemäß den von Marx analysierten Entwicklungsgesetzen der kapitalistischen Ökonomie abdankt: »So entstanden im Zeichen der ersten Phase [nach der Krise von 1873] die in Deutschland bis zum Jahre 1879 dauerte und in deren Verlauf das internationale Warenpreis-Niveau zerfiel, ohne daß jedoch die Expansions- und Konzentrationsbewegung gehemmt worden und die Produktion zurückgegangen wäre, Interessenverbände, die den wirtschaftlich-politischen Umbruch vom Individualismus des bürgerlichen Liberalismus zum Protektionismus, zur Gruppensolidarität des Massenzeitalters (K. E. Born) erzwangen und damit die Neuorganisation der preußisch-deutschen Staatsstruktur begünstigten.« [10] Der von der ersten industriellen Revolution und den zyklischen Krisen stimulierte wirtschaftliche Konzentrationsprozeß – bereits um 1880 beherrschten die großen Berliner Banken fast unangefochten den deutschen Kapitalmarkt – beseitigte endgültig den schon vor 1848 in Fraktionen zerfallenen deutschen Liberalismus. An seine Stelle trat eine ideologische Einheitsfront aus Industrie- und Agrarinteressen, die die Entwicklung zum offen machtstaatlichen Imperialismus vorantrieb. Georg Lukács hat in der »Zerstörung der Vernunft« die Anpassung wissenschaftlicher Ideologienbildung an die Erfordernisse imperialistisch-kapitalistischer Ökonomie und Politik analysiert; es gilt, diese Erkenntnisse in einer Kritik germanistischer Methoden zu verwerten.

Der offenkundige Zusammenhang zwischen der resignierten Anpassung der Germanistik an die ideologischen Forderungen des Kapitals und ihrer schleichenden Entpolitisierung, die in handfeste politische Empfehlung der jeweils bestehenden Gesellschaft umschlägt, läßt sich dingfest machen an Scherers Verrat der begrenzt rationalen Idee des Positivismus, die er zugunsten der ahistorischen Konstruktion des 600-Jahre-Zyklus klassischer Literaturperioden aufgibt. Der positivistischen Rationalität der Scherer-Schmidt-Schule waren dadurch Grenzen gesetzt, daß sie den manifesten Widerspruch zwischen dem postulierten gesellschaftlichen Fortschritt und der tatsächlichen Stagnation, wenn nicht Regression, der deutschen Gesellschaft nicht lösen konnten; diesem Widerspruch entzog sich der Positivismus durch Flucht in spekulative apologetische Irrationalität, mit der er das Ende des liberalen Bürgerglaubens an den Fortschritt endgültig besiegelte. Der Umschlag des klassischen Liberalismus in totale Systemkonformität benennt einmal mehr seine innere Aporie, an der auch der radikalere Gervinus scheiterte: die Unmöglichkeit, die Idee der Volkssouveränität zu realisieren, ohne das Privateigentum anzutasten. Gervinus' Versuch, den Widerspruch der liberalistischen Ideologie dadurch zu überwinden, daß er die Idee absolut setzt, steht stellvertretend für alle Versuche, eine politische Literaturgeschichtsschreibung und Literaturwissenschaft auf der vom Faschismus endgültig diskreditierten Logik der bürgerlichen Gesellschaft zu begründen.

### *3. Science Fiction oder: Fünfte Kolonne*

> »Ich weiß nicht, was in mir vor sich geht ... Aber plötzlich erscheint mir meine Dissertation ›Über das verbale Lachen im Mittelalter‹ ganz einfach lachhaft.«
> Ein Professor in »Le Canard enchaîné«, 22. Mai.
>
> »Die Angst vor der roten Farbe überlassen wir den Rindviechern.«
> Wandspruch an der Pariser Kunstakademie

Die deutsche Kulturrevolution hat das erste Vorhutgefecht ihres langen Marsches siegreich beendet. Entstanden aus der Erkenntnis der Unfähigkeit jener Disziplinen, die ein idealistischer Jargon als Geisteswissenschaften anpreist, die eigenen »propagandistischen Humanitätsideale« durch Einfluß auf gesellschaftliche Praxis einzulösen, residierend an den philosophischen Fakultäten, hat sie deren sakrosanktes Wissenschaftsethos beim Worte genommen, als radikales Bedürfnis der in der Universität Unterprivilegierten formuliert und dem herrschenden Wissenschaftsbetrieb als konkrete Utopie entgegengestellt. Die traditionelle Universität hat diese Konfrontation nicht überlebt.

Der Ansturm mobilisierter studentischer Bedürfnisse, die statt Anpassungszwang wissenschaftliche Objektivität, statt Leistungsideologie emanzipatorische Verwertung der Wissenschaft fordern, zwang die bestehende Universität, sich ihrer feudalen Vergangenheit zu erinnern und eilends über Bord zu werfen, was ihr als Agentur des Bürgertums an nomineller Unabhängigkeit vom Staat des Kapitals zugestanden worden war. Bedrängt von der kulturrevolutionären Politisierung nur scheinbar transpolitischer

Wissenschaft floh die Ordinarienuniversität in die offenen Arme der zweckrationalen Technokratie und begab sich freiwillig ihrer letzten bürgerlich-fortschrittlichen Rechtfertigung, der dezenten Lüge von der »Freiheit von Lehre und Forschung«. So vollstreckte die Kulturrevolution vor aller Augen das Urteil über die offizielle Ideologie der universitären Wissenschaft, das die Praxis des Wissenschaftsbetriebes insgeheim schon längst gefällt hatte.

Dennoch irren die triumphierenden technokratischen Hochschulreformer auf exemplarische Weise, wenn sie zynisch behaupten, erst die Studentenrevolte habe die Überwindung der regressiven Ungleichzeitigkeit zwischen Universitätsstruktur und kapitalistischer Ökonomie möglich gemacht und damit zugleich die Voraussetzungen ihrer eigenen Liquidierung geschaffen. Da die Kulturrevolution als agitatorische Organisatorin der ökonomisch-politischen Revolution utopische, also nicht assimilierbare Bedürfnisse mobilisiert, die die Fesselung der Produktivkräfte durch die Produktionsverhältnisse für jedermann demonstrieren, tritt an die Stelle der bisherigen regressiven Ungleichzeitigkeit die progressive Ungleichzeitigkeit zwischen technokratischer Bedürfnisstimulierung und -befriedigung und den authentischen Wünschen der ausgebeuteten Produzenten, d. h. im Rahmen der Universität der Studenten.

Erst dieser revolutionäre Widerspruch, der die von der Universität endlich offiziell akzeptierten Ansprüche des technokratischen Systems selbst radikal in Frage stellt, verleiht der universitären Wissenschaft potentiell wieder jene emanzipatorische Brisanz, der sie sich im 19. Jahrhundert mit Bravour entledigt hat. Es bleibt das tödliche Dilemma der staatlich verordneten Hochschulreform, daß auch sie hinter der Entwicklung einherhinkt, daß sie auf eine radikale Subkultur trifft, die mit vagen Reformen nicht mehr zu assimilieren ist: eine organisierte Subkultur präzise formulierter studentischer Interessen, die, anknüpfend an das – freilich gescheiterte – Modell der »Kritischen Universität«, begonnen hat, die Produktivkraft Wissenschaft zu kontrollieren, oder zumindest die Distribution wissenschaftlicher Erkenntnisse in eigene Regie zu übernehmen. Alle Bemühungen von staatlicher und universitärer Bürokratie, die Universitäten, die sich den Wünschen des Kapitals unterworfen haben, mittels massiver Repression vor den elementaren Wünschen der Studenten zu schützen, bedrohen automatisch die Funktionsfähigkeit der Universitäten, weil sie kompromißlos jede demokratische Selbstbestimmung der Wissenschaft verhindern müssen und damit permanent demonstrieren, was von der vielbeschworenen wissenschaftlichen Objektivität zu halten ist. So verschärft die technokratische Hochschulreform notwendig die Konflikte an den Universitäten: sie kann den Forderungen der Studenten, die sie per negationem selbst formuliert, nur mit äußerster Brutalität, sei es durch Relegationen oder Polizeieinsätze, entgegentreten, und provoziert damit Solidarisierungsprozesse, die den Wissenschaftsbetrieb politisieren; zugleich stellt sie den Politisierungstendenzen die organisatorische Basis, indem sie durch die erzwungene Einführung parlamentaristischer Entscheidungsmöglichkeiten und kooperativer Teamarbeit irrationale Herrschafts- und Organisationsstrukturen partiell beseitigt. Am Widerspruch zwischen brutal aufrechterhaltener Ordnung und verbaler Mitbestimmung, die den Abbau der bisherigen studentischen Konsumhaltung offiziell sanktioniert, wird die angepaßte Universität sang- und klanglos zugrundegehen.

Die »Befreiung der Phantasie«, wie sie im Pariser Mai und ansatzweise in den partikularistischen deutschen Kulturrevolten vorexerziert wurde, in Verbindung mit interdisziplinär-kooperativer Arbeitsmethodik ermöglicht es erstmals, die bisher eher Theorie gebliebene Parole von der »revolutionären Produktivkraft Wissenschaft« in kollektive Praxis umzusetzen. Konkretisierbar scheint solche kulturrevolutionäre Wissenschaft zumal in jenen Disziplinen, die sich von der bisweilen verleugneten Urahnin Philosophie herleiten, und heute als Kultur- und Gesellschaftswissenschaften kritisches Potential zugleich produzieren und absorbieren. Da diese Universitätsfächer nicht unmittelbar in den Kapitalakkumulationsprozeß integriert sind, ihn allenfalls als manipulative Sozialtechniken unterstützen und ideologisch konsolidieren, existieren sie auch innerhalb der technokratisch strukturierten Universität als tendenziell herrschaftsfreie Räume, deren Wissenschaftsproduktion vor der Anpassung an die Erfordernisse einer systemkonformen Meinungs- und Kulturindustrie zu schützen ist. Wurden bislang von den sog. Geisteswissenschaften willfährige Agenten der Manipulation für Schule und Kulturindustrie ausgebildet, so gilt es jetzt, diese auf Anpassung zielende Ausbildung zu stoppen und an ihre Stelle die systematische Erziehung zu radikalem kritischem Denken, das in der Veränderung der Berufspraxis seinen theoretischen Anspruch einlöst, zu setzen. Unter diesen Voraussetzungen erhält die zunächst nur reformistische Parole, »die Germanistik, um Wissenschaft zu werden, muß aufhören, Germanistik zu sein« [11], erst ihre eigentliche strategische Funktion. Verwissenschaftlichung der Germanistik bedeutet nicht nur konsequente Abkehr von impressionistischer Literaturinterpretation, sondern radikale Repolitisierung des Faches, das heißt: die Germanistik muß sich ihrer verdrängten, gegen den feudalen Absolutismus gerichteten emanzipatorischen Anfänge erinnern; sie muß, gemäß dem Worte Jean Jaures', Tradition zu überliefern, heiße nicht, Asche zu bewahren, sondern die Flamme brennend zu erhalten, ihre spärliche progressive Vergangenheit in die Gegenwart übertragen, indem sie in der kulturellen Unterdrückung die materielle Ausbeutung bekämpft. Wenn die Germanistik nicht endgültig als Hilfswissenschaft globaler Manipulation verenden und sich zur Produktionsstätte deformiert-angepaßter Charaktere degradieren lassen will, wird sie Partei ergreifen müssen, wissenschaftlich und propagandistisch sich mit einer Kultur auseinanderzusetzen haben, die die Verstümmelung der Menschen durch die kapitalistische Produktionsweise zur Grundlage aller Ästhetik transzendiert hat.

Die Germanistik muß sich jener Schizophrenie entledigen, die in einem Westberliner Flugblatt folgendermaßen formuliert wurde: »Heute diskutieren wir über die Notstandsgesetze, morgen wird uns die Frage des Satzbaues bei Ernst Wiechert wieder zum Problem.« [12] Dennoch hieße es, die Dialektik der Genese dieser Schizophrenie auf verhängnisvolle Weise zu verkennen, wollte man sie durch die Schocktherapie einer generellen Abschaffung der Germanistik heilen; vielmehr kommt es darauf an, durch permanente Vermittlung der Diagnose des »unpolitischen Syndroms«, an dem die herrschende Germanistik krankt, die Bewußtseinsdifferenzen innerhalb der Studentenschaft zu beseitigen und damit die Isolation der Avantgarde kritischer Germanisten zu durchbrechen. Die Auflösung der Avantgarde in der studentischen Basis durch beharrliche, wissenschaftlich fundierte Negation der offiziellen Germanistik wird zugleich die Germanistik selbst verändern.

Die Germanistik als Prestigefach für höhere Töchter hat ausgelitten. Es gilt, Habermas' These der Dialektik von Erkenntnis und Interesse in die Kritik der Germanistik einzubringen: »Es macht ja die Ehre der Wissenschaften aus, ihre Methoden unbeirrt, ohne Reflexion auf das erkenntnisleitende Interesse anzuwenden. Indem die Wissenschaften methodologisch nicht wissen, was sie tun, sind sie ihrer Disziplin um so gewisser, das heißt: des methodischen Fortschritts innerhalb eines nicht problematisierten Rahmens. Das falsche Bewußtsein hat eine schützende Funktion . . . Diesen praktischen Folgen eines beschränkten szientistischen Bewußtseins der Wissenschaften kann eine Kritik entgegenwirken, die den objektivistischen Schein zerstört. Freilich wird der Objektivismus nicht, wie Husserl noch wähnte, durch die Kraft einer erneuerten Theorie gebrochen, sondern allein durch den Nachweis dessen, was er verdeckt: des Zusammenhangs von Erkenntnis und Interesse.« [13] Die Kritik des germanistischen Objektivismus, der sich als wirkungsästhetisch neutrale Interpretation und Rezeption literarischer Produkte ausgibt, wird ihn als politisch konditioniertes Konsumptionsritual demaskieren, das sich auf Intuition, Identifikation und deren Rationalisierung, allgemeine Belesenheit, beruft. Dem dezisionistischen Charakter der bürgerlichen Germanistik wird ein Modell von Germanistik entgegenzusetzen sein, das sich an objektiven gesellschaftlichen Interessen orientiert: an die Stelle des bewußtlos-kulinarischen Konsums von Kulturprodukten wird in der neuen Germanistik die Analyse des literarischen Produktionsprozesses selbst treten, die, als erstes Stadium einer emanzipatorischen Literaturwissenschaft, es erst ermöglicht, die Dialektik von ästhetischen Techniken und sozialer Moral gesellschaftlich konkret, also wirkungsästhetisch, zu begreifen.

Allerdings läßt sich eine emanzipatorische Germanistik, die aus dem Getto der Universität ausbricht und ihre Forschungsresultate in den Dienst sozialer Aufklärung und Veränderung stellt, nicht voluntaristisch aus dem Boden stampfen. Die Anwendung bewährter studentischer Provokations- und Widerstandstechniken, wie Diskussion, punktueller Dozentenboykott, Vorlesungsstreik, Institutsbesetzung usw., zielte bislang als logische Folge negativer Autoritätsfixierung überwiegend auf die Zerschlagung der elitären Ordinariengermanistik und war kaum imstande, gesellschaftlich effektive Alternativen zu entwickeln oder gar zu praktizieren. Was an Gegenmodellen vorgeschlagen wurde, zerfiel selbst wieder in einander scheinbar ausschließende

Alternativen, die von ihren Gegnern jeweils als reformistisch oder anarchistisch abqualifiziert wurden. Die Umwandlung mobilisierter authentischer Bedürfnisse in erkenntnisleitendes Interesse impliziert jedoch die radikale Veränderung der Organisation und Methoden der Germanistik, die die Scheinalternativen als dialektische Gegensätze vereint: Veränderungen der Organisation meint die Institutionalisierung noch zu erprobender Formen interdisziplinärer Kooperation, die rationelle Arbeitsteilung und permanente Kommunikation miteinander kombinieren, Veränderung der Methoden meint den Ausbau des Arsenals von Interpretationsmethodik und Untersuchungsobjekten. Die mit ungeheurem agitatorischem Aufwand betriebene Verabsolutierung des Gegensatzes von nur »ideologiekritischer Germanistik« und ausschließender Vorbereitung auf eine »revolutionäre Berufspraxis« in der Schule verkennt die für die Konzipierung der linken Germanistik notwendige Dialektik von Reform und Revolution. Beide Thesen basieren letztlich auf einem verhängnisvollen – bewußten oder unbewußten – Enklavendenken, wobei die eher von professoraler Seite inspirierte Vorstellung der »ideologiekritischen Germanistik« praktikabler zu sein scheint, während die von den Studenten ausgegebene Parole »Bereitet euch im Studium auf die revolutionäre Berufspraxis vor« zwar tendenziell die Mobilisierung einer breiteren Basis in der Schule meint, tatsächlich aber nur – aufgrund des bestehenden Schulsystems – die ideologische Unterwanderung der Bourgeoisie erreichen kann. Die Forderung nach Syndikalisierung der Germanisten in der Berufspraxis bleibt solange abstrakte Utopie, wie sie ihre conditio sine qua non, die totale Solidarität der Germanistikstudenten, nicht voraussetzen kann. Abermals undialektisch gedacht wäre es, wollte man diese Solidarität nur durch permanente Aktionen, die die Brutalität des Staates entlarven, herstellen – der durch Polizeiknüppel und Relegationsterror ausgelöste Lernprozeß muß sich umsetzen – allerdings nicht sublimieren – in der Theorie und Praxis einer »besseren« Germanistik, die sich als exakte wissenschaftliche Ideologiekritik gegen historisch überholte Methoden durchsetzt und deren Resultate popularisiert werden, sei es in der Schule oder innerhalb systematischer Basisgruppenarbeit. Erst die Verbindung von politischer Aktion und wissenschaftlicher Reflexion, Ideologiekritik und linker Berufspraxis, wissenschaftlicher Produktion und zielgruppengerichteter

Distribution wird die Germanistik – jenseits von Reformismus und Voluntarismus – aus ihrem staatlich bewachten Gefängnis befreien.

Die Esoterik konventioneller germanistischer Analysen und Theorien reproduziert unverdrossen die Esoterik einer Literatur, die längst nur noch Kommunikationsinstrument einer elitären und faktisch einflußlosen Minderheit ist und als Subkultur ein kümmerlich subventioniertes Dasein fristet: die ästhetisierende Arroganz der zeitgenössischen Literatur von Gomringer bis Grass ist die Reaktion auf ihre gesellschaftliche Schattenexistenz, der auch die traditionelle Germanistik ihre politische Ohnmacht verdankt. Der Literatur- und Kulturbegriff, auf den die offizielle Literaturwissenschaft sich beruft, hat etwas rührend Altmodisches an sich: er täuscht wider alle Erfahrung vor, daß die sog. hohe Literatur oder Belletristik – analog zum Jargon der Musikindustrie sollte man sie E-Literatur nennen – noch irgendwelche Relevanz besäße. Den Kampf zwischen U- und E-Literatur hat die U-Literatur, von den Literaturwissenschaftlern stets verschämt und überheblich als Trivialliteratur klassifiziert, längst für sich entschieden. Literaturwissenschaft, die ein emanzipatorisches Interesse vertritt, hätte daraus die Konsequenzen zu ziehen und sich jenen Kulturprodukten zuzuwenden, die die Massen permanent indoktrinieren, ohne sich dabei auf das sog. geschriebene Wort zu beschränken: Groschenromane, Fernsehspiele und Unterhaltungsfilme, die Action- und Ideologieschablonen der Meinungsindustrie sind die Untersuchungsgegenstände der neuen Germanistik.

Daß die Germanistik sich bis heute geweigert hat, sei es aus Hochmut oder aus Feigheit, sich als Teildisziplin einer allgemeinen Kommunikationswissenschaft zu verstehen, ändert nichts daran, daß sie es schon in ihren romantischen Anfängen war und wieder werden muß, will sie nicht sogar auf bürgerlich-wissenschaftliche Reputation verzichten. Die Germanistik steht vor der Alternative, entweder, indem sie sich auf ans Buch gebundene Kultur beschränkt, in absehbarer Zeit vollends überflüssig zu werden, oder sich, indem sie die Kommunikationsmedien Film und Fernsehen okkupiert, zeitgemäß zu erneuern. Mit solcher notwendigen Erweiterung des Themenkreises der Literaturwissenschaft wird die Veränderung der Methodik einhergehen: wie die wissenschaftlichen Bastarde Theaterwissenschaft, Publizistik,

Filmwissenschaft usw., die ihre Existenz der Entlehnung germanistischer Methoden verdanken, wird auch die Germanistik nur durch die Anwendung von Linguistik, Semiotik und Informationstheorie auf einen rational überprüfbaren Stand gebracht werden können.

Illusorisch bleibt jedoch die Hoffnung, schon die Wiedervereinigung der Literaturwissenschaft mit Publizistik, Theaterwissenschaft usw. auf der Basis strukturalistischer oder linguistischer Methodik werde die Germanistik revolutionieren, sie zur emanzipatorischen Wissenschaft prädestinieren. Die nur deskriptive Tendenz auch avanciertester linguistischer Techniken, etwa der generativen Grammatik der Chomsky-Schule und strukturalistischer Interpretationsmethoden, die ahistorisch-mechanistische Ideologie der behavioristischen Semiotik schließlich, die ihr Teil zur Theorie der nicht-reziproken Kommunikation beigetragen hat, würden allenfalls die rein assoziativen Begriffsapparate der Germanistik rationalisieren, ohne jedoch deren werkimmanenten Ausgangspunkt anzutasten. Was eine progressive Germanistik dagegen primär nötig hätte, ist eine exakte marxistische Literatursoziologie, die es allein möglich macht, den Produktions- und Konsumtionsprozeß kultureller Produkte wissenschaftlich zu analysieren, und mögliche Gegenmodelle einer fortschrittlich-demokratischen Kulturproduktion, wie sie etwa Benjamin in seinem Essay »Der Autor als Produzent« prospektiv umrissen hat, zu konzipieren.

So wäre das erste Stadium der Veränderung der Germanistik zu definieren als Verwissenschaftlichung der bislang eher impressionistischen Ideologiekritik, deren Ziel es ist, nicht nur sog. Inhalte, Personalkonstellationen, Handlungstrukturen usw., sondern literarische Formen und ästhetische Techniken selbst als ideologisch zu demaskieren und ihre historische Rolle zu analysieren. Methodischer und theoretischer Ausgangspunkt einer solchen sozial- und kunstkritischen Literaturwissenschaft könnte die materialistisch-dialektische Semiotik sein, deren Pragmatik und Sigmatik, systematisiert unter Bezug auf Marxens »Pariser Manuskripte«, die anscheinend einzigen Modelle einer nicht-idealistischen Theorie der Produktion, Vermittlung und Rezeption von Zeichen darstellen; die Entwicklung einer soziologisch orientierten Semiotik würde zudem gleichsam nebenbei die Germanistik von ihrer kleinkarierten nationalistischen Vergangenheit befreien, der sie trotz aller methodologischen Renovierungen bis heute verhaftet ist. Dennoch bliebe die interdisziplinäre Basis der progressiven Germanistik, die sich über eine allgemeine Literatursoziologie zur komplexen Kommunikationswissenschaft entwickelt hat, nur methodisches Alibi offenkundigen Theorieverzichts, wie ihn Werner Hofmann beschrieben hat, beriefe sie sich nicht auf die fundamentale Marxsche Erkenntnis, daß die herrschende Kultur stets die Kultur der herrschenden Klasse ist. Erst das Bewußtsein der Dialektik von ökonomischer Basis und kulturellem Überbau, die als Arbeitshypothese akzeptiert wird, vermag die Germanistik so zu verändern, daß sie vor allen ideologischen Rückfällen gefeit bleibt.

Allerdings verharrte eine solche dialektisch-materialistische Germanistik, die als ihre Aufgabe die Analyse und Kritik ästhetischer Techniken als Substrat ökonomisch-gesellschaftlicher Strukturen versteht, in scholastischer Negation, wäre sie nicht gewillt oder fähig, ihre Erkenntnisse in gesellschaftliche Emanzipationspraxis umzusetzen. Zwar würde sie automatisch, da sie sich notwendig der Psychoanalyse und politischer Ökonomie bedienen müßte, die Tendenz entwickeln, die Mechanismen politischer Manipulation in der gesteuerten Kultur zu analysieren und eine Kritik der gegenwärtigen Praxis kultureller Kommunikation zu formulieren; sie verriete aber diese Tendenz, verzichtete sie darauf, die ideologische Zensur des Bewußtseins der Menschen, die raffinierte Pervertierung und Unterdrückung ihrer Bedürfnisse durch die Meinungs- und Kulturindustrie zu beseitigen. Konsequentes Ziel der skizzierten neuen Germanistik wird es folglich sein, mit der klassenspezifischen Aufklärung über die spätkapitalistische Kultur deren Überwindung anzustreben, indem sie die bewußtlosen Konsumenten der offiziell lizenzierten Kultur zu Produzenten einer Kultur erzieht, die sich nach deren fundamentalen Interessen richtet. Die Idee einer antiautoritären Kommunikation, die an die Stelle der Dressur des Individuums durch die Produkte der Meinungsindustrie, die längst beschlagnahmt hat, was einst Kultur hieß, dessen Autonomie und Spontaneität setzt, die die totale Manipulation bekämpft durch die Befreiung menschlicher Wünsche, bleibt der utopische Auftrag einer progressiven Germanistik, deren neuer Name, da sie unter der Bezeichnung Germanistik kaum mehr firmieren wird, noch zu formulieren wäre.

Zu den fragwürdigen Stereotypen der konservativen Kritik an der Literaturwissenschaft gehört der Vorwurf, daß sie nur die eigene Unfähigkeit zu ästhetischer Produktion sublimiere. Was auch immer an irrationaler Theoriefeindschaft hinter dieser Anschuldigung stehen mag, sie benennt dennoch das entscheidende Dilemma aller Wissenschaften, die sich mit den Phänomenen des kulturellen Überbaues beschäftigen: den Verzicht auf kreative Praxis. So ist es charakteristisch für die traditionelle Literaturwissenschaft, daß sie aufgrund ihres Selbstverständnisses nur über bereits Entstandenes zu reflektieren vermag, daß sie interpretierend legitimiert, was kritisch zu prüfen wäre. Der Kausalzusammenhang zwischen Interpretation und Apologie des Interpretierten jedoch wirkt letztlich via – Traditionen konstruierender – aktueller Literaturkritik zurück auf die literarische Produktion; unmittelbar einsichtig wird diese Arbeitsteilung von ästhetischer Produktion und wissenschaftlicher Rezeption anhand der zu literarischen Wertkriterien erhobenen resignativen Ideologemen von der »Undurchschaubarkeit der Interdependenzen der modernen Welt«, von der »Unmöglichkeit sprachlicher Kommunikation« und ähnlicher, die Ohnmacht des Bildungsbürgertums transzendierender Phrasen, die oft genug als Instrumente kulinarischer Literaturkritik dazu herhalten müssen, daß formale Spielereien, die das bestehende Elend ästhetisierend glorifizieren, zur einzig zeitgemäßen Kunst erklärt werden.

Die Aufhebung dieser Arbeitsteilung, die einen spärlichen Rest literaturinterner Kommunikation bewahrt und zugleich die Immanenz der Kunst absolut setzt, kann allerdings nicht, wenn sie wahrhaft progressiv sein soll, sich im Sinne jener von Walter Jens vorgetragenen Theorie des »poeta doctus redivivus« vollziehen: sie muß vielmehr einerseits die legitimen Ansprüche der noch manipulierten Konsumenten analysieren und sie – jenseits dogmatischer Schablonisierung – zur Grundlage kultureller Produktion erheben. Das bedeutet, organisatorisch gesehen, die Entwicklung einer universitäts- und bourgeoisieexternen Subkultur der gesellschaftlich Unterprivilegierten, die bislang stets mit dem zweiten Aufguß der bürgerlichen Kultur von vorgestern abgefunden wurden. Erst die an die betrogenen Konsumenten appellierende Entlarvung kultureller Unterdrückung, die jetzt noch widerspruchslos hingenommen, wenn nicht gar verinnerlicht wird, wird die Germanistik instand setzen, Habermas' These von der »Solidarität der Wissenschaften« punktuell und exemplarisch zu verwirklichen.

Im Rahmen dieser Zielprojektion erhält die bisher eher fetischisierte Soziolinguistik ihren eigentlichen emanzipatorischen Stellenwert: sie dient nicht mehr – wie von den liberalen Medizinmännern des Kapitals geplant – ausschließlich dazu, durch Abbau schichtenspezifischer Sprachbarrieren die Entstehung eines qualifizierten und hochspezialisierten Diplomproletariats zu fördern, sondern ihre Erkenntnisse werden eingesetzt werden, um das Problem der Vermittlung zwischen studentischer Subkultur und gesellschaftlicher Basis von sektiererischer Spekulation zu befreien. Mit der Verwissenschaftlichung der ideologiekritischen Aufklärung wird die wissenschaftlich fundierte Entwicklung sprachlicher Kommunikationsmechanismen einhergehen müssen, die fähig sind, jenseits der Gefahren von esoterischem Wissenschaftsjargon und nur diskursiver Sprache aufklärerische Inhalte zu popularisieren. Die Befreiung der Ideologiekritik aus dem Getto der Universität bleibt eine Frage potentieller Kommunikation zwischen linker Wissenschaft und Lohnabhängigen; die Lösung dieser Frage – theoretisch und praktisch – bleibt die Aufgabe einer mehr als nur wissenschaftsintern progressiven Linguistik.

So wird die zukünftige Rolle jener Wissenschaft, die sich heute noch Germanistik nennt, darin bestehen, durch permanente Vermittlung wissenschaftlicher Kritik der Ideologie und Praxis von spätkapitalistischer Kultur und Kommunikation deren Konsumenten gegen die täglich repetierten Lügen, Halbwahrheiten und falschen Ideale zu immunisieren, und sie zugleich durch Herstellung einer politisierten Gegenkultur und -kommunikation gegen ein gesellschaftliches System, das sich nur durch Unterdrückung und Ausbeutung am Ruder halten kann, zu mobilisieren. Der qualitative Umschlag von Kritik in Selbstorganisation, die Aktivierung der betrogenen Massen, werden jene Bedürfnisse freisetzen, die heute noch, als verstümmelte und manipulierte, von den Herrschenden zur materiellen Perfektionierung ihrer politischen Ordnung mißbraucht werden. Die Germanistik wird den Kampf gegen die kulturelle Unterdrückung menschlicher Wünsche zu führen haben; sie wird die Vergangenheit ihres Gegenstandes, die Tradition der Literatur, dadurch in diesen Kampf einbringen, daß sie Literatur als gesellschaftlich vermittelte Reaktion auf gesellschaftliche Zustände begreift, und die jeweiligen Stadien dieser Reaktion, von der Affirmation bis zur Negation, analysiert; die Germanistik wird der ästhetischen Verarbeitung individueller und kollektiver Wünsche, heiße sie Erfüllung, Verdrängung, Sublimierung oder Unterdrückung, nachzugehen haben, und sie wird schließlich erkennen, daß alles, was man dem zeitlosen Paradies des Ästhetischen zuordnet, nur datierbare Begriffe aus dem Geschichtsbuch der menschlichen Phantasie sind, die sich mit der unmenschlichen gesellschaftlichen Realität aller Zeiten nicht abfinden konnte.

Auf den historischen Begriff gebracht, läßt sich das Programm der kulturrevolutionären Germanistik folgendermaßen definieren: Beendigung der kulturellen »Vorgeschichte der Menschheit«. Was immer an progressiven Erkenntnismethoden und kurzfristigen Etappenzielen entwickelt wird, wird an jenem Anspruch zu messen sein. Mit der Organisation der solidarischen Phantasie der Menschen, die die Zerschlagung kultureller Privilegien impliziert, wird die kulturrevolutionäre Germanistik, Literatur- und Kommunikationswissenschaft, ihr politisches Ziel erreicht haben; über ihre Funktion in einer repressionsfreien klassenlosen Gesellschaft nachzudenken, mag der Zukunft überlassen sein.

Anmerkungen

1 Walter Höllerer, »Gedichte – Wie entsteht ein Gedicht«, Ffm. 1964, S. 56.

2 Julius Petersen, zit. nach Lämmert »Germanistik – eine deutsche Wissenschaft« in: Lämmert/Killy/Conrady/Polenz »Germanistik – eine deutsche Wissenschaft«, Ffm. 1967, S. 27.

3 Walter Benjamin, »Wider ein Meisterwerk«, in: »Angelus Novus«, Ffm. 1966, S. 436.

4 Zit. nach »Germanistik soll sich von Dichtung lösen«, in: Frankfurter Rundschau vom 27. 3. 1969.

5 Ebda.

6 Bertolt Brecht, »Gesammelte Werke«, Bd. 10, Ffm. 1967, S. 939.

7 Leo Kofler, »Zur Geschichte der bürgerlichen Gesellschaft«, Bln./Neuwied 1966, s. 563.

8 Franz Mehring, »Gesammelte Schriften«, Bd. 9, Bln. 1963, S. 49.

9 Paul Gerhard Völker, »Die inhumane Praxis einer bürgerlichen Wissenschaft – zur Methodengeschichte der Germanistik«, in: »Das Argument«, Heft 49, 1968. S. 442.

10 Helmut Böhme, »Prolegomena zu einer Sozial- und Wirtschaftsgeschichte Deutschlands im 19. und 20. Jahrhundert«, Ffm. 1968, S. 71/72.

11 Hans Christoph Buch, Diskussionsbeitrag, abgedruckt in Heft 55 der »Alternative«, »Germanistik – Reform oder Politisierung«, Bln. 1967, S. 148.

12 Flugblatt der FU-Germanisten vom 20. 5. 69, zit. nach einer studentischen »Dokumentation der ersten Besetzung des germanischen Seminars der FU«, Bln. 1968, S. 16.

13 Jürgen Habermas, »Erkenntnis und Interesse« in: »Technik und Wissenschaft als ›Ideologie‹«, Ffm. 1968, S. 165/67.

Herbert Singer:

## Literatur, Wissenschaft, Bildung

Es hat in der Geschichte der Germanistik noch niemals einen Zeitpunkt gegeben, der so wenig geeignet war, Prognosen über ihre Zukunft anzustellen, wie der gegenwärtige. Niemals sind ihre Traditionen und ihre Ambitionen, ihre Erkenntnisziele und ihre Wege zur Erkenntnis, ja ihre Gegenstände und damit ihre Existenzberechtigung schlechthin so radikal in Frage gestellt worden wie heute; sie sieht sich den unvereinbarsten Forderungen und Ansprüchen ausgesetzt, und zugleich werden Vorwürfe gegen sie erhoben, die sich gegenseitig ausschließen, weil sie von der Anklage reichen, sie sei eine Wissenschaft vom nicht Wissenswerten, bis zu der entgegengesetzten, sie verhindere durch ihren Dilettantismus die Entstehung derjenigen Wissenschaft, die zu sein sie zu Unrecht vorgäbe.

Nun ist die Germanistik oder sind doch nicht wenige ihrer Vertreter besser als ihr Ruf und durchaus willens, Sinn und Zweck ihrer eigenen Bemühungen in Zweifel zu ziehen. Doch mit der Bereitschaft, Vorschläge und Vorwürfe ernst zu nehmen, neue Formen und Inhalte von Forschung und Lehre zu erproben, wächst nicht nur die Skepsis gegenüber der Vergangenheit, sondern auch die Ratlosigkeit gegenüber der Zukunft. Selbst die, die noch vor wenigen Jahren eine Erneuerung des in vieler Hinsicht revisionsbedürftigen Faches zu unternehmen und zu verantworten bereit waren, sehen sich heute außerstande, unbefangen darüber Auskunft zu geben, wohin ihre wohlgemeinten Bemühungen führen können oder sollen. Und doch wird gerade von ihnen solche Auskunft immer ungestümer verlangt, und gerade sie können dem Argument wenig entgegenhalten, daß die Zukunft der Germanistik zunächst davon abhängt, was die Germanisten aus ihr zu machen gewillt und imstande sein werden – allenfalls dies, daß sie noch niemals von so vielen Gruppen und Instanzen gehindert worden sind, das zu verwirklichen, was sie für richtig hielten, und daß sie sich noch niemals dessen so wenig sicher waren, was für richtig zu halten sei. Wer unter solchen Umständen nicht schweigt, darf wohl wenigstens ein Recht für sich in Anspruch nehmen: das Recht, zu irren und vielleicht schon in Jahresfrist jeden Gedanken und jedes Wort, das er heute zögernd äußert, zu widerrufen.

Wenn von Germanistik die Rede ist, sind fast immer zwei Vorstellungen im Spiele: einmal die von einer wissenschaftlichen Disziplin, die in Forschung und Lehre einen festen, respektierten, wenn auch vielleicht nicht sonderlich ausgezeichneten Platz einnimmt; zum anderen die von einem Fach, das an Schulen und Universitäten vor wenigen Berufenen und vielen Unberufenen vor unzähligen gläubig Lauschenden oder auch unverhohlen Gelangweilten doziert wird, weil der Brauch oder der Markt – heute lieber »gesellschaftliche Bedarfssituation« genannt – es so will. Wenn irgendwo, dann wird bei Erwähnung dieses Faches, das heute offenbar eine schwärende Wunde im System der Wissenschaft darstellt, deutlicher, daß es mit der vielgepriesenen, durch den ruhmreichen Namen Wilhelm von Humboldts sanktionierten und kaum je ernsthaft in Frage gestellten Einheit von Forschung und Lehre, die nach allgemein verbreiteter Auffassung nach wie vor das Fundament der deutschen Universität, ja das der Wissenschaft überhaupt darstellt, seine besondere und nicht unbedenkliche Bewandtnis hat.

Die Frage nach dem Sinn der Wissenschaft ist wie alle Fundamentalfragen, etwa die nach dem Wesen der Kunst, eine, die jedermann stellen, aber nur ein Weiser beantworten kann. Im Kosmos der Wissenschaften ist die Weisheit als Disziplin »Philosophie« institutionalisiert; die Philosophen pflegen ihre Weisheit dadurch zu beweisen, daß sie auf solche Fragen die Antwort schuldig bleiben. Weniger Weise geben sich mit einer Arbeitshypothese zufrieden: Wissenschaft sei eine generalisierte und systematisierte Erscheinungsform der menschlichen Neugier; sie erforscht und registriert alles, was da ist und was je gewesen ist. Diese unphilosophische Definition impliziert zum mindesten drei Freiheiten der Wissenschaft: zunächst die der Wahl ihres Gegenstandes. Unbewegt ruht das Auge der Theorie auf den Fadenwürmern wie auf der h-moll-Messe, auf den Schriften eines Kirchenvaters wie auf dem Bonner Grundgesetz. Die hochgeachtete Wissenschaft der Entomologie hat bisher über 600 000 Insekten registriert, unbekümmert darum, ob es sich um seltene oder verbreitete, nützliche oder gefährliche handelt; und sie wird weitere Hunderttausende beschreiben, ohne daß ihr jemand daraus einen Vorwurf machen wird. Die zweite der Freiheiten der Wissenschaft ist die Schrankenlosigkeit ihres Fragens. Disziplinen, die einer Zensur unterworfen sind, die sich bestimmte Fragen verbieten oder Antworten vorschreiben lassen – wie etwa die systematische Theologie oder die marxistische Gesellschaftslehre – führen den Namen ›Wissenschaft‹ zu Unrecht. Die dritte Freiheit ist die Unabhängigkeit der Wissenschaft von ihrer Nützlichkeit und Verwertbarkeit. Niemand zieht unmittelbaren Nutzen aus der Erkenntnis, daß aufgrund neuester Grabungen feststeht, auf einer gewissen Insel der Kykladen sei nicht, wie bisher angenommen, Hera, sondern Apoll verehrt worden. Dennoch genießt die Archäologie nicht erst seit Ceram, sondern schon seit Heinrich Schliemann allgemeinen Respekt und unveränderte Popularität.

Die Germanistik gehört dem herkömmlichen Kanon der Wissenschaftssystematik nach zu den historisch-philologischen Disziplinen, ebenso wie etwa die Indologie, die Mongolistik oder die Wissenschaft von den Südseesprachen. Diese letzteren Fächer praktizieren erfolgreich das Humboldtsche Modell von Forschung und Lehre, und manche ihrer Vertreter sonnen sich im Glanze ihrer Esoterik, dünken sich mehr als ihre Kollegen, die statt in behaglichen Studierstuben in überfüllten Hörsälen dozieren, und rechnen es sich oder ihrem Fach zum Verdienst an, daß niemand ihnen flehentlich oder auch herrisch empfiehlt, ihre staubigen Scharteken einige Zeit sich selbst zu überlassen und über Fug und Unfug ihres Bemühens, über die theoretische Rechtfertigung ihrer Existenz und über die »ideologischen Implikationen« sowie die »gesellschaftliche Verantwortung« ihres Faches nachzudenken.

Was der Erforschung der Tiefseefauna oder der buddhistischen Mission in Tibet recht ist, sollte Studien über Kleists Interpunktion oder die Syntax mittelalterlicher Urkunden billig sein. Es wäre auf keine Weise zu rechtfertigen, von der These auszugehen, die Forschungen, die das Fach Germanistik betreibt, seien a limine besser oder schlechter als die irgendeines anderen Faches. Und dasselbe gilt von der »Lehre«, sofern sie untrennbar zur Forschung gehört. Forschungsergebnisse – das scheint unbestritten – bedürfen der Erörterung, der Bestätigung, vor allem des Widerspruchs, bedürfen notwendiger Korrektur durch Gespräche im Kreise von Sachkundigen und Interessierten; Lehre ist in einem solchen Kreise stets auch Lernen, und die Rollen der Lehrenden und der Lernenden sind jederzeit austauschbar. Was Humboldt unter »Lehre« verstand, hat ihn folgerichtig zur Konzeption der Akademie der Wissenschaften geführt. Mit der Ausbildung von Hekatomben williger Staatsdiener, mit dem, was heute als gewaltige Maschinerie des »akademischen Unterrichts« etabliert ist, hat sie nichts zu schaffen. Eines ist Forschung und Lehre, ein anderes der Unterricht, selbst wenn er an einer Institution erteilt wird, die sich ebenso prätentiös wie anachronistisch »universitas litterarum« nennt.

Dies mag Pädagogen mißfallen, die einerseits das Dogma von der Einheit von Forschung und Lehre aufrecht erhalten wissen wollen, Lehre also als Diskussion und Verifizierung von Forschungsergebnissen definieren müssen, andererseits aber fordern, der Lehrende müsse eine möglichst große Zahl von Lernenden unterrichten, und zwar so, daß diese das Gelernte unmittelbar und mit einem Minimum eigener Anstrengung auf die Erfordernisse ihres zukünftigen Berufes anzuwenden vermöchten. Es sind dieselben, die das Humboldtsche Ideal mit schönen Worten preisen und an anderen Orten – etwa in den Studienseminaren, die der Referendarausbildung gewidmet sind – sich darüber lustig machen, da die Universität lediglich gewillt und geeignet sei, Privatdozenten auszubilden, und der zukünftige Lehrer füglich schleunigst zu vergessen habe, was er an jener obsoleten Bildungsstätte gelernt habe, um nun von den Praktikern zu erfahren, worauf es eigentlich ankomme: nicht »Iphigenie auf Tauris«, sondern »Iphigenie auf der Mittelstufe«.

Es gehört sehr wenig Intelligenz dazu, Gelehrte zu belächeln, die als Lehrende nicht mehr zustande bringen, als ihre eigenen Nachfolger auszubilden. Man sollte allerdings darüber nachdenken, ob man auf diese Art von Lehre kurzerhand verzichten könnte, ob man fordern dürfte, akademische Lehrer sollten Anweisungen für die Praxis geben und darauf verzichten, solchen behilflich zu sein, die sich nicht damit zufrieden geben wollen, Anweisungen auszuführen, sondern vielmehr aufgrund neuer Erkenntnisse bessere Anweisungen geben wollen. Dies, und nicht unmittelbare, brauchbare Anleitung für die Praxis irgendeines Berufes – oder gar nur erbauliche Betrachtungen des Schönen und Erhabenen – ist diejenige Art von Lehre, die mit der Forschung in unmittelbarem Zusammenhang steht und somit ganz und gar zur Wissenschaft gehört.

Die vielberufene und unabdingbare Freiheit der Wissenschaft bedeutet allerdings nicht, daß »der Geist weht, wo er will«, daß eine zweckmäßige Einteilung und Abgrenzung der wissenschaftlichen Disziplinen entbehrlich sei und daß der Wissenschaft von

Traditionen, Ideologien und von der Rückwirkung ihrer praktischen Verwertung auf sie selbst keinerlei Gefahr drohe. Sie ist vielmehr angehalten, sich durch ständige kritische Überprüfung des Bereiches ihrer Gegenstände und der Wege zur angemessenen Erforschung und Erfassung dieser Gegenstände immer wieder zu korrigieren. Für die Germanistik bedeutet das: sie muß sich endlich und vollständig freimachen von den Hypotheken, die ihre Gründer aufgenommen haben und die es ermöglicht haben, diese Disziplin für einige Jahrzehnte zu einem imposanten Palast auszubauen, die aber heute den zerbröckelnden Prunkbau noch wertloser machen, als er scheint. Die Gläubiger, denen man den größten Teil des überkommenen Gebäudes als Konkursmasse überlassen muß, und die sämtlich noch aus dem 19. Jahrhundert stammen, sind:
der Nationalismus,
die Bildungs-Ideologie,
die irrationale Mythologie der »Geschichte«.

Die philologisch-historischen Wissenschaften sind im 19. Jahrhundert in ein System gebracht worden, das sich längst als eine kaum erträgliche Fessel erwiesen hat. Die nationalstaatliche Ideologie des 19. Jahrhunderts hat die Philologien vertikal gespalten und dadurch abenteuerliche Fächerkombinationen erzwungen, sachlich gebotene aber verhindert. Die Germanistik war definiert als Wissenschaft vom deutschen oder germanischen Wesen und allen seinen Ausprägungen, von der deutschen Rechtsgeschichte bis zur germanischen Altertumskunde, von der Geschichte der deutschen Sprache bis zur Goethephilologie, von der deutschen Volkskunde bis zum nordischen Runengeraune. Das einheitstiftende Zentrum, das Dogma von der Identität von Sprachgemeinschaft und Nation und die »Volksgeist«-Mythologie, hätte wissenschaftlicher Nüchternheit niemals standgehalten; mittlerweile ist sie auch für weniger rational Urteilende in Blut und Feuer untergegangen. Übriggeblieben ist eine ungeprüft tradierte Fachabgrenzung, derzufolge Dramen von Brecht und urgermanische Adjektivsuffixe, Schweizer Ortsnamen und althochdeutsche Evangelienharmonien Gegenstand der einen und selben Wissenschaft bilden sollen.

Weder historische Befunde noch wissenschaftssystematische Überlegungen können eine solche Abgrenzung rechtfertigen. Wer die deutsche Klassik um 1800 verstehen will, muß Rousseau und Richardson, Sophokles und Homer kennen, nicht aber das Ludwigslied oder den Meier Helmbrecht. Vollends absurd ist es, einen Erforscher der deutschen Literatur des Mittelalters zu zwingen, sich mit Fontane oder Trakl zu beschäftigen; unerläßlich ist es für ihn hingegen, Vergil und Alanus ab Insulis zu lesen, den Roman de la Rose und Thomas von Aquin – ja man könnte noch weiter gehen und behaupten, ein Mediaevist, der nicht imstande ist, den althochdeutschen Tatian oder die altsächsische Genesis im Urtext zu lesen, sei weniger beklagenswert als einer, der Dante gar nicht oder aus unzulänglichen Übersetzungen kennt und dennoch behauptet, über die Leistungen volkssprachlicher Dichtung im Mittelalter urteilen zu können.

Zudem hat die allgemeine Sprachwissenschaft nicht minder als die allgemeine Literaturwissenschaft jeden, der Ohren hat zu hören, gelehrt, daß es Sachkategorien gibt, die auf Sprachen und Literaturen, gleich welcher nationalen Provenienz, anwendbar sind. Nicht auf den jeweils national-spezifischen »Geist« der Sprache und der Dichtung kommt es in erster Linie an, sondern auf Formen der Sprache und der Literatur und die Logik ihrer Beziehungen zueinander. Wissenschaft hat sich an Gegenständen und ihren Beziehungen zueinander zu orientieren, nicht an Ideologien und Mythologien. Was daraus für Sprach- und Literaturwissenschaft und für ihre Anwendung im Unterricht zu folgern ist, haben Harald Weinrich und Wolfgang Iser in diesem Bande dargetan.

Schon die gelehrten Germanisten des 19. Jahrhunderts, dann mehr noch die fanatisierten Deutschlehrer der Jahrhundertwende und schließlich hemmungslose Germanisten fast jeglicher Observanz zwischen 1919 und 1945 haben sich an der Vorstellung berauscht, die »Deutschkunde« sei der Inbegriff dessen, was aus einem homo sapiens, einem bloßen kulturlosen Menschenwesen, nicht nur einen »Gebildeten«, sondern einen gebildeten Deutschen oder deutschen Gebildeten machen könne. Was Goethe oder Humboldt unter »Bildung« verstanden, ist von diesen Präzeptoren, etwa den Herausgebern und Beiträgern der berüchtigten »Zeitschrift für deutsche Bildung«, schmählich mißbraucht worden. Wenn Worte wie »Volksbildung« oder »Bildungsgüter« heute einen schalen Beigeschmack haben, so ist es die Schuld derer, die ehrwürdige Begriffe mit nichtswürdigen Inhalten gefüllt haben. Einerseits waren es die nationalen Scheuklappen, die dazu geführt haben, andererseits die bürgerliche Doktrin, daß der Gebildete über Kunst, Literatur und Musik, ein wenig vielleicht auch über Geschichte und Philosophie müsse mitreden können, daß aber Jurisprudenz, Medizin oder die Ergebnisse der Naturwissenschaften keine geeigneten Konversationsthemen seien, ganz zu schweigen davon, daß es in gewissen bürgerlichen Kreisen bis zum heutigen Tage verpönt ist, über Politik, Religion und Geld zu sprechen. Da nun Musik und bildende Kunst wenig geeignet sind, über die Beschaffenheit der Welt Auskunft zu geben, hat sich die Konvention herausbilden können, die Literatur sei das geeignete Medium, die schätzbare rosenrote – oder gelegentlich auch giftgrüne – Brille, durch die der Gebildete die Wirklichkeit der Welt zu betrachten habe. So konnte es geschehen, daß die Poesie, die, auch wenn sie es nicht zugab, seit jeher die Welt nicht so darstellte, wie sie ist, sondern so, wie sie nach Maßgabe der jeweils gängigen Meinungen zu sein oder nicht zu sein hatte, von Literaturbeflissenen aller Art als das geeignete Medium der Welt-Anschauung erkoren wurde. Das jahrtausendalte Dogma, Dichtung habe auf angenehme und unterhaltsame Weise zu belehren – miscere utili dulce –, von den Dichtern oft mißachtet und seit zweihundert Jahren endgültig widerrufen, bestimmte und bestimmt weitgehend noch heute die Erkenntnisziele der Literaturwissenschaft. Über Christus wollte man nicht von Theologen belehrt werden, sondern von Klopstock, über Moral nicht von Kant, sondern von Schiller, über das Problem der Gerechtigkeit befragte man nicht Juristen, sondern Kleists »Michael Kohlhaas«; die Vorstellung des gebildeten Deutschen von bäuerlichen Lebensformen orientierte sich an Gotthelf oder Wilhelm von Polenz, die vom Wesen des Bürgers an Fontane oder an Thomas Mann. Dies ist das Prinzip des Deutschunterrichts an Schulen, zumal das Prinzip der dort benutzten Lesebücher, bis auf den heutigen Tag. So konnte es kaum ausbleiben, daß das Schulfach Deutsch das universelle Bildungsfach schlechthin sein wollte, daß das fatale Wort »Lebenshilfe« nach wie vor in den Lehrplänen umhergeistert, daß der »Besinnungsaufsatz« Bekenntnisse aller Art provoziert – und oft genug Bekenntnisse zu den Ideologien, die der Deutschlehrer zuvor im Namen seines »ganzheitlichen Erziehungsauftrags« verkündet hat –, ja daß dem Lehrer der Literatur nicht selten die Rolle des Seelsorgers zugemutet wird, der seine heiligen Schriften als eine Sammlung von Verhaltensmustern und erbaulichen Sentenzen auszulegen hat. Nicht zufällig trug eine noch vor wenigen Jahrzehnten weit verbreitete Anthologie den hauspostillenhaften Titel »Anfechtung und Trost im deutschen Gedicht«.

Die Literaturwissenschaft, die an den Universitäten gelehrt wird, hat sich gewiß oftmals Mühe gegeben, solchem Treiben das Ethos wissenschaftlicher Nüchternheit entgegenzusetzen und sich in selbstloser Kleinarbeit um die Sicherung historischer Fakten und authentischer Texte, um die Erforschung und Tradierung des rational Erweislichen und logisch Begründbaren verdient gemacht. Ganze Generationen von Gelehrten aber haben sich das verlockende Schlagwort vom universellen Bildungsauftrag der Deutschkunde zu eigen gemacht, sind dem Ehrgeiz erlegen, Lehrer der Nation in guten und bösen Tagen zu sein, und haben dabei, oft ungewollt, Lehre mit Unterricht verwechselt und damit schrankenlosen Dilettantismus und gefährlichen Irrationalismus als Wissenschaft ausgegeben. Dieser Vorwurf kann auch der Nachkriegsgeneration nicht ganz erspart bleiben, die das donnernde wilhelminische Pathos ebenso verschmäht wie die spekulativen »Synthesen« der zwanziger Jahre und sich, scheinbar bescheiden und asketisch, auf die Interpretation von Texten beschränkte; denn diese Interpretation, deren Meister Emil Staiger war, der Restaurator der romantischen Poetik, kam selten genug über inhaltliche Paraphrase und bewundernde Betrachtung hinaus – selbst wenn sie sich später mit einem modischen Terminus als »Strukturanalyse« ausgab. Und was im Deutschunterricht an den Schulen aus diesen Interpretationskünsten geworden ist, war zumeist nichts als das Alte in notdürftig zusammengeflicktem neuem Gewande: Erbauung und Belehrung anhand sorgfältig ad usum delphini ausgesuchter Texte, geleitet von der Frage »Was will uns der Dichter damit sagen?«, unterstützt durch Lehrmittel, die ihrerseits wiederum auf dickleibigen Sammelbänden beruhen, deren bekannteste Benno von Wieses Interpretationsmausoleen sind: Sekundär- Tertiär- und Quartär-Literatur, Bestätigung der Bestätigung des zu Bestätigenden.

Es scheint paradox, daß all diese Mißlichkeit, einschließlich der ungebührlichen Ausweitung des Faches Germanistik zur allgemeinen Lebenswissenschaft und säkularisierten Theologie, auf dem Prinzip der Beschränkung beruht: das Interesse der deutschen Literaturwissenschaft hat bislang fast ausschließlich der deutschen »Nationalliteratur« gegolten, ausnahmslos der Dichtung und ganz überwiegend deren Inhalten. Von dieser schmalen Basis aus, den Inhalten der deutschen Dichtung, schien es offenbar möglich, die Welt des Geistes und nebenher auch noch die »wirkliche« Welt zu erobern, die dabei unversehens »ein völlig deutscher Gegenstand« wurde.

Es ist nicht einzusehen, weshalb die Literaturwissenschaft, die stets darauf bestanden hat, mit der Sprachwissenschaft auf engste und unlösbare Weise verknüpft zu sein, sich lediglich mit solchen Texten beschäftigen dürfte, die fiktionaler Natur sind, also mit Dichtung, und zwar fast ausnahmslos mit Dichtung von hohem oder höchstem Rang. Ganz abgesehen davon, daß es zwar einen überlieferten und erstaunlich stabilen Kanon der »Klassiker«, der Dichter ersten Ranges gibt, nicht aber brauchbare und rational nachprüfbare literarische Wertungskategorien – die bis in die jüngste Zeit gänzlich verachtete und vernachlässigte Trivialliteratur eröffnet mit ihren Inhalten, vor allem aber mit ihren Formen und Formeln der Literaturwissenschaft Möglichkeiten, die die »hohe« Dichtung ihr verweigert. Der Detektivroman etwa, hochformalisiert, an klare Kompositionsschemata und strenge Regeln gebunden und somit relativ leicht quantifizierbar, bietet der Gattungspoetik dankbarere – weil lösbarere – Aufgaben als Grabbes Dramen.

Was aber der Trivialliteratur recht ist, muß anderen sprachlichen Erzeugnissen, die nicht den Anspruch erheben, Kunst zu sein, ja nicht einmal den, zur Literatur gerechnet zu werden, billig sein. Wenn es zu den Aufgaben der Literaturwissenschaft, der Schwester der Sprachwissenschaft, gehört, Texte zu analysieren, dann kann ihr niemand vorschreiben, welche Art von Texten der Untersuchung würdig sind. Nicht nur Essay und Kritik, Satire und Pamphlet, sondern auch Predigt und Traktat, forensische und politische Rede, gelehrte Abhandlung und Gesetzestext, Berichte und Dokumente jeder Art: alles Geschriebene kann und soll Gegenstand der Analyse werden, auch und gerade die zum alsbaldigen Verbrauch bestimmten Erzeugnisse der Presse und der Werbeindustrie. Bei solcher Analyse kann es sich freilich ganz und gar nicht um die Untersuchung von Inhalten handeln. Wert und Unwert, Wahrheit und Irrtum eines

Hirtenbriefes, eines Gesetzes oder einer Parlamentsrede zu beurteilen, hieße Theologen, Juristen oder Politologen ins Handwerk pfuschen und einem hemmungslosen Dilettantismus Tür und Tor öffnen. Ziel solcher Analyse kann vielmehr nur eine literarische Formenlehre sein, die Untersuchung von Aufbauschemata, Argumentationsmodellen, rhetorischen Formen. So wie die Linguistik nach der Funktion der Teile innerhalb eines Satzes oder einer Periode fragt und nach den Regeln, die die Verfertigung sinnvoller Sätze ermöglichen, so hätte eine Textgrammatik die Funktionen der Komponenten größerer sprachlicher Zusammenhänge zu untersuchen und nach den Regeln zu fragen, deren Befolgung Texte von bestimmter Eigenart und Verwendbarkeit entstehen läßt. Eine solche literarische Formenlehre dürfte dem entsprechen, was Harald Weinrich »semiotische Literaturwissenschaft« nennt. Ihre Kriterien wären abzuleiten aus den Regeln der Logik, der Mutter aller Vernunft und Wissenschaft.

Gegen diesen Vorschlag, den Gegenstandsbereich der Literaturwissenschaft zu erweitern, seine Erkenntnisziele aber durch Formalisierung einzuengen, werden sich wenigstens drei Einwände erheben: Zunächst der, daß sie eine allgemeine Nivellierung sprachlicher Phänomene propagiere und daß denn doch, bei aller gebotenen Skepsis, nicht zu leugnen sei, daß auch in formaler Hinsicht ein Text von Goethe oder von Brecht interessanter und lohnender sei als die Rede eines Ministers. Der Einwand ist leicht zu entkräften: ganz offensichtlich gibt es eine Hierarchie der literarischen Formen, eine Stufung von den einfachsten bis zu immer komplizierteren Gebilden, und in dichterischen Texten werden der Sprache ihre größten Leistungen abverlangt. Die Dignität der Dichtung und ihrer Untersuchung soll nicht angezweifelt werden; bezweifelt werden kann nur, ob sie am Anfang oder nicht vielmehr am Ende textanalytischer Bemühungen zu stehen habe, ob man also beispielsweise, was ein Emblem ist, nicht an einem Reklameplakat leichter exemplifizieren kann als an einem Drama von Lohenstein.

Schwerer wiegt der zweite Einwand. Literaturwissenschaft wird sich niemals so formalisieren lassen wie die Mathematik; sie hat es nicht mit einem abstrakten Zeichensystem zu tun, sondern mit Texten, die etwas bedeuten. Formen sind stets geformte Inhalte, und es geht nicht an, von diesen Inhalten gänzlich abzusehen. Und selbst wenn es möglich ist, die inhaltlichen Elemente eines Textes lediglich nach ihrem Verhältnis untereinander, nach den Gesetzen ihrer Zusammenfügung, nach der logischen Stimmigkeit ihrer Komposition zu befragen – ist die Beschränkung auf ein solches Verfahren erlaubt? Eberhard Lämmert warnt vor einer »Verwissenschaftlichung«, welche die Wissenschaft in eine »Gesellschaft mit beschränkter Haftung« verwandelt. Andere werden erklären, die Wissenschaft habe zur Verbesserung der Welt beizutragen, indem sie deren Unzulänglichkeit entlarve. Sie habe es mit »kritischen Inhalten« zu schaffen, und wenn sie schon mit Texten umgehe, so habe sie ihren Blick über den Text hinaus auf die Realität zu richten, die in der Sprache unverfälscht, vielleicht aber auch idealisiert, verzerrt, »manipuliert« oder wie immer erscheine. Wissenschaft müsse moralisch sein, denn wenn sie sich wertfrei gebärde, helfe sie das schlechte Bestehende zu konservieren und sei damit schon unmoralisch. Das heißt aber, nüchterner formuliert: Die Germanistik soll bleiben, was sie ist, oder wieder werden, was sie war, nämlich ein Fach, das unter dem Vorwand sachlicher wissenschaftlicher Bemühung Ideologien, ja Doktrinen verbreitet. Der Raum, der durch die Austreibung der alten falschen Ideologien frei geworden ist, soll durch neue, diesmal »richtige« ausgefüllt werden – neuer Wein also in die alten ausgebeulten Schläuche. Man braucht nur ein paar Begriffe auszuwechseln: statt »Nation« sage man nun »Gesellschaft«, statt »Bildungsgüter« »kritische Inhalte« (was immer das bedeuten mag), statt »Deutschkunde« »Soziologie« – und das alte Lebenshilfe-Fach mit seinem universellen Erziehungsanspruch ist wiederhergestellt. Vielleicht ist ein solches Fach, zum mindesten als Schulfach, in der Tat notwendig. Nur sollte man es dann redlicherweise weder »Deutsch« noch »Literaturlehre« nennen, sondern »Sozialpädagogik«.

Der Forderung nach kritischer Distanz hingegen tut auch die »bloße« Textanalyse Genüge, die dem angelsächsischen »literary criticism« weit näher stehen müßte als dem, was man in Deutschland »Interpretation« nennt. Sie hätte zudem den Vorzug, Forschung, Lehre und Unterricht einander wieder anzunähern, weil sich die Ergebnisse »strukturalistischer« – um das schon fast verbrauchte Wort endlich zu nennen – Textuntersuchung unmittelbar und ohne pädagogische oder gar homiletische Verwässerung auf die Praxis des Schulunterrichts anwenden ließen. Wenn die Linguistik schreiben lehrt, lehrt die Textanalyse lesen

– freilich nicht ein einfühlendes, »mitvollziehendes« Lesen, nicht Antworten auf die Frage: »Was will uns der Dichter sagen?« Wo Logik waltet, kann Kritik nicht ausbleiben. Die Kritik aber stellt spielverderberische Fragen: sie fragt nach den Zwecken und den Mitteln des Autors, nach seinen Versprechungen und deren Erfüllung, nach dem Verhältnis von Überzeugung und Überredung, nach der Stringenz und Glaubwürdigkeit eines Textes, und selbst dort, wo sie der Verzauberung durch Glanz und Wohllaut der Sprache sich bewußt ist – nicht: erliegt –, kann sie es nicht lassen, den Künsten des Zauberers auf die Spur zu kommen.

Einen Text »gegen den Strich« zu lesen, ist eine in Deutschland noch weithin unbekannte Kunst. Sie zu lehren, mag eine bescheidene, vielleicht entsagungsvolle Aufgabe sein – gewiß aber keine überflüssige.

Was aber wird aus der Literaturgeschichte? Dies ist der dritte Einwand, und er spielt sogleich auf die dritte Hypothek an, die auf der herkömmlichen Germanistik lastet. Die Geschichte der literarischen Formen ist bisher, bis auf wenige und kaum zulängliche Ansätze, ungeschrieben geblieben. Herkömmliche Literaturgeschichtsschreibung hat sich nie ganz frei gemacht von der Geschichtsmythologie des 19. Jahrhunderts, von der Ehrfurcht vor dem Gewordenen, dem »organisch Gewachsenen«, vor dem fraglosen Hinnehmen dessen, was gewesen ist und also offenbar zu einem – nur halbwegs säkularisierten – Weltgeist verordnet ward; und sie hat immer wieder den hoffnungsvollen Versuch unternommen, deutsche Literatur vom Hildebrandslied bis zur Gegenwart – mochte diese »Gegenwart« auch nur bis zu Goethes Tod reichen – als eine Einheit zu beschreiben. Rückhalt fand sie allenfalls bei einer Historiographie, die die Geschichte des deutschen Volkes unter ähnlichen Kategorien zu schreiben bemüht war.

Niemals ist der Versuch gemacht worden, die diachronische Geschichtsschreibung durch synchronische Analyse zu ergänzen. Dazu hätte es freilich auch einer Neuorganisierung der Wissenschaften bedurft. Um etwa das Barockzeitalter einigermaßen hinlänglich zu beschreiben, hätte es einer Barockwissenschaft bedurft, deren Gegenstände nicht nur die Literaturen des 17. Jahrhunderts, sondern auch die Geschichte der absolutistischen Staatsverfassung, der Neuscholastik, des Merkantilismus, der barocken Kunst, Musik und viele andere hätten sein müssen; erst dann hätte es vielleicht gelingen können, einerseits den »Geist« der Epoche, nämlich ihre Denkkategorien zu bestimmen, andererseits die bloße Anhäufung von historischen Fakten zu einem Gewebe aus »Ketten von Ursachen und Wirkungen« zu ordnen und so, wie es Lessing gefordert hat, »die unnützen Schätze des Gedächtnisses in Nahrungen des Geistes zu verwandeln«. Die Rationalisierung der Geschichte, die Ordnung des historischen Wissensstoffes nach der logischen Kategorie der Kausalität ist eine Aufgabe, von deren Bewältigung wir noch weit entfernt sind.

Auf die Geschichte der Literatur angewandt bedeutet das: es ist leicht gefordert, man müsse ein literarisches Werk als Ergebnis der politischen, sozialen und ökonomischen Bedingungen seiner Entstehung beschreiben. Dieser Forderung aber genüge zu tun, so berechtigt sie auch ist, fehlen uns heute noch fast alle Mittel. Wer will sich anheischig machen, zu beweisen, daß Hölderlins »Hyperion« und Schillers »Wallenstein« gleichzeitig aufgrund sozialer Verhältnisse so und nicht anders werden mußten, wie sie geworden sind?

Weniger schwierig wäre es, wenigstens einen Anfang zu machen mit der Erforschung der Wirkung literarischer Werke. Dazu fehlt uns vor allem ein Computer, der uns die Mühe abnimmt, einige hunderttausend Seiten Briefe, Memoiren, Biographien, Aufzeichnungen und Dokumente aufzuarbeiten, so daß wir mit leichter Mühe feststellen können, welches Buch von wem und unter welchen Umständen und mit welcher Wirkung gelesen worden ist.

Doch eine Neubegründung der wissenschaftlichen Literaturgeschichtsschreibung zu erörtern, ist hier nicht Raum. Im Unterricht, zumal der Schulen, aber auch der Universitäten, ist die historische Dimension ohnedies ins Hintertreffen geraten. Das ist zu beklagen, aber erst zu ändern, wenn auch die Geschichte sich von den Kategorien des traditionellen Historismus freigemacht haben wird. Die Krise des historischen Bewußtseins, die Befreiung von einer Tradition, die von Vico und Herder über Hegel bis zu Treitschke und Spengler reicht – von neueren Verirrungen zu schweigen – ist ein Problem, das nicht nur ein einzelnes Fach angeht. Und selbst wenn es einmal eine neue, rationale und zugleich universale Literaturgeschichte geben sollte, so wird sich –

und das ist für die Schule bedeutsam – eine, und zwar eine äußerst wichtige Epoche solcher Historiographie entziehen: die Gegenwart. Über ihre Wirkungen wissen wir nichts, von ihren Ursachen wenig. Es hieße die Erkenntnisfähigkeit des Menschen überfordern, wollte man ihm zumuten, sich selbst historisch zu sehen. Eine zuverlässige, gesicherte und nachprüfbare Analyse der gegenwärtigen Situation wäre ein utopisches Unterfangen.

Noch eine letzte Frage und als Antwort ein letzter, vermutlich schreckenerregend ketzerischer Vorschlag. Was soll aus dem Dichtungsunterricht an den höheren Schulen werden? Wenn die Textinterpretation sich auf kritische Formanalyse beschränken soll, Lebenshilfe und Besinnung der Sozialkunde überantwortet werden soll – wird er zum bloßen »musischen Beifach« verkümmern, wie es Eberhard Lämmert befürchtet? Es mag sein, daß diese Gefahr besteht. Aber wäre das eigentlich ein nationales Unglück? Ist Dichtung so viel erhabener als Kunst und Musik? Selbst wenn der Literaturunterricht sich nicht mehr auf deutsche Autoren beschränkt, selbst wenn man einsähe, daß es lohnender ist, Flaubert oder Beckett, Faulkner oder Dostojewski in Übersetzungen zu lesen als Storm oder Rosegger, Andres oder Andersch im Urtext – es wird immer, und vermutlich immer mehr junge Menschen geben, denen poetische Kunstwerke ebenso fremd sind und trotz aller redlichen Bemühungen eifriger und tüchtiger Lehrer fremd bleiben wie die Werke der Musik und der bildenden Kunst. Und ist es wirklich blamabler, nicht zu wissen, wieviele Dramen Schiller hinterlassen hat, als die Anzahl von Beethovens Symphonien vergessen zu haben?

Die Schule muß schreiben und lesen lehren, denn dies ist ein Teil ihrer wichtigsten Aufgabe: das Denken zu lehren. Daneben hat sie nach wie vor den Auftrag, »Bildungsgüter« zu vermitteln; ob sie zu den wichtigsten zählt, muß nachgerade bezweifelt werden. Man kann, ja man muß das bedauern. Aber man darf nicht die Augen davor verschließen, daß Begriff und Inhalt der »Bildung«, aus dem 19. Jahrhundert uns überkommen, einem historischen Verschleißprozeß unterliegen; eine Generation, die so vielerlei ehrwürdige und auch weniger ehrwürdige Traditionen zu revidieren entschlossen ist, wird kaum vor dem herkömmlichen Bildungskanon ehrfürchtig innehalten. Es werden vielleicht nicht wenige sein, die auch heute und morgen bereit sind, der Dichtung dankbare Aufmerksamkeit entgegenzubringen;

ihnen sollte jegliche Hilfe und Anleitung zuteil werden. Aber viele werden ihr verächtlich den Rücken kehren. Und niemand wird sie daran hindern können. Auch nicht die Germanistik.

Hans-Wolf Jäger:

# Gesellschaftskritische Aspekte der Germanistik

## I

Während am 2. Juni 1967 ein exotischer Tyrann in Berlin den Klängen von Mozarts »Zauberflöte« lauscht, die man ihm zu Ehren aufführt, wird vor dem Theater ein Germanistikstudent erschossen. Er protestierte gegen die Feier jenes Tyrannen durch die Repräsentanten unseres Gemeinwesens.

Im Jahre 1791 hatten die reaktionären Kreise in Wien ein Aufführungsverbot für die »Allegorie auf die französische Revolution« (Heigel), die »Zauberflöte«, verlangt. Sie verstanden, wie die Oper gemeint war: die Königin der Nacht – Bild der alten finsteren Despotie, der Sonnenpriester Sarastro – Vertreter von Aufklärung und Humanität. Sie interpretierten letzteren sogar als den Vorsitzenden der Nationalversammlung des neuen revolutionären Frankreich.

Wer trägt die Schuld an der Perversion, daß mit eben dieser Oper ein Despot geehrt und während ihrer ein kritischer Student erschossen wird? Wer ist verantwortlich für diese peinliche Selbstdiskreditierung einer bildungsbegüterten Sozietät?

Mitschuldig ist auf jeden Fall eine Wissenschaft – Kunst-, Musik-, Literaturgeschichte, die seit Jahrzehnten unsere Aufmerksamkeit auf künstlerische Ründe, auf Wohlklang und Tiefsinn fixiert und uns abgewöhnt hat, nach den sozialgeschichtlichen Umständen eines Kunstwerks, nach seinen politischen Absichten und Einschlüssen zu fragen.

Vor allem hat uns diese Wissenschaft die republikanische Tradition unserer Literatur lange entrückt oder verdorben. Herder, den Göttinger Hain, Hölderlin, um nur Beispiele zu nennen, isolierte sie in ein luftiges Reich der Kunst hinein, stilisierte sie zu unkonkreten Geschichtsdeutern, zu Meistern der Form oder Verkündern mythischer Welten. Offen politische Autoren wie Büchner, Heine oder Brecht werden weiterhin mit Vorliebe unter einen ästhetischen Aspekt gestellt, ihre direkt politischen Intentionen werden ins Psychologische versimpelt oder ins Eschatologische verblasen. Die Germanistik nimmt diese Autoren auf, aber sie dienen als Alibi und bezahlen die Aufnahme mit der

Kastration ihres emanzipatorischen Charakters.

Wer versteht die theologischen Mystifikationen Herders, der nicht seine finanzielle Zwangslage (6 Kinder) kennt, die ihn nötigt, im Pfarramt auszuhalten? Wer kann seine späten Briefwechsel, Dialoge, Mysterienspiele angemessen interpretieren, der nicht weiß, welcher Druck politischer und kirchlicher Aufsichtsbehörden ihn, vor allem in den Jahren nach der Revolution, zu diesen Tarnformen drängt? Wer deutet Hölderlins mythologische und Natur-Bilder richtig, der nicht den wie einen Geheimcode verwendeten jakobinischen Wort- und Bildschatz kennt, sie von daher erklärt und übersetzt?

Gerade die Vernachlässigung des politischen und sozialen Kontextes von Dichtungen hat die genannten Autoren zur unschuldigen Beute faschistischer Bildungspolitik und Selbstrechtfertigung werden lassen. Der Republikaner Herder wurde zum irrationalen Herold des Rassegedankens, der rauhe Sozialankläger Voss zum völkischen Heimatdichter, der Hain zum Vorläufer der HJ und der jakobinische Hölderlin zum Sänger großdeutscher Kriegslust. Und das sind sie in den Augen mancher »fortschrittlicher« Germanisten noch heute – freilich mit anderer Wertung. Abgelöst von der gesellschaftlich-ökonomischen Basis und der politischen Situation ihres Autors, reduziert auf Seinsdeutungen und sprachliche Kunstwerke, einer Artigkeit des Einfühlens, einer Kunst der Interpretation, engsinniger Untersuchung ihrer formalen Qualitäten und ihres rein stilgeschichtlichen Stellenwertes anheimgegeben, können historische Werke ideologischem Mißbrauch verfallen. Ihre Verklärung wie ihre Reduktion aufs syntaktische Exempel machen sie schutzlos.

Vermutlich wissen außerphilologische Kreise und Interessengruppen besser als die Meister des Faches selbst, wie leicht durch die Beschneidung des Werks auf Kunst und der Werkbetrachtung auf eine vorrangig ästhetische der historische Kunstgegenstand für ideologische Manipulationen verfügbar gemacht wird. Wie erklärt sich sonst die behördliche Vorliebe für Lesebücher und Anthologien, die in den Schulen reine-ewige-gültige Dichtung – oder was dazu verstempelt worden ist – nahebringen, für lizenzierte Interpretations-Leitfäden, die fast ausschließlich der Interpretation im Staigerschen Sinn und der Pflege der Innerlichkeit dienen? So werden intellektuelle Energien gebunden, in Menge gebunden (15 000 studieren in der BRD Germanistik,

Deutsch ist das maßgebliche Schulfach) an illusionäre Werte, abgelenkt von den eigentlichen Entscheidungen, die in Machtpolitik und Wirtschaft fallen, wo allein unser Schicksal ernstlich verhandelt wird. So wird ein großer Bereich von Literatur, der als Arsenal demokratischer Ermunterungen dienen könnte, neutralisiert. So können – und das weiß man in den Kultusministerien genau – Kunstwerke systemkonform politisch dienstbar gemacht werden.

Niemand erstaunt mehr darüber, daß ein uneingeschränkt positives Echo auf Staigers berüchtigte Züricher Rede vom Dezember 1966 vom ersten Preisträger der nationalkonservativen »Deutschlandstiftung«, Armin Mohler, zugleich Bildungsbeauftragter der Firma Siemens, kam (»Die Welt«, 16. 1. 1967). Eine »über die ganze westliche Welt verbreitete Legion von Dichtern, deren Lebensberuf es ist, im Scheußlichen und Gemeinen zu wühlen«, brandmarkt jene Rede dieses heute – bestimmt in den Schulen – maßgeblichen Germanisten und forderte stramme Ausrichtung am hohen Wort unserer Klassik. Sehr ausführlich gab das Blatt, dessen Interessen man hier gar nicht vermutet hätte, die Rede wieder und lobte sie emphatisch: die Unternehmerzeitschrift »Der Arbeitgeber« (1967/3) – sicher nicht nur, weil Peter Weiß, den Staiger als einzigen kenntlich denunzierte, in seinem Auschwitz-Stück, das Staiger gleichfalls mit Ingrimm nennt, die deutsche Großindustrie der Ausbeutung von KZ-Häftlingen zeiht; eher wohl, weil eine analytisch-kritische, nicht »positive« und verklärende Literatur und Literaturbeschreibung, wie der Züricher sie wünscht, manch dunkles Geschäft stören könnte.

Gewiß wollen wir die gegebenen Beispiele nicht überziehen. Auch nicht des abgedankten und des regierenden Kanzlers Schmähungen kritischer Literaten und Hochschullehrer. Aber diese Beispiele sollten helfen, die Frage wachzuhalten, die jeder Germanist sich zu stellen hat: wessen Geschäfte besorge ich, ohne es zu intendieren, mit meiner germanistischen Stoffauswahl, Methode und Wertung? Zu wessen Fuchtel kann ich mich ungewollt durch Maßstäbe machen, die in Schule und Öffentlichkeit zu Wertungsgewohnheiten werden? Dieses Fach Germanistik, das für ernsthafte Leute soviel Lächerliches hat, in dessen Dienst so viele Jahrzehnte staatsbürgerlich irrelevanten Fleißes investiert werden und dem gleichwohl soviel politische Brisanz innezuwohnen scheint, gilt es nicht zu wechseln, sondern zu ändern.

## II

Wir sprechen hier nicht von fachinternen Renovationen. Auch sie sind wichtig, müssen und werden erfolgen. Die noch unausgeleuchteten Ecken bestimmter Epochen und Gattungen, etwa des 16. Jahrhunderts, der Zweck- und Trivialliteratur, werden ihre fachidiotischen (Begriff rein als terminus technicus gebraucht) Bearbeiter finden. Neue germanistische »Spitzenbegabungen« werden auch noch die soziologische, die politwissenschaftliche, die statistische Methode – gar mittels Computer – auf bislang so nicht traktierte Werke, besonders der »hohen Literatur«, anwenden. Auch fortschrittliche Stränge der vergangenen Literatur werden gebührend beachtet werden. Das schon fertige Gehäuse wird innen komplettiert, dem Bestand des Faches wird aber nichts qualitativ Neues hinzugefügt.

Nötiger scheint, und darauf wollen wir uns hier konzentrieren, gegen den Begriff einer *reinen und zweckfreien Wissenschaft* den Begriff – und die Praxis – einer *praktischen und parteilichen Wissenschaft* zu setzen: Wissenschaft soll in der Gesellschaft eine kritische und emanzipative Funktion erfüllen. Sie muß sich zu diesem Zwecke *politisieren* und *engagieren.* Die Forderung ist nicht von heute – aber wer ist ihr inzwischen nachgekommen? Es handelt sich hier ja nicht darum, neue und aparte Modelle auszuklügeln, sondern zur Verwirklichung der schon vorhandenen vernünftigen Vorschläge aufzufordern.

*Politisierung* bedeutet erstens: die Germanistik muß sich fragen, wem es zustatten kommt, daß sie *prinzipiell und formal* so ist wie sie ist, nämlich rein, wertfrei, unpolitisch. Sie muß sich fragen, wer ihr diese exklusive Spiel-Nische als artig und verbindlich suggeriert, aus der kein kritischer Impuls in die Gesellschaft zurückwirken und im Notfalle kein humaner oder humanistischer Widerstand kommen kann. Nur so würde sie vermeiden, daß – ein Marxwort sei abgewandelt – die herrschende Literaturwissenschaft die Literaturwissenschaft der Herrschenden ist. Sie muß davon ausgehen, daß es in der Gesellschaft eine unparteiliche Haltung ohne politische Auswirkung einfach nicht gibt und auf einer solchen zu insistieren eine Naivität darstellt. Die standardisierte Freiheit und Einsamkeit des Forschers ist nichts als die sublime Form seiner Gleichschaltung, »Politisierung« und »Parteilichkeit« bezeichnen so nicht eine

Tendenz, sondern einen Bewußtheitsgrad. Von nichts sind diese Forderungen weiter entfernt als von einer »Parteilinie«. Die Germanistik hat es leichter, die Sinnfrage zu stellen als etwa die Naturwissenschaft, wo die Faszination des Exakten und Verifizierbaren die nötige gesellschaftliche Selbstbesinnung erschwert. Sie sollte mit gutem Beispiel vorangehen. Eine Fluchtbewegung indes, die gerade in letzter Zeit versucht wird, gilt es abzuschneiden: daß die Germanistik bei ihrem ganz anders gearteten Gegenstand und Zweck den einer Naturwissenschaft angemessenen *heuristisch-methodischen Aufwand,* die dort angebrachte *Kompliziertheit* auch für sich geltend machen möchte – zur Niederhaltung kritischer Initiativen.

Konkretisieren wir den im August 1967 (in der Zeitschrift »Alternative«) von jungen Berliner Germanisten ins Treffen geführten Begriff »Politisierung« weiter, dann folgt als zweite Frage: wer profitiert davon, daß die Germanistik *inhaltlich und in ihren methodischen Tendenzen* so ist wie sie ist? Zur Beantwortung müssen die Direktiven der Kultusbehörden, die Kulturprogramme der Parteien, die Werbung und Programme der Verlage und Buchgesellschaften, die Förderungen, die ihr durch Industriestiftungen zukommen, systematisch von der Germanistik analysiert werden. Wieweit entsprechen die Verlagsprogramme gerade der Unternehmen, die im breiteren Volk werben und absetzen, dem – wenn nicht explizierten, so doch praktizierten – Kanon der Germanistik? Wie ist das Verhältnis von »hoher« und »nur schöner« Literatur zu sozial und politisch enragierter? Reproduziert es die Prozente, wie sie sich in der germanistischen Forschung der letzten Jahrzehnte verteilen, beispielsweise auf Klassik/Romantik und Märchen hier, Aufklärung/Vormärz und Pamphlet dort? Inwieweit strukturiert die Germanistik hier den Lesestoff für weite Kreise und bereitet damit, grob gesprochen, eine bestimmte Indoktrination vor? Hilft sie, da jeder Verlag Funktionär des kapitalistischen Verlags- und Unternehmerwesens überhaupt ist, dazu, daß durch Hintansetzung gesellschaftskritischer Literatur der Verlag sich und das System insgesamt saniert und zu perpetuieren trachtet? Die Ereignisse des letzten Jahres verdienen, da die inhaltlich-progressive Produktion einiger bundesrepublikanischer Verlage ihrer Struktur lebensgefährlich wurde, die Beachtung des Germanisten. Steuern Verlage selbst die Forschung – etwa indem sie durch gute Honorare für Vor- und Nachworte zu Sammelwerken und halbkritischen Editionen prominente Germanisten mitsamt deren Assistentenstäben absorbieren und mittelbar die Vorlesungsstände bestimmen? (Benno v. Wiese: »zur Zeit mache ich eine Immermann-Ausgabe, und da möchte ich natürlich auch ganz gern einmal eine Vorlesung lesen über Immermann« – »Alternative« 55.)

Zu untersuchen ist, welche Projekte – Forschungen oder Jahrbücher – die großindustriellen Stiftungen unterstützen, unter wessen Regie Pläne und Gutachten erstellt werden, wer zu welchen Bedingungen was fördert. Ob es typisch oder nur ein Zufall ist, daß die Stiftung des Thyssen-Konzerns vor vier Jahren ein Lexikon »*romantischer* Staatsbegriffe«, nicht aufklärerischer, nicht junghegelianischer, finanziell anregte. Der von bestimmten Konzernen kontrollierte Rezensionsbetrieb ist zu durchleuchten, z. B. Springers »Welt der Literatur«: welche Wertungen, welche Auswahl wird hier kanonisiert? Welchen Wünschen unterstehen die Redakteure? Die Unternehmerblätter »Der Arbeitgeber« und »Industriekurier« versprechen feine Aufschlüsse; man nehme sich ihre Verlautbarungen zur neuen Literatur, zur Literaturwissenschaft, zum Verlagswesen, zum Aufstellen von Werksbibliotheken vor. Vielleicht auch die Werks- wie die Kasernenbibliotheken selbst. Lektürevorlieben und Schmähmotive der Spitzenpolitiker sollten ebenfalls germanistische Aufmerksamkeit finden. (Ein Münchner Ordinarius: »Heute schelten uns die Politiker, daß wir Brecht an der Universität eingeführt haben.«) Eine erhellende Antwort verspricht die Frage, für welche belanglosen Wortzählungsunternehmen die Bundeswehr Computer zur Verfügung stellt (z. B. der TH Aachen).

Die angesprochenen Komplexe von Literatur im Prozeß ihrer Planung und Verwertung und ihre jeweilige Verquickung mit der heute praktizierten Germanistik in der BRD bieten Stoff für viele Teamarbeiten und Dissertationen. Daß dabei intensiv in die eigene Wissenschaftsgeschichte geschaut werden muß, versteht sich. Germanistik politisiert sich, indem sie dem begründeten Verdacht systematisch nachgeht, daß sie in einer ganz bestimmten Richtung, wenngleich naiv und unreflektiert, parteilich wirkt. Sie bedenkt ihre Funktion in der Gesellschaft, sei's als Motor oder als Resultat und Reflex. In ihrer Selbstbesinnung betrachtet sie sich als *Spiegel* gesamtgesellschaftlicher Kräfteverhältnisse und Interessen und wird – in *ihren* bescheidenen Grenzen – zu unmittelbarer Gesellschaftsanalyse.

Aber genügt diese Politisierung, sofern sie theoretisch und kontemplativ bleibt oder höchstens böse Trends (der Germanistik selbst) verhütet? Es ist mehr nötig. Für das *Engagement*, das direkte gesellschaftliche Wirken, seien, als aktuelle Beispiele, drei Arbeitsfelder genannt.

1. Ist es zu verantworten, daß Germanistik, deren Gegenstand im Medium der deutschen Sprache existiert und zum guten Teil diese Sprache selbst ist, nicht Notiz nimmt von dem Mißbrauch, der in volksverdummender und -verhetzender Weise von einem Teil der Presse mit dieser Sprache getrieben wird? Sollten sich nicht Seminare und andere wissenschaftliche Arbeitsgruppen damit beschäftigen, die Mittel und Zwecke der *Manipulation* zu untersuchen und Detektoren für ihre Analyse bereitzustellen? Zwar sind die bisherigen Untersuchungen zu Inhaltswandel und Begriffsverdrehung aus politischer Tendenz nicht sehr befriedigend und weithin dilettantisch, aber die Arbeit dazu läuft seit Monaten; und wie lange Jahre hatte die Interpretation ästhetisch-ätherischer Gebilde Zeit, ihre Instrumente zu erproben und zu schärfen. Hartungs Urteil (»Alternative« – August 67): »so sensibel sich die Methoden gegen das sprachliche Kunstwerk erweisen, so stumpf werden sie angesichts der Sprache der Herrschaft«, sollte nicht als endgültiger Spruch genommen werden.

2. Die Germanistik hätte sich eines Problems anzunehmen, das seit Jahren bekannt ist, zu dessen – theoretischer – Bewältigung aber bisher nur von der Pädagogik zaghafte Versuche gemacht worden sind – gemeint sind die *»Sprachbarrieren«*. Kinder aus sozial niederen Schichten haben auf dem Gymnasium ungleich geringere Chancen mitzukommen als andere. Das ist eine Folge von Kommunikationsschwierigkeiten, des minderen oder einfach andersgearteten Sprachfundus, den solche Kinder mitbringen und der sich – nicht nur in Deutsch, sondern in allen Unterrichtsfächern – verschüchternd und diskriminierend auswirkt. Hier sollten die Linguistik und die Dialekt- und Jargonforschung betreibenden Disziplinen aktualisiert werden. Die erschreckend hohe Abgangsquote von Arbeiterkindern vom Gymnasium könnte in ihren sprachlichen Ursachen erforscht, nach Wegen der Therapie könnte gesucht werden.

3. Das Verhältnis der herrschenden Universitätsgermanistik resp. der herrschenden Ordinarien zur *Schulgermanistik* schwankt zwischen Vernachlässigung (»alles was Sie an der Universität hören, werden Sie nie brauchen«) und hilfloser Hilfestellung (»wir müssen doch auch die Schulklassiker lehren«). Die erste Haltung ist schick und zynisch, die zweite resigniert und im Grunde uninteressiert an der Schule wie die erste. Die erste flieht vor der Tatsache, daß durch die Schule Germanistik in die Breite wirkt – *noch* ersetzt in vielen Oberklassen der Deutschlehrer den Pfarrer, mit »ungenügend« in Deutsch wird keiner versetzt; die zweite nimmt den herrschenden Zustand hin und vergißt, daß die seit einem dreiviertel Jahrhundert gelehrten »Schulklassiker« wenn nicht undemokratische Tendenzen gefördert, sie doch zumindest nicht verhindert haben und auch einmal an ihre Ersetzung durch andere, aufklärerische Autoren und Schriften zu denken wäre. Da die weitaus meisten Germanistikstudenten Lehrer werden, der größte Anteil des an der Universität Gebotenen also in die Schule vermittelt wird, darf in der Ausbildung der Studenten nicht weiter so verfahren werden, als würden alle freie Schriftsteller oder selbst wieder Dozenten. Besonders die überzüchtete Referatepraxis ist daher abzubauen. Weiterer Kontakt mit den Lehrern ist anzustreben. Mitsprache bei der Aufstellung der Lehr- und Prüfungspläne für Oberschulen, bei der Redaktion und Lizenzierung von Lese-, Lehrbüchern und Anleitungen. Nur dadurch und durch Studienseminare und Fortbildungssemester – nicht durch »Germanistiktage« bisheriger Art –, für die die Hochschulgermanisten sich einzusetzen hätten, würde vermieden, daß die Schulgermanistik um Jahrzehnte hinter der Forschung herhinkt und besonders die von behördlicher Staatsräson verordneten konservativen Richtungen hier weiter dominieren.

Eine Aufarbeitung politisch kritischer Epochen, der Aufklärung, des literarischen Jakobinismus, des Jungen Deutschland und Vormärz, der sozialistischen und der Exilliteratur; eine Neuwertung kämpferisch emanzipativer Formen, der Flugschrift, des Pamphlets, des politischen Katechismus und der Satire, unter Suspension der ausschließlich oder vorwiegend ästhetischen Wertung: diese Themen sollten auch in die Schulen hineinwirken. Jeder weiß, daß es eine Fiktion ist, durch die Gegenstandsbeschreibung übe der Schüler Beobachtung und Sachlichkeit, durch den

Besinnungsaufsatz schärfe er sein Gewissen – das versprechen noch die heutigen »Leitfäden«. Weit mehr dient es dem Schüler, wenn er lernt, *Flugblätter* zu entwerfen und *Resolutionen* abzufassen, die der Artikulation und Durchsetzung legitimer Einzel- oder Gruppeninteressen in einer demokratischen Gesellschaft unmittelbar und einsehbar zugute kommen. Umgekehrt würde die Pflege und Einübung *solcher* literarischer Gattungen die literarhistorische Beschäftigung mit der republikanischen Tradition unserer Literatur erleichtern, weil sie ihr erst einen Sinn verleiht.

Zwei Einwände lassen sich nicht länger abweisen:

1. Ist Wissenschaft noch Wissenschaft, wenn sie Zielen untergeordnet wird, wenn Wissen nicht mehr um des Wissens, Wahrheit nicht mehr zweckfrei und rein um der Wahrheit willen gesucht werden? Darf Wissenschaft wirken wollen? Und wenn sie »wirkt«, »wirkt« sie dann nicht ganz anders: veredelnd durch ihren Gegenstand (hier: die schönen Sprachwerke) und erzieherisch durch die Zucht der Methode?

2. Hat die Germanistik nicht einen ganz fachspezifischen Gegenstand und ist sie für viele der angegebenen Fragen überhaupt zuständig? Sind die nicht besser bei Politik, Politologie, Soziologie, Zeitungswissenschaft, Pädagogik und anderswo aufgehoben?

*Zu 1.* Ein kurzer Blick auf die amtierenden Bellettres-Verwalter macht die erste Vorstellung, von der Veredelung, sehr lustig; und was die andere anlangt, so war Husserl wohl der letzte, der sich im Ernst erhoffte, eine weitverbreitete sachlich-methodische Arbeit, an welchem Gegenstand auch immer, führe eine allgemeine Sagesse und Billigkeit in allen Lebensbereichen herauf. Darüber hinaus belehren einige historische Reminiszenzen, daß die »reine zweckfreie Wissenschaft«, das Erforschen der Wahrheit um ihrer selbst willen, Ideologien aufruht, die von realen ökonomischen und vitalen Interessen zu ganz bestimmten Zeitpunkten produziert wurden. Aristoteles' Rangierung der dianoetischen vor den ethischen Tugenden ist der direkte Reflex einer Sklavenhaltergesellschaft, die sich durch einen ihrer Bevorrechteten ihr gutes Gewissen zusprechen läßt. Die Philosopheme, die in der deutschen Klassik, etwa bei Forster, Körner oder Humboldt das autonome Recht der Kunst und Wissenschaft als solcher beschwören, erklären sich als Trick, durch den die Schriftsteller dem Zugriff reaktionärer Adelspolitik und der parteilichen Pflichtarbeit gegen die republikanischen Tendenzen entzogen werden sollten. Die »Freiheit der Kunst und Wissenschaft« ist hier eine durchaus politische, im ganzen progressive Mystifikation zur Freihaltung von restaurativer und konservativer Servilität und zur Ermöglichung weiterer Aufklärung. Für die sich unpolitisch und unparteilich dünkende Wissenschaft der Weimarer Zeit haben Haug und Abendroth nachgewiesen, wie kräftig ihr Wissenschaftsideal mit antidemokratischen Tendenzen assoziierte und – als nichtpolitisiertes Denken – zu seinem Teil dem Nazismus den Weg ebnen half. Überdies wird sich eine vom Programm her zweckfreie Germanistik auf die Ahnen Herder, Gervinus oder Hettner nur per Lüge oder Ignoranz berufen können.

*Zu 2.* Hier scheint mir ein fatales Konstituens des schon beschriebenen gängigen Wissenschaftsbegriffs leitend: jede Wissenschaft erforscht einen bestimmten Sektor des Kosmos, ihre Methode korreliert unabänderlich einem fixen Objekt. Diese statische Auffassung von der Wissenschaft und ihrem Gegenstand vergißt, daß jenes Objekt so fest nicht ist, im Gegenteil seine erkennbare Geschichte mit ihren bestimmbaren Motivationen hat. Außerdem verkennt diese Auffassung, daß Wissenschaft ursprünglich den Sinn hat, konkrete Nöte einer Gesellschaft zu beheben, daß sie Dienstleistung ist und ihre Motive praktischer Natur sind. Auch Germanistik ist solcherart – worauf hier nicht eingegangen werden kann – aus aktuellen, und zwar politischen Nöten zu politischem Zweck entstanden. Wird eine oder *die* Wissenschaft zum Selbstzweck, erhält sie in diesem Sinne ihre »Autonomie«, ihr eigenes »Ethos«, dann ist es Zeit, sie unter Verdacht zu nehmen. Sie ist auf dem Weg der Perversion und zur Inhumanität; die Welt zerfällt in gleichwertige Regionen, der Naturwissenschaftler bastelt Massenvernichtungsmittel, der KZ-Scherge hört abends Beethoven, der Mensch spaltet sich in den »theoreticus«, den »aestheticus«, »oeconomicus« und andere (Sprangersche) Typen.

Germanistik hat also nicht zu fragen: gehört, was da an Fragen herangebracht wird, aus Tradition zu meinem Gegenstand und Programm? sondern: wo sind Bedürfnisse der jetzigen konkreten Gesellschaft, zu deren Erfüllung ich durch die bisherige Praxis einigermaßen werkzeugmäßig vor- und ausgebildet bin?

Nicht der traditionelle Aufriß des Fachs, sondern die aktuellen Notwendigkeiten der gesellschaftlichen Entwicklung sind das oberste Kriterium. Den konkreten Menschen der konkreten Gesellschaft ist zu dienen, nur ein Tor oder Zyniker dient »der Wissenschaft«.

III

Beim Berliner Germanistentag 1968 kam allein durch *studentische* Initiative ein Arbeitskreis über »Sprachbarrieren« zustande und nur von daher wurde das Problem der sozialen Dialekte dem nächsten Germanistentag als Hauptthema zugewiesen. Die *Studenten* artikulierten die Einwände der Lehrer gegen esoterische oder für die schulische Praxis unnütze Ordinarienreferate. Nur von *studentischer* Seite ergeht an Linguisten und Literarhistoriker die Aufforderung, die Manipulation in der Presse zu erforschen. Durchweg, glaube ich, bedarf es verantwortlicher Mitbestimmung des Mittelbaus, der Studenten, der Lehrer, wenn neue Gegenstände und Methoden im Fach platzgreifen sollen; wenn sozial relevante Themen angepackt werden sollen; wenn Germanistik sich engagiert, sich entnaivisiert und die Parteilichkeit, in der sie schon immer fungiert, bewußt macht, um sie verantwortlich zu übernehmen und zu füllen.

Von vielen Etablierten ist Verständnis für die angesprochenen Themen schwerlich zu erwarten, schon gar nicht für Engagement und Parteilichkeit der jüngeren Germanisten. Ist die erklärte Leidenschaft der meisten doch immer noch: neutral und objektiv den Dingen dieser Welt und ihrer Wissenschaft gegenüberzusitzen und keine Leidenschaft zu haben, es sei denn für Deut-Nuancen oder die visio beatifica des unausschöpfbaren Kunstgebildes. Ein Monopol muß abgebaut werden, das bis jetzt einsam das Angebot von Vorlesungs-, Übungs-, Examensarbeits-Themen festlegt; das über die Aufzucht des Nachwuchses und die Bestückung der Seminarbibliotheken entweder allein entscheidet oder in einer Kollegialität, die sich differenzierter vorkommt, als sie ist, und wo keiner keinem weh tut; das von einem gängigen, darum aber noch nicht reflektierten oder gar legitimierten Wissenschaftsbegriff aus jugendliche Initiativen in der Germanistik als »trivial«, »unwissenschaftlich« oder »der rechten wissenschaftlichen Askese ermangelnd« abqualifizieren kann; das schon dem juvenilen Produkt luxurierende Dickleibigkeit und genormte Langeweile zur Auflage machen möchte; das die soziologische und historische Selbstbesinnung des Fachs auf dem Stand des Germanistentages von 1966 einfrieren will. Die Kontrolle der vielen durch den einzelnen soll verschwinden; wenn schon Kontrolle, dann durch ein paritätisches Gremium; wenn schon Vorzensur zur Veröffentlichung anstehender Arbeiten, dann natürlich auch der ordinarialen. Dies nur Beispiele. Die Demokratisierung der germanistischen Betriebe tut not.

Keine radikalen Bücher- und Bilderstürmer sind es, die die von mir skizzierten Aspekte einer germanistischen Reform vortragen. Die gemäßigten und vernünftigen Germanisten der jüngeren Generation wollen die Germanistik nicht als Opium fürs Volk indizieren und drängen nicht auf ihre Abschaffung. Aber sie glauben, daß eine Germanistik, die bei internen Komplettierungen so weitermacht wie bisher, zu einem Metier für Sonderlinge verkommt, aber in gleichbleibendem Maße Gefahr läuft, sich politisch zu kompromittieren. Ihre Chance sehen sie darin, daß die Literaturwissenschaft – ähnlich wie Herder, Voß oder die Literaten und Wissenschaftler des Vormärz – sich der Emanzipation der noch übervorteilten Klassen verschreibe und, soweit es in *ihren* Kräften steht, die Aufklärung der Gesellschaft vorantreibe. Realistisch, wie diese Gemäßigten sind, werten sie die (nun einmal bestehende) Germanistik als Chance und wollen durch die (schon) institutionalisierten Kanäle, über Gazetten, Buchgesellschaften und vor allem die Schule emanzipatorische Impulse in die Gesellschaft leiten. Die Germanistik ist eine Front, die man nicht leichtfertig aufgeben sollte.

Herbert Heckmann:

## Lebenslauf eines Germanisten in aufsteigender Linie
## Mit erklärenden Notizen

Motto: Die Übertreibung der Satire
ist die doppelte Wahrheit.

Vorbemerkung:
*Sich theoretisch mit der Krise der Germanistik zu beschäftigen, gehört heute nachgerade zu dem Repertoire der Festreden. Es gibt derart viel Literatur über dieses Thema, reformatorische wie konservative, daß man sich wundern muß, wie wenig wirklich geschieht. In Deutschland liebt man die Diskussion der Krise, nicht jedoch deren Beseitigung. Was bleibt einem da anders übrig als eine Satire zu schreiben.*

»Beruf kommt vor Berufung«, sagte der Direktor bei der Abiturfeier, und Peter Wind wußte noch immer nicht, was er werden wollte. Er war 9 Jahre auf die höhere Schule gegangen und hatte in seiner Pubertät gelegentlich Gedichte geschrieben, die von Benn, Trakl, Rilke und sehr vielen andern Dichtern beeinflußt waren. Er fühlte sich zu Höherem berufen, zuweilen auch zu Tieferem. Auch hatte er sich angewöhnt, die Hauptwörter klein zu schreiben. Er schwamm, was er nicht wußte, mit dem Strom gegen den Strom. Sein Vater riet ihm, etwas Vernünftiges zu werden. Das war leichter gesagt als getan.

Peter Winds größter Triumph in der Schule war ein mit dem Herzblut der Begeisterung geschriebener Aufsatz über die Architektonik des Traums bei Trakl. Sein Deutschlehrer bescheinigte ihm hierauf, daß er ein tiefes Wissen um die Dichtung habe. Sein Vater riet ihm, etwas Vernünftiges zu werden.

Dann war es soweit: Peter Wind entschloß sich, Germanistik zu studieren. Er kaufte sich die Literaturgeschichte von Fritz Martini und ein Kollegheft. Bis zu diesem Zeitpunkt war nichts Besonderes im Leben Peter Winds vorgefallen, das auf diesen Entschluß hätte schließen lassen.

Sein Vater, erfolgreicher Arzt, liebte Goethe. Er sah in der Literatur eine Verschönerung des Daseins. »Sie beflügelt den Geist. Es kommt auf das Echte an.«

Die Mutter las Ina Seidel, Carossa, Axel Munthe und das

wöchentliche Horoskop. Sie stand im Schatten ihres Mannes. Einmal gestand sie ihrem Sohne, daß sie gerne Sängerin geworden wäre. Für sie war Literatur, sie würde Dichtung gesagt haben, eine Flucht aus der Alltäglichkeit. Sie liebte das Leid, solange es auf dem Papier stand.

Peter Wind blieb das einzige Kind. Als er seinem Vater den Entschluß mitteilte, Germanistik zu studieren, konnte dieser seine Enttäuschung nicht verhehlen. »Du wirst dir schon die Hörner abstoßen.« Peter Wind zuckte mit den Achseln, eine Art pantomimischer Kommunikation, die er sich im Umgang mit seinem Vater angewöhnt hatte. Als er auf der Universität feststellte, daß außer ihm noch tausend andere Germanistik studierten, kam er sich vor wie ein Liebhaber, der seine Geliebte mit vielen Nebenbuhlern teilen muß.

Die erste Vorlesung, die er hörte, hatte das Alterswerk Goethes zum Thema. Der betreffende Professor jedoch war mit seiner Schillervorlesung des vorhergehenden Semesters nicht ganz zum Abschluß gekommen und holte seine Versäumnisse ausschweifend nach. Peter Wind schrieb eifrig mit. Seine Hand schmerzte ihn nach kurzer Zeit. Bald wußte er nicht mehr, was er schrieb. Er schrieb in der Hoffnung, daß das Geschriebene sich später ihm erschließen würde. Auch nahm er sich vor, Schiller selbst zu lesen, gab jedoch den Vorsatz bald auf, weil er herausfand, daß es besser sei, die Forschung über Schiller zu kennen als Schiller selbst. Er konnte ältere Semester beobachten, die in den ersten Bänken saßen und den Vortrag des Professors mit einem affirmativen Nicken begleiteten.

Starke Minderwertigkeitskomplexe Peter Winds. Er fand noch keinen richtigen Zugang zur Vorlesung, um Beifall zu äußern.

*Die Germanistik ist die Kunst, den Studenten glauben zu machen, was der Dichter wirklich gemeint hat, selbst dann, wenn er nichts gemeint hat. Sie rückt vor den Text einen Drahtverhau von Meinungen, Ideen und Aspekten, daß niemand mehr zum Text selbst vorstoßen kann. Der Text darf nur in einer kritischen Ausgabe gelesen werden. Der Student verzagt und beginnt mit der Anschaffung von Sekundärliteratur.*

Peter Wind hörte außerdem eine Vorlesung über Stefan George. Nach der dritten Stunde gab er das Mitschreiben auf und ließ sich von den in weihevollem Ton vorgetragenen, ja fast gesungenen Sätzen in einen Zustand geistiger Entrücktheit treiben, in dem er das Gefühl hatte, alles zu verstehen, ohne etwas Genaues zu wissen. Er lernte das Schaudern der Eigentlichkeit kennen. Das Dichterische erschloß sich ihm, während er mit halboffenem Mund zuhörte.

Seine Fähigkeit, mit großen Namen Ideen anzudeuten, wuchs zusehends. Seine anfängliche Unsicherheit wich allmählich einer euphorischen Interessiertheit. Er stolperte durch Heidegger und begann ein literarisches Tagebuch, worin er die Dichtung an die Hundeleine der Irrationalität legte. Das streng Philosophische in der Germanistik hob er sich für später auf. Sein erstes Referat hatte den Titel »Das Moment der Höhe und das Moment der Tiefe in der Dichtung Hölderlins«. Er schrieb zehn Seiten über die Höhe und zwei Seiten über die Tiefe. Der Leiter des Proseminars bat ihn, die Arbeit vorzulesen. Er tat es mit verschämtem Stottern. Eine Kommilitonin verliebte sich in ihn. Sie wurde seine Diotima, später dann mehr.

*Nach dem ersten Semester befindet sich der Germanist in einem Zustand der Verwirrung. Sein Fach profiliert sich noch nicht für ihn. Er weiß nicht, wo er anfangen soll. Er liest im Rösselsprungstil und exzerpiert wie ein Berserker. Jedoch verkehrt sich bei manchen der anfängliche Fleiß in eine spekulative Nonchalance. Sie gewöhnen sich an, über alles etwas sagen zu können. Ihre stupende Unkenntnis erleichtert ihnen das Spiel des Einfalls. Wo wenig ist, kann man am weitesten springen. Eine Verbindung von Literatur und gesellschaftlicher Wirklichkeit sehen sie nicht. Sie sind eher bestrebt, die Dichtung von den Schlacken des Historischen zu befreien. Sie sehen in ihr das Paradies für eine Elite, die im Höhenflug die Welt verfehlt.*

*Das Gros der Germanisten jedoch, die nicht von den Anfällen des Einfalls geplagt werden, zwingt sich zu mitschreibender Zuhörerschaft. Sie lassen alles gleichmütig über sich ergehen und haben vor lauter Stoffbewältigung keinen Atem mehr zum Denken. Sie sind eifrig bemüht, auf dem Tummelplatz der Lehrmeinungen die Parolen aufzugreifen, die ihnen den Examensumgang mit den Professoren erleichtern. Früh krümmt sich, was ein Germanist werden will.*

Peter Wind versuchte in seinen folgenden Semestern Fuß in der Germanistik zu fassen. Er verfertigte eine Reihe von Referaten und antichambrierte bei verschiedenen Professoren.

In der Kunst der Interpretation machte er große Fortschritte.

Er vermochte, jede Dichtung in Germanistikdeutsch zu übersetzen. Seine Fertigkeit, zwischen den Zeilen zu lesen, ließ ihn das, was in den Zeilen steht, vergessen. Geistesgeschichtliche Zusammenhänge erledigte er im sorglosen Dreisprung. Auch die Ahnentafel der Einflüsse und Plagiate beherrschte er aus dem ff. Seine Referate erwiesen sich als geschickte Zitatenpotpourris. Seine sehr zurückhaltend vorgetragene eigene Meinung deckte sich eigentlich fast immer mit der des Professors. Das nennt man eine wissenschaftlich prästabilierte Harmonie. Erster Kontakt mit Professoren.

*Charakterstudie eines germanistischen Lehrstuhlinhabers: Er federt gern beim Gehen, besonders dann, wenn er glaubt, gesehen zu werden. Er glaubt eigentlich immer, gesehen zu werden. Sein Kopf hat die Würde eines eifrigen Hahns bei der Betrachtung seiner Hühner. Er bemüht sich überall dort, wo er auftritt, um eine aufsehenerregende Haltung, kommt bei öffentlichen Veranstaltungen immer zu spät und setzt sich in die erste Reihe. Beifall und Unbehagen betreibt er mit viel Aufwand. Sein Händeklatschen hat geradezu einen musikalischen Klang.*

*Im Umgang mit andern Menschen tut er leutselig, lacht gern, wenn ihm nichts Besseres einfällt, und wird sehr unruhig, wenn der andere zuviel redet. Zur Unterhaltung hat er wenig Talent, weil er über alles schon eine feste Meinung hat. Er bevorzugt Behauptungssätze und die Wendung ›Im Grunde genommen‹ und verstummt bei den geringsten Anzeichen von Zweifel an seinen Worten. Die Metaphysik ist sein ständiger Zufluchtsort. An der Universität west er mit Majestät und lehrt, daß man sich früh krümmen muß, um ein Häkchen zu werden. Er liebt den Schweiß, den seine Schüler für ihn vergießen. Die Moderne ist für ihn der Anlaß unermüdlicher Verärgerung, denn er ist im Grunde seines Herzens stockkonservativ. Seine Begeisterung kulminiert in Goethe. Was nachher kam, registriert er mit würdevoller Skepsis. Es ist ihm nach langen Mühen gelungen, seinem Gesicht eine profunde Nachdenklichkeit zu verleihen. Schaut man genau hin, erweckt er den Eindruck, als ob er schliefe.*

*Er muß zu allem etwas Gescheites sagen. Kein Wunder, daß er stets überfordert ist. Er glaubt an die Elite, um den Glauben nicht an sich selbst zu verlieren. Dabei umgibt er sich mit soviel Aura, daß er fast dahinter verschwindet. An die Stelle des Denkens hat er das Zeremoniell gesetzt, an die Stelle der Logik den Einfall. Mit tänzerischer Grazie vertritt er einen verschwommenen Irrationalismus, gibt sich jedoch stets einen wissenschaftlichen Anstrich und kämpft für die Monarchie an der Universität. Der Lehrstuhl ist für ihn eine Art Gralsburg. Reformen sowie die geringsten Anzeichen von Neuerung lehnt er entschieden ab. Er sieht in ihnen Abbruchsarbeiten an seiner mühsam errichteten Würde. Er zehrt von der Unfehlbarkeit ex cathedra.*

*Schmeichelt man ihm, spielt er den Demütigen, greift man ihn an, ist er sofort beleidigt, zuckt die Achseln und schließt die Augen. Er läßt ungern Kollegen neben sich bestehen. Mit sichtlichem Vergnügen spricht er abfällig von ihnen. Am liebsten hat er unkomplizierte, flache Köpfe um sich, die Talent zur Affirmation besitzen. Geistreiche Menschen meidet er.*

*Er liest konservative Zeitungen, ißt ausgefallene Speisen und besitzt ein Premierenabonnement. Politik verachtet er. Sie ist für ihn lediglich Gesprächsstoff. Dem Weltgeist fühlt er sich schon eher verbunden. »Viele sind berufen, wenige aber auserwählt«, sagte er sich immer wieder, und leidet darunter, nicht ganz sicher zu sein.*

Peter Wind im Labyrinth der Germanistik. Er versucht mit fast demütiger Geduld den Ausführungen eines Professors zu folgen, der über die Konjunktion ›ABER‹ im Werke Nietzsches sprach, – und vor lauter ABER zu keinem Sinn kam. Nicht weniger strapaziös war die Vorlesung eines Gastprofessors, der mit schauspielerischem Elan Zeiten und Dichter durcheinanderwirbelte. Er hüpfte von Lessing zu Tolstoj, von Flaubert zu Kafka, von Brecht zu Schopenhauer. »Der große Überblick ist alles«, sagte er und schaute zur Decke, die neu gestrichen werden mußte.

Peter Wind erlangte in seinem 8. Semester mit einer Arbeit über das Leib-Seele Problem im Nibelungenlied die langersehnte Anerkennung. Ein Referat über das Thema »Der Dreivierteltakt in der Lyrik Brentanos« veranlaßte einen Professor, Peter Wind als Doktoranden anzunehmen. Nun zählte er zum innersten Kreis der Germanisten, aber er irrte sich, wenn er glaubte, von jetzt an leichtes Spiel zu haben. Der Entwurf seiner Dissertation, die den Einfluß Homers auf Thomas Mann behandeln sollte, wurde abgelehnt. Auch ein anderer Anlauf scheiterte. Es störte ihn nicht weiter, daß sein Doktorvater in der Nazizeit von den Juden behauptet hatte, daß sie unfähig seien, in der Lyrik ein echtes Gefühl zu zeigen. Kurz nach 1945 war doch gerade er einer der ersten gewesen, der das Kosmopolitische bei Thomas Mann herausstellte. Schon immer gelang es der Germanistik, dem Gebot der Stunde zu folgen.

Eines Tages mußte Peter Wind zu seinem Entsetzen feststellen, daß sein Professor sich seiner Dissertationsbemühungen gar nicht mehr erinnern konnte, woraufhin Peter Wind sich gezwungen sah, alle Seminare und Vorlesungen seines Doktorvaters zu besuchen. Er war schließlich im zehnten Semester, als er an ein neues Thema herangehen konnte. Mit schon verzweifeltem Eifer untersuchte er das Motiv des – Händeschüttelns bei Goethe – und fand heraus, daß das Sitzfleisch von nachhaltiger Bedeutung für den Germanisten ist.

*Der Doktorand der Germanistik lebt in ständiger Angst. Er bangt um das Wohlwollen seines Doktorvaters und gibt sich alle Mühe, seine Belesenheit in Fußnoten anzudeuten. Das wissenschaftliche Ethos zwingt ihn zu einer gesellschaftlichen Ausnahmestellung, die ihm kaum einen Kontakt mit der Umwelt gewährt. Von den Problemen des Tages nimmt er keine Notiz. Eine Neuerscheinung auf seinem Gebiet schüchtert ihn mehr ein als ein politischer Skandal.*

Im 16. Semester gab Peter Wind seine Arbeit ab. Sein Doktorvater, der sie ein Jahr später während seines Urlaubs am Comer See las, zeigte sich beeindruckt. Peter Wind promovierte endlich mit Erfolg. Man sagte, er habe eine akademische Zukunft nach so entsagungsvoller Vergangenheit. Zuerst wußte er jedoch nicht, was er anfangen sollte. Er war so an die Fußnoten gewöhnt, daß er anders gar nicht vorankommen konnte. Als ihm sein Doktorvater eine wissenschaftliche Assistentenstelle anbot, nahm er sofort an und begann ein Leben im Dienste der Wissenschaft, das darin bestand, daß er seinem Herrn und Meister Zitate herbeischaffte, Bücher exzerpierte, Aufsätze ins Unreine schrieb. Examensarbeiten las und die Aktentasche trug. Um sich ein wenig Ausgleich zu verschaffen, heiratete Peter Wind. Aber das Verhältnis zu seinem Lehrer dominierte in seinem Leben. Von ihm hing sein Glück ab. War dieser übellaunig, litt Peter Wind und fürchtete um seine Stelle. Sein Talent zur Affirmation hatte er derart entwickelt, daß er sich einer eigenen Meinung gar nicht mehr sicher fühlte. Er dachte im Eiertanzrhythmus.

Und die Literatur?

Was die Lehrer verdauen, das essen die Schüler. Peter Wind stellte die Literatur unter die Käseglocke der Wissenschaft. Er nahm ihr den Geruch der Herausforderung und zelebrierte sie als Fußnote zu seinen Einfällen.

*Germanistik ist die Fähigkeit, Literatur aus dem Zusammenhang zu reißen, dem sie ihre Einsicht verdankt, nämlich der historischen Aktualität. Sie siedelt sie im geschichtsfernen Raum des Geschwätzes an, wo sie zum irrationalen Puzzlespiel herunterkommt. Der Humor ist ihr sehr fremd; sie taucht alles in die Einheitssauce des Ernstes, die die Studenten auszulöffeln haben. Den Zugang zur Literatur verbaut sie mit Wichtigtuerei und zuweilen gar mit einer gewissen Geheimniskrämerei. Sie erinnert an eine übereifrige Hebamme, die ihre Arbeit für einen Zeugungsakt hält.*

Als Peter Wind stolzer Vater von zwei Kindern und weniger stolzer Inhaber eines Magengeschwürs war, habilitierte er sich mit einer Arbeit über das Prophetische bei Kafka, die die übrige Kafkaforschung grundsätzlich in Frage stellte. In der Einleitung sagt er: »Der Literaturwissenschaftler setzt dort ein, wo der Dichter sich selbst nicht mehr verstehen kann.« Es dauerte nicht lange, bis man Peter Wind auf einen Lehrstuhl berief. Er nahm sein Amt sehr ernst, auch distanzierte er sich öffentlich von seinem Lehrer, dem er vorwarf, von völlig falschen Voraussetzungen auszugehen. Es bestand kein Zweifel, er war nun ein Vollblutgermanist, in langer Affirmation gestählt, jetzt selbst nur Affirmation heischend.

Die Beschäftigung mit dem Dichterischen hatte ihn emporgehoben. In seinem akademischen Olymp herrschte er wie ein Monarch.

II. Aussichten

Eberhard Lämmert:

## Das Ende der Germanistik und ihre Zukunft

### I

Ihre Verselbständigung, ihre gewichtigen Leistungen und ihre politische Bedeutung verdanken die Philologien in Deutschland dem Umstand, daß man eingangs des 19. Jahrhunderts von ihnen mehr erwartete als bloße Auskünfte über ihre Gegenstände Sprache und Literatur. Weil man in der Sprachgemeinschaft einen Sozialverband auf die natürlichste Weise begründet sah, erwartete man von der Sprachwissenschaft die gewichtigsten Aufschlüsse über Herkunft und Eigenart von Stämmen und Völkern. Weil die Dichtung als die ursprüngliche und einzig noch unmittelbar schöpferische Sprachäußerung verstanden wurde, fiel der Literaturwissenschaft die Erschließung der alten Poesie und die Entfaltung der Nationalgeschichte anhand einer Geschichte der poetischen Literatur als Hauptaufgabe zu.

Politische und soziale Umstände waren es auch, die die Ehrfurcht vor der deutschen Sprache und Poesie im aufstrebenden Bürgertum des vielgeteilten Deutschland zu einer Art Nationaltugend erhoben. Die mangelhafte politische Repräsentanz der deutschen Nation ließ die Idee der Sprachgemeinschaft zu einer idealistischen Sprachtheorie sich verfestigen, die in der Aufdekkung einer ursprünglichen Zusammengehörigkeit die historischen Rechte und in der Bewahrung eines »unvermischten« Deutsch nicht zuletzt die politischen Zukunftsansprüche der Deutschen wissenschaftlich zu sichern unternahm. Die Poesie war bereits im 18. Jahrhundert durch eine pädagogische Ästhetik zur autonomen, nicht mehr auftragshörigen Instanz der Wahrheitsverkündigung erhoben und damit in einen Rang versetzt worden, der zuvor der religiösen Offenbarung allein vorbehalten war. Daß sie sich gerade unter Gebildeten diesen Rang für lange Zeit bewahren konnte, hat allerdings nicht nur mit dem Mangel an anderwärtiger Befriedigung des nationalen Selbstbewußtseins zu tun. Poesie und poetische Lebensform gediehen unter anderem deshalb in Deutschland zu besonderem, nachgerade mystischem

Ansehen, weil angesichts der eingeschränkten Lebensverhältnisse, in denen das deutsche Bürgertum durch die hartnäckig fortwirkenden erbständischen und dann berufsständischen Hierarchien befangen blieb, schon für die junge Generation um 1800 und hernach für viele weitere Generationen einzig so eine idealistische Antithese sich ausdrücken ließ gegenüber einem philisterhaften oder bourgeoisen Lebenspragmatismus, der sich eben nur zu gut in die Verhältnisse schickte. So hat auch die von Hölderlin bis zu den Expressionisten immer wieder genährte Sehnsucht der Dichter, Wortführer in der Herbeiführung einer Geschichtswende zu werden, in Deutschland eine besondere, politisch-utopische Komponente.

Es ist leicht zu begreifen, daß die Philologen, die sich unter diesen Voraussetzungen in der Mitte des 19. Jahrhunderts Germanisten nannten, um die Erkenntnis und die Formulierung ihres politischen Auftrags nicht verlegen waren. Mit einigem Recht konnte ihr Sachwalter Jacob Grimm von einer »deutschen Wissenschaft« reden und die Dichtung »aller Wissenschaften Wissenschaft« nennen [1]. Mit einigem Recht konnte auch, solange an dieser Konzeption der deutschen Philologie festgehalten wurde, ein Student, der in sein Studium die Erwartung setzte, es werde ihm den Schlüssel zur Beantwortung der für ihn wichtigsten Lebensfragen und -aufgaben liefern, das Studium der Germanistik als das bestgeeignete wählen. Seine sozialethische Motivation bezog er aus dem Glauben, daß deutsche Sprache und Poesie imstande seien, Menschen inniger als jede andere Gemeinsamkeit aneinander zu binden; sein politischer Impuls wurde genährt durch die Hoffnung, daß eine staatliche Wirklichkeit, in der alle Deutschsprechenden einig versammelt seien, aus dieser Voraussetzung folgen müsse.

Man muß die Vehemenz der ideellen Aufträge dieser Wissenschaft in der ersten Hälfte des 19. Jahrhunderts voll in Rechnung stellen, will man ihre ungewöhnliche Leistungsenergie, aber auch ihre zunehmende Ausbeutbarkeit für Machtinteressen, die sich späterhin des Nationalgedankens nur noch als des geeigneten Stimulans zur Massenbeherrschung wie zur Selbstrechtfertigung bedienten, angemessen beurteilen. So konnte noch bis nach 1945 der mittlerweile machtvoll institutionalisierte Deutschunterricht derart motivierte Absolventen einem Hochschulfach überantworten, das selbst in nahezu hundert Jahren grundlegend neue

Motivationen und damit auch neue soziale Aufgabenbereiche nicht entwickelt hatte.

Zwar scheinen gerade die Fülle und der weiträumige Anspruch sehr unterschiedlicher germanistischer Forschungseinrichtungen diesem Befund zu widersprechen. Schon Jacob Grimm hatte auch Historiker und Rechtsgelehrte zur Mitarbeit an der Erschließung deutscher Sprach- und Poesiedenkmäler verpflichtet und den Ehrentitel »Germanisten« auf sie ausgedehnt. Später blieb kaum eine der in besondere Geltung aufrückenden Wissenschaften, von der Physiologie über die Psychologie bis zur Philosophie und von der Kunstgeschichte über die Volkskunde bis zu einer hausgemachten Seelenbiologie davon verschont, als Methoden- und Aspektelieferant der Germanistik zu dienen. Diese Ausweitung entsprach ganz ihrem überwissenschaftlichen Vorsatz, die Gesamtbefindlichkeit des deutschen Wesens auszuloten. Noch der achtunggebietende humanistische und weltliterarische Horizont, den nicht wenige Germanisten in ihren Forschungen ausspannten, konnte auf den vermittelnden weltmissionarischen Auftrag des deutschen Geistes zurückgeführt und damit der Huldigung eben dieses deutschen Geistes dienstbar gemacht werden.

Diese Spannweite der Germanistik trug ihren besseren Vertretern den Nimbus umfassender Gelehrsamkeit ein, förderte aber ebenso die Scharlatanerie in diesem Fach weit mehr als in den Nachbarphilologien und hinderte das Fach im ganzen, methodische Sicherheit in der Abschätzung und *Abgrenzung* der eigenen Aufgaben zu entwickeln. So umgab den Germanisten bis weit ins 20. Jahrhundert hinein – ob als Deutschlehrer oder als Dichtungsinterpreten vom Hochschulkatheder und selbst als andächtig um Urtext-Herstellung bemühten Schreibtischgelehrten – die Aura eines Seelsorgers im Gewande der Wissenschaft.

Dieser gedrängte und nur die Generallinien anziehende Grundriß ist vonnöten, um verständlich zu machen, warum die Frage nach der Zukunft der Germanistik heute dringlicher, besorgter oder auch zorniger gestellt wird als die Frage nach der Zukunft anderer Wissenschaften in Deutschland. Er soll darüber hinaus erklären, warum

1) der Ruf nach einer neuen *Verwissenschaftlichung* des Faches, angesichts einer breiten Phalanx wissenschaftlich tätiger Germanisten, so unduldsam erhoben werden kann;
2) Das Fach selbst bei einem kaum gebrochenen Leistungs-

bewußtsein heute doch nur schwer dahin zu bringen ist, spezifische soziale Aufträge zu formulieren und danach die Schwerpunkte seiner künftigen Forschungs- und Lehrgebiete auszumachen;

3) seine Ankläger zu gutem Teil Proteste, die dem Zustand der Gesellschaft und ihres Wissenschaftsbetriebs im ganzen gelten, auf die Wissenschaft von der deutschen Sprache und Literatur zentrieren und dabei in einem Atem die Abschaffung der Germanistik und ihre Neueinsetzung als umfassende Gesellschaftswissenschaft fordern.

1

Der zwangsläufig zunehmende Anachronismus einer philologischen Disziplin, die aus der angenommenen Identität von Sprachgemeinschaft und Wesenseinheit der Völker ihren zentralen Erkenntnisanspruch und ihren umfassenden Erkenntnishorizont hergeleitet hatte, löste in den fünfziger Jahren einzelne methodische Revisionen, aber erst in den sechziger Jahren Ansätze zu einer Neukonzeption des Faches aus. Im Gegenzug zur ehedem umfassenden Grundwissenschaft Germanistik lag ihre strikte Eingrenzung auf spezifisch linguistische und literarästhetische Aufgaben nahe. Notwendigerweise wurde damit auch die noch 1964 vom Germanistenverband nachdrücklich verteidigte Einheit des Studienfaches problematisch. Denn wenn nicht die Einheit der Nationalgeschichte, sondern die speziellen Gegenstände Sprache und Literatur den Erkenntnisbereich abstecken sollten, boten sich in den verschiedenen Epochen der Sprach- wie der Literaturgeschichte andere Philologien als nähere Nachbarn an. Das neu erwachende Bedürfnis nach einer theoretischen Bestimmung philologischer Objekte mußte nunmehr eine allgemeine Sprach- und eine allgemeine Literaturwissenschaft als die zweckmäßige Form der Grundlagenforschung und -lehre erscheinen lassen. Inzwischen liegen von anglistischer und romanistischer Seite bereits Projekte vor, die diesen neugefaßten Erkenntnishorizont in detaillierten Studienplänen sichtbar machen, und die Einrichtung von Fachbereichen für Linguistik und für Literaturwissenschaft zu einigen neugegründeten Universitäten tragen diesem Konzept schon organisatorisch Rechnung [2]. Seine Auswirkung auf eine mindestens phasenweise Trennung des

Sprachunterrichts vom Literaturunterricht in den Schulen läßt sich absehen. Die Verbund-Erforschung mehrerer Sprachen und mehrerer Literaturen und die Neubelebung linguistischer wie literarischer Systemstudien an Hochschulen und Schulen liegen zwangsläufig in der Linie dieser Entwicklung. Strukturelle Linguistik, Textanalyse, Prosodie, Rhetorik und Poetik werden also, unter welchen neuen Einzelbezeichnungen auch immer, neben der Epochen- und der Regionaleinteilung der bisherigen Fächer auch in der Gliederung der Unterrichtssparten – schon um der Definition der nun fachbestimmten Objekte Sprache und Literatur willen – stärker in den Vordergrund rücken.

Deutsche Sprache und deutsche Literatur sind weiterhin als Teilgebiete eines philologischen Gesamtstudiums wie als gesonderte Forschungsbereiche denkbar, wobei linguistische und literarische Studien in unterschiedlicher Gewichtsverteilung weiterhin als Studien- wie Forschungskorrelate aufgefaßt werden müssen. Jedoch treten unter dieser neuen Perspektive erst recht die gravierenden Einseitigkeiten ins Licht, in denen die bisherige Germanistik ungeachtet ihres vermeintlichen zentralen und imposant ausgebauten Bildungsauftrags befangen war. Nun wird nämlich notwendig dysfunktional das Übergewicht der mediävistischen Sprach- und Literaturlehre, das seinerzeit dem besonderen Auftrag, die Wurzeln und die Kontinuität einer deutschen Sprach-, Kultur- und Nationaleinheit zu sichern, durchaus entsprach. Demgegenüber wird empfindlich bemerkbar die mangelnde Entwicklung neuer und neuester Sprachgeschichte und einer für die Gegenwart tauglichen Sprachlehre – Sparten, die sich in den Neuphilologien dank der zwangloseren Ablösung von ihrer ähnlich motivierten Ausgangslage im 19. Jahrhundert früher ausbilden konnten. Noch krasser wird kenntlich die weitgehende Beschränkung der Literaturwissenschaft auf Dichtungsgeschichte, die sie heute fast ungerüstet den in der Gegenwart hauptsächlich wirksamen literarischen Erscheinungen gegenüberstehen läßt. Das Zurücktreten der allgemeinen Nationalgeschichte als dem Orientierungshintergrund einer Philologie verändert also mindestens die Schwerpunkte germanistischer Forschung und Lehre erheblich und gleicht andererseits die Schwerpunkte aller Einzelphilologien stärker einander an.

Einer der Hauptvorteile dieser hier modellierten Entwicklung ist der zu erwartende Gewinn an methodischer Sicherheit in der

Beschreibung und Analyse der fachspezifischen Gegenstände, mithin ein höherer Grad von »Verwissenschaftlichung« philologischer Arbeit.

Die »Verwissenschaftlichung« allerdings wird hier wie anderwärts erkauft nur um den Preis einer prinzipiellen Einschränkung des Erkenntnisanspruchs auf die sprachlichen und literarischen Aspekte des Gegenstandes. Die Linguistik hat sich mit der Zeichentheorie die Legitimation zu solcher Eingrenzung geschaffen, indem sie nun, anders als die auf eine Identität von Benennung und Wesenserkenntnis vertrauende frühere Sprachwissenschaft, darauf verzichtet, über das Bezeichnete selbst generelle Aussagen zu machen. Der Literaturwissenschaft muß diese Einschränkung ihren Gegenständen gegenüber schwerer fallen, und die Frage muß gestellt werden, ob solche Verwissenschaftlichung, besser »Scientifizierung« ihrer Aussagen in Wahrheit nicht zu teuer erkauft ist, weil sie so weder über den gemeinten Inhalt noch gar über die Moral eines Stückes Literatur wird urteilen können – so wenig wie der Physiker über die Moral einer von Physikern ermöglichten Kernfusion. Das aber widerspricht dem Anspruch der *Exegese* oder *Interpretation*, als deren Vorstufe sich die wissenschaftlich exakteren, texterschließenden und textkritischen Methoden der Philologien immer verstanden haben.

»Friedrich schrieb den ›Antimacchiavell‹, und das war nicht Heuchelei, sondern Literatur.« – Thomas Mann meint so, den Verfasser eines blendenden politischen Traktats mit einem schriftstellerischen Gütevermerk dem Beim-Wort-nehmen entheben zu können. Würde die Literaturwissenschaft der Sache, würde sie dem Preußenkönig (und würde sie Thomas Mann) gerecht, wenn sie es bei dieser säuberlichen Unterscheidung und bei der Behauptung, der Literaturcharakter sei für sie das Interessante an der Sache, beließe? – Unversehens wird damit das Isolierungsinteresse aufgedeckt, das bei allem nur zu plausiblen Drang der Philologien und insbesondere der Germanistik nach neuer Sicherung ihrer Fachgrenzen vor neuem Übergriff und bei aller damit gewonnenen Objektivierung ihrer Arbeitsziele die neuen Pläne mitregiert. Es fällt den Germanisten leichter als anderen, festzustellen, daß sie in einer Literaturlehre, die sich solchermaßen purgiert, ein Autonomiebestreben – nun unter dem Mantel der exakten Wissenschaft – wiederherstellen, das die schöne Literatur selbst vor nahezu zweihundert Jahren für sich in Anspruch genommen und seither immer zäher (cf. Thomas Mann!) verteidigt hat. Tatsächlich ist die Reduktion auf den Erkenntnissektor, der ihre verbalen und lettristischen Materialien betrifft – dies übrigens in bemerkenswerter zeitgenössischer Übereinstimmung mit Tendenzen der konkreten Poesie – der Preis, den nicht wenige Philologen und womöglich ganze Disziplinen zu zahlen willens sind, wenn sie sich nun zu einer Gesellschaft mit beschränkter Haftung nach außen zusammenschließen.

Ein bezeichnendes äußeres Kennzeichen dieser Modelle, das nicht nur als technischer Zwang registriert werden muß, ist die Erschwerung oder gar absolute Verhinderung eines Studiums, das ein philologisches Fach mit Geschichte oder mit einer Sozialwissenschaft oder einer Kunstwissenschaft verbindet. Daraus ergibt sich weiterhin eine bemerkenswerte Ungleichheit in der Anwendung der verbleibenden Lehrgebiete Sprache und Literatur im Lehrerberuf. Der im Rahmen des Fachbereichs Linguistik Ausgebildete wird in mehreren Sprachfächern unterrichten können, derjenige dagegen, der als Hauptfach Literaturwissenschaft gewählt hat, wird, wofern die Trennung der Fächer sich tatsächlich durchsetzt, nur in einem Fach unterrichten, das bei der noch keineswegs hinreichend konzipierten Erweiterung dieses Faches über die Dichtungsgeschichte hinaus womöglich neben Zeichnen und Musik in die Reihe der musischen Beifächer einrückt. Dies sind mögliche, nicht schon zwingende Konsequenzen. Sie können sich aber zu ernsthaften Gefährdungen einer künftigen Wissenschaft von Sprache und Literatur auswachsen, wenn »Scientifizierung« und die damit verbundene Reduktion des Erkenntnishorizontes der Philologien nicht aufgewogen werden durch wichtige neue Fragestellungen und praktische Aufgaben. Gegen meine eigenen Forderungen nach einer Rückführung der Germanistik zu einer unprätentiösen Fachdisziplin unter anderen Philologien hat Klaus Hartung schon vor einiger Zeit zu Recht geltend gemacht, daß mit solcher Entmythologisierung nicht schon ihre gehörige Erneuerung in die Wege geleitet, womöglich sogar nur ihre mangelnde Realitätstüchtigkeit eingestanden sei [3]. In diesem Zusammenhang wird es wiederum nützlich, sich der eingangs getroffenen Feststellung zu erinnern, daß es nicht das vorwiegende Interesse an der Sprache und an der Poesie war, das die Philologien, und unter ihnen besonders die Germanistik, noch 1800 zu einer ideenträchtigen und fürs erste auch politisch höchst ergiebigen Wissenschaft hat werden lassen. Erst eine Orientierung darüber, welche wichtigen öffentlichen Aufgaben der philologischen Forschung und Lehre heute zugesetzt sind, läßt über die bare Plausibilität der angezeigten Entwicklung hinaus ihren möglichen Wert gegenüber ihren offenkundigen und womöglich noch verdeckten Nachteilen oder Unzulänglichkeiten abschätzen.

2

Wer sich an einer Universität des 18. Jahrhunderts bei einem Lehrer der Eloquenz oder der schönen Wissenschaften einfand, tat dies in aller Regel mit dem Ziel, nach gehöriger Belehrung besser reden und schreiben zu können. Erst mit der Mythisierung der Geschichte im 19. Jahrhundert wurden die Geisteswissenschaften in erster Linie, was sie auch heute vielfach noch mit Vorrang sind: Vermittler und Werber für ein möglichst objektives Verständnis des Gewesenen. Dabei hat der Wandel von der unmittelbaren politischen Nutzung der Vergangenheitserforschung zur Verselbständigung des Objektivierungs-Interesses bereits um die Jahrhundertwende zur Krise des Historismus geführt, ohne daß die Philologien davon abgelassen hätten, vergangene Stadien der Sprache und Literatur vorwiegend verstehend aufzuarbeiten – nicht ohne ein Interesse an der Vorbilderhebung vergangener Zustände für die gegenwärtigen damit nachdrücklich wahrzunehmen. Das reicht von der etymologischen »Bewahrheitung« eines veränderten Wortsinnes bis zur – immer mit dem Anspruch des *richtigen* Verstehens erfolgten – Monumentalisierung, Dämonisierung, Paradigmatisierung von Goethes »Faust«.

Eine so orientierte Wissenschaft muß notwendig simplen Forderungen wie denen, die ein Studiosus der weiland schönen Wissenschaften erhob, nämlich zu praktischer Handhabung von Rede- und Schreibkunst gebildet werden, den Dienst schuldig bleiben. Was Deutschlehrer ihren Schülern seit geraumem an forensischer Rhetorik und an Aufsatzlehre beibringen, haben sie nicht an der Universität gelernt. Denn um die Anwendung sprachlicher und literarischer Fertigkeiten zu lehren, müßte die Erforschung der Gegenwartsbedingungen und -bedürfnisse sprachlicher Kommunikation und literarischer Arbeit vorangegangen sein.

Hier erweist sich die bisherige Konzentration der Philologien auf Geschichtserhellung als eines der mitentscheidenden Momente dafür, daß sie – nach dem Wegfall ihrer nationalhistorischen Mission – in der Selbstbestimmung gegenwärtiger Desiderate so unsicher und gegenüber Anforderungen von außen so schwerhörig oder aber blind anfällig bleiben müssen. Auch die eilige Komplementierung durch strukturalistische Systemforschung ihrer Hauptgegenstände löst noch nicht die Frage nach sinnvollen, zeitgemäßen Arbeitsschwerpunkten. Vielmehr muß dazu vorab der Stellenwert der historischen Studien als Spielraum zur Erprobung von Arbeitsverfahren wie als unerläßliche Kontrollinstanz zur Entwicklung eigener Perspektiven neu bestimmt werden. Dazu gehört freilich die Selbstvergewisserung, daß auch historische Gegenstände nicht an sich und im ganzen, sondern nur perspektivisch erforschbar sind.

So soll eine *Wissenschaft von der deutschen Sprache* auch ihre historischen Forschungsinteressen und ihr Lehrangebot messen an den als dringlich erkannten linguistischen Problemen der Gegenwart. Eine Reihe solcher Probleme drängt sich geradezu auf: die sprachnormierende Macht heutiger Publikationsmedien, die Dissoziation von Fachsprachen, die schon hochentwickelte Eigengesetzlichkeit von Formelsprachen und die Differenzierung von Sprachschichten durch ungleiche Bildungsprozesse – Erscheinungen, die allesamt im Begriff stehen, die regionalen Dialekte als kommunikationsfördernde bzw. -hemmende Spracheinheiten an Gewicht zu übertreffen. Dies spiegelt im übrigen nur den Tatbestand, daß bei zunehmender Angleichung der allgemeinen Lebensbedingungen und -bedürfnisse die verbleibenden sozialen Spannungen politisch relevanter werden als regionale Besonderheiten.

Zu den Aufgaben heutiger Linguistik gehört es nicht nur, diese Erscheinungen analytisch anzugehen; sie sollte auch die Lehrmethoden entwickeln, nach denen die gegebenen Sprachunterschiede bewußt gemacht und im gebotenen Maße aufgehoben oder doch gegeneinander offengehalten werden können, um so die Funktion der Sprache als gesellschaftsbildendes Verständigungsmedium realiter zu sichern und zu erweitern.

Eine *Literaturwissenschaft,* die heutigen Anforderungen gerecht werden will, muß unter ihre Gegenstände auch diejenigen Formen literarischer Betätigung aufnehmen, von denen heute an der Seite und anstelle der Dichtung die stärksten Wirkungen auf die Gesellschaft ausgehen. Dies legt insbesondere der Gattungsforschung heute Aufgaben auf, die weit über den Bereich der kanonisierten Trias von Lyrik, Epik und Dramatik hinausreichen. Neben der Gattungsforschung schält sich die Ermittlung informativer, appellierender, illustrierender und illusionierender genera dicendi, die teils gattungsbestimmend, teils gattungsübergreifend in Gebrauch stehen, als ein entschiedenes Desiderat heraus, um in der Frage nach dem Zweck und der erhofften wie erreichten Wirkung literarischer Texte über bloße Vermutungen oder den Reflex eigener Lesereaktionen hinauszukommen. Dazu muß allerdings die unter bestimmten historischen Voraussetzungen postulierte Zweckfreiheit poetischer Literatur zuvor als ein Zweck eigener Art ausgemacht und dessen Verabsolutierung ebenso wie die dadurch provozierte emphatische Forderung nach außerliterarischem »Engagement« in ihrer zeitbedingten Zusammengehörigkeit erkannt werden: nämlich als eine epochale Erscheinung, die aus der Entbindung des Künstlers von spezifischen Aufträgen seitens gesellschaftlicher Instanzen zwingend hervorging. Noch ist die Literaturwissenschaft in dieser der Schöpfungsästhetik entspringenden Dialektik selbst weitgehend befangen und kann deshalb selbst nur schwer auf die heute bohrende Frage nach dem Zweck oder dem möglicherweise baren Luxus der uneigentlichen – im alten Verstande schöngeistigen – Schreibweise zu klärenden oder gar transzendierenden Antworten gelangen. Die Folge ist, daß nicht sie, sondern die Schriftsteller selbst zur gegenwärtigen Lage der Literatur und zur Poetik das wichtigste zu sagen haben – und manche Verschrobenheit auch, die sie nicht einmal korrigiert.

Dies läuft darauf hinaus, daß Literaturwissenschaftler sich heute tatsächlich darauf einstellen müssen, die Entmythologisierung des Dichtens, dessen bevorzugter Rang sie gutenteils noch selbst auf diesen Berufsweg gelockt hat, mit behutsamer Konsequenz voranzutreiben. Das wird sie jedoch keineswegs brotlos, sondern für eine Reihe praktischer und nötiger Unternehmungen frei machen.

Wenn einmal die Frage nach der Funktion verschiedener Literaturgattungen unbefangen auch in die Grundlagenforschung neu aufgenommen und die erkenntnistheoretische Frage nach der Interpretationsfähigkeit und -breite verschiedener genera dicendi mit der nach ihren Wirkungsweisen gehörig verbunden ist, kann die Literaturwissenschaft nicht nur zur Ausübung verschiedener Schriftstellerberufe weit nachdrücklicher als bisher vorbilden, sondern in gleicher Weise auch zur Kunst der Nachrichtenübermittlung, der Gesetzesformulierung und zur Kunst der geselligen wie der forensischen Rede dringend Notwendiges beitragen. Die teils unverwechselbare, teils vorbildgebende Rolle der Dichtung unter diesen im weiteren Sinne literarischen Künsten wird auf diesem Wege neuerlich und genauer als bisher zu ermitteln sein, und nach solcher Prüfung wird auch ein Studium von Dichtungsformen und Dichterleistungen eine gehörige Antwort haben auf die Frage, welchem praktischen Zweck es heute und morgen dienen soll.

Die allgemeine theoretische Fundierung der Sprach- und Literaturwissenschaften fällt zwar in den meisten Ländern hauptsächlich der philologischen Disziplin zu, die für die Grundsprache des Landes zuständig ist. Das hat jedoch seinen Grund vor allem in der breiter gefächerten Personalausstattung und der entsprechend größeren Studentenzahl dieser Fächer. Keine der hier erörterten Aufgaben ist eine spezifisch germanistische; es gibt allenfalls spezifisch germanistische Beiträge zu ihrer Lösung. Deshalb werden alle diese Arbeiten künftig vorteilhafter und wissenschaftsgerechter in Fachbereichen betrieben, denen die einzelnen Philologien als Sektionen angehören. Darüber hinaus legen aber auch weitere, noch unmittelbarer bildungspolitische Aufgaben die Zusammenlegung philologischer Studien in Zukunft nahe.

In allen Berufen, die auf der Basis eines Sprach- und Literaturstudiums heute ergriffen werden können, spielt die Mehrsprachigkeit und die Fähigkeit zum Umgang mit mehreren Literaturen eine immer größere Rolle. Die zunehmende Wirtschafts- und Verkehrsverflechtung größerer Regionen und die dadurch noch begünstigte Verfestigung neuer Imperien messen den Philologen, wofern die verschiedensprachige Bevölkerung solcher Großgebiete nicht dem Regiment von Wirtschafts- und Staatsinteressen noch widerstandsloser als einzelne Völker ausgesetzt werden soll, wichtige und nur gemeinsam zu lösende Aufgaben zu. Diese Aufgaben liegen gerade nicht mehr in der regionalen Selbstbestätigung einzelner Sprachgemeinschaften, sondern in der Vorbereitung und dem Ausbau ihrer zwischensprachlichen Verständigung. »Verständigung« in des Wortes voller Bedeutung kann nämlich nicht bloß eine Sache gleichsprachiger Schichten wie gleichsprachiger Völker bleiben, weil die durch andere Wissenschaften rapid sich vermehrenden technischen Möglichkeiten zur Beherrschung größerer Territorien sonst zwangsläufig zu einer blanken Übermacht des technischen Instrumentariums führen, demgegenüber sich humane und soziale Zielsetzungen, die solchen Zusammenschlüssen erst ihre politische Rechtfertigung geben, nicht gemeinsam und deshalb nicht wirksam artikulieren können. Es handelt sich dabei keineswegs um die Wiederbelebung einer Technophobie, mit der sich geisteswissenschaftliche Naturapostel seit Jahrzehnten hartnäckig zu Wort melden, sondern um die Notwendigkeit, das Sprachvermögen in den betroffenen Völkern mit dem technischen Fortschritt Schritt halten zu lassen, um ihn an einer unkontrollierbaren Verselbständigung zu hindern.

Man muß keineswegs der marxistischen Gesellschaftstheorie allein die Sorge um die sprachvermittelte Interaktion einer Gesellschaft von morgen überlassen. *Daß* hingegen von Habermas und anderen Sozialtheoretikern der sprachlichen und literarischen Vermittlung bei der Realisierung der wahren, humanen Interessen einer Gesellschaft so hohe Bedeutung beigemessen wird, erklärt sich aus den am Tage liegenden, neuen und schwerer artikulierbaren Bedürfnissen großer Gesellschaftsverbände, in denen die Herstellung gleichberechtigter Lebensverhältnisse dringend geboten ist, ohne daß doch eine entsprechende sprachliche Gemeinsamkeit als Kommunikationsgrundlage sich bereits hergestellt hätte.

Es gibt danach Grund genug, die ersten Pläne zur Vereinigung mehrerer Sprach- und Literaturfächer in einer wissenschaftlichen Institution und einem entsprechend anzulegenden Gesamtstudium nachdrücklich zu begrüßen und zur Weiterarbeit an solchen Plänen aufzufordern. Man muß jedoch auch ins Auge fassen, welche Aufgaben von so eng untereinander verbundenen Philologien nicht oder nur schwerer mehr wahrgenommen werden können.

Mit viel Berechtigung entwickelte Walther Heißig kürzlich in einem Vortrag »Mongolistik als Beispiel angewandter Philologie« vor der Deutschen Forschungsgemeinschaft das Bild eines Faches, in dem die philologischen Studien in erster Linie als propädeutische Basis für die Erforschung der Religions-, Kultur- und Sozialgeschichte und der gegenwärtigen politischen Situation der Mongolen dienen. Damit begegnet Heißig konstruktiv den Vorwürfen, die gerade in orientalischen Ländern gegen eine Orientalistik erhoben werden, in der man sich – aus erklärten Gründen besonders in Deutschland – noch hartnäckig auf die alten Sprach- und Literaturstufen einzelner Kulturen konzentriert. Vergleichbar konzipiert ist die »neue Germanistik«, die Bertaux mit seinen französischen Studenten bereits praktiziert: Sie ist dem Rahmen und der Zielsetzung nach eine Kulturwissenschaft, zu der Philologie, Geschichte, Landeskunde, Soziologie und andere Disziplinen im Hinblick auf einen bestimmten Kulturbereich verbunden sind. In Deutschland gibt es Ansätze zu solcher Erweiterung vor allem innerhalb der Anglistik; für kontinentale Studienkomplexe, denen die betreffenden Philologien zugeordnet sind, gibt es in Berlin und anderwärts bereits eigene Institute.

Es leuchtet ein, daß die Zweckmäßigkeit zu solchen Verbindungen in Deutschland mit der Entferung des betreffenden Landes oder Länderverbandes zunimmt. Bertaux beweist indessen, daß gerade auch bei regionaler Nachbarschaft die Vorteile solcher Studien und Studiengänge – einschließlich des dabei notwendigen Studenten- und Professorenaustauschs – beträchtlich sind. Die Einvernahme der Philologien in solche »area-studies« kann womöglich mit noch größerer Intensität den zuvor skizzierten politischen Aufgaben gerecht werden.

Dabei zeigt sich, daß für die Auslands- und die Inlandsgermanistik u. U. verschiedene Konzepte, auch nebeneinander, zu entwickeln sind. Einheitsmodelle für ein zukünftiges Fach oder Teilfach Deutsche Philologie verbieten sich auch deshalb, weil – nach gehöriger Ernüchterung – der germanische Kulturkreis als Gesamtbereich ein Forschungsgebiet bleibt, für das der Name »Germanistik« eigentlich überhaupt reserviert werden sollte. Der Internationale Germanisten-Verband ist um die fernere Koordinierung dieser übernationalen Germanistik mit Sorgfalt bemüht, und ihr Zusammenhalt hat ebenfalls nicht nur den Vorteil eines gemeinsamen historischen Arbeitsfeldes.

Im letzteren Fall übergreifen sich bereits »area-studies« und Epochen-Studien. Daß Altgermanisten sich nicht nur mit anderen Philologen, sondern Theologen und Historikern zu gemeinsamen mediävistischen Arbeitsvorhaben zusammenzuschließen wünschen, ist alles andere als eine Fluchtreaktion. [4] Vielmehr sind von einer solchen Verbindung in Zukunft bedeutendere Ergebnisse zu erwarten als von einer von der Völkerwanderung bis ins 20. Jahrhundert als Einheit erst konstruierten Literaturgeschichte deutschsprachiger Werke.

Die drei verschiedenen Hauptrichtungen, in die das herkömmliche Fach Germanistik sich verzweigen und neu integrieren muß, sind also: eine *allgemeine Sprach- und Literaturwissenschaft,* eine *regionale Kulturwissenschaft* und verschiedene *Epochen-Wissenschaften.* Dabei sind jeweils andere Nachbarfächer die vordringlichen Partner: Kommunikationswissenschaften wie die Informatik, die Kybernetik, die Publikationswissenschaften im ersten Fall, historische, ethnologische, Sozial- und Religionswissenschaften im zweiten und dritten. Es ist beinahe müßig zu sagen, daß es kein Modell einer Germanistik geben kann, das allen diesen Notwendigkeiten von heute und morgen gerecht wird. Wohl aber sind alle diese Aufgaben von einem nach Hörer- und Lehrerzahl so hypertrophierten Fach leichter als von anderen auszumachen und zu realisieren, wenn nur an der aufgebauschten Gleichmäßigkeit dieser Disziplin an allen deutschen Universitäten gerüttelt werden darf und hinreichende Stipendien auf der anderen Seite zu freier Wahl der jeweils reizvollen Studienkombination am gegebenen Ort instand setzen.

Die Wissenschaft von heute wird nicht reformiert, indem der Fächerkreis nur in andere Sektoren aufgeteilt wird. Kompliziertere, aber dafür jeweils auf konkrete Aufgabenstellungen zugeschnittene Fachkombinationen, zu denen dann die kollegiale Lehre ebenso gehört wie die Gruppenarbeit der Studenten, sind allein in der Lage, den verschiedenen neuen Ansprüchen, denen die deutsche Philologie heute ausgesetzt ist, praktisch zu begegnen.

So absurd wie die schwärmerisch-grobe Tonart es vermuten läßt, sind also die lautstarken Rufe nach dem Ersatz der alten Germanistik durch neue, gesellschaftsdienliche Arbeitsgebiete und -formen nicht. Sie müssen nur wissenschaftlich anders als durch bloße Ressortverteidigung beantwortet werden.

## 3

Die Reizparole »Schafft die Germanistik ab« meint indessen noch anderes als die Beseitigung einer unzulänglich gewordenen Facheinheit. Sie bekämpft nicht zuletzt im Namen eines neuen

Gesamtanspruchs an die Wissenschaft den Rückzug auf fachspezifische Interessen überhaupt als Flucht vor einer praktischen politischen Gesamtverantwortung, in deren Rahmen erst Fachstudien Sinn und Richtung erhalten könnten. Da eine ernsthafte Überprüfung dieser ernsthaften Forderungen an der Zeit ist, sei sie hier eingeleitet.

Man muß sich daran erinnern, daß die Germanistik, insbesondere in Gestalt der »Deutschwissenschaft« und »Deutschkunde« selbst lange genug mit einem derartigen gesamtwissenschaftlichen Anspruch aufgetreten ist, um zu begreifen, warum dieses Fach ein bevorzugter Austragungsort dieser Auseinandersetzung werden konnte. Unter veränderten Vorzeichen (so müssen vor allem diejenigen fürchten, denen das alte Fach noch so leibhaftig war, wie es jetzt als Popanz gern hergezeigt wird) meldet sich hier ein grundwissenschaftlicher Anspruch an, während zur Zeit längst andere Fächer, vor allem die Soziologie und die Politologie, den grundwissenschaftlichen Charakter auf sich gezogen haben. Dementsprechend spielt sich auch der fruchtbarste Dialog über wissenschaftstheoretische Probleme seit einigen Jahren zwischen der Philosophie und den Sozialwissenschaften ab.

Folgerichtig ist heute die Soziologie auf dem Wege, bisher selbständige Disziplinen mit ihren Interessen zu durchdringen und sie gegebenenfalls als Hilfswissenschaften zu instrumentalisieren. Für die Philologen bedeutet das, daß ihre Erträge vorab nach ihrem Beitrag zu einer allgemeinen Sozialhistorie oder Soziallehre bewertet werden müßten.

Nun ist es angesichts der schon gekennzeichneten Entwicklungen unausbleiblich und auch an der Zeit, daß die Philologien, die seinerzeit den Kern der neuen Nationalwissenschaften bildeten, ihre Neubestimmung im Umkreis der Sozialwissenschaften finden. Denn anders ist nicht zu sehen, wie sie aus dem Teufelskreis von völliger und im Wortsinne unverbindlicher Autonomie und wütender Zumutung eines außerphilologischen Engagements hinausgelangen sollten. Nur müssen dazu ihre philologischen Arbeitsfelder erst abgesteckt werden, bevor über den Charakter ihrer kommunikationswissenschaftlichen und sozialhistorischen Leistungsfähigkeit befunden werden kann, und es müssen partnerschaftliche Arbeitsmethoden erprobt werden, damit sich in der Neuorientierung nicht nur die alten Schwächen einer grundwissenschaftlich dilettierenden Disziplin erneuern. [5]

Der unausweichliche Wandel von einer national- zu einer sozialwissenschaftlichen Grundlegung gibt begreiflicherweise auch Impulsen Nahrung, an der Stelle von alten Nationalutopien oder ethisch drapierten Selbstrechtfertigungstendenzen nun Sozialutopien als Stimulanz und als Regulativ philologischer Tätigkeit einzusetzen. Der Zusammenhang ist so plausibel, daß eigentlich nur die Modalitäten, nicht aber die Sache selbst Verwunderung erregen können. Es kann auch – gerade im Hinblick auf die Geschichte der Wissenschaften in den letzten beiden Jahrhunderten – gar nicht geleugnet werden, daß solche Utopien ergebnisfördernd einzusetzen sind, zumal mittlerweile auch ein puristischer Positivist sich auf die Tugend der Interesselosigkeit nur im Zuge einer halbwegs freiwilligen Selbstverkennung berufen kann. Daß jedoch andererseits die Sprach- und Literaturwissenschaft sich auf dem Wege zu einer Kommunikations- und Sozialwissenschaft einer Sozialutopie, und sei es der heute bestmöglichen, als Erziehungs- oder als Kampfinstrument rückhaltlos auszuliefern habe, ist weder zwingend noch ihrem Wissenschaftscharakter zuträglich. Hier stoßen nämlich nicht nur Gesinnungen, sondern grundverschiedene Begriffe von Wissenschaft aufeinander. Leider neigen Hohlwörter wie die meist objektlos gebrauchten Wertbegriffe »Widerstand«, »Affirmation« und »Emanzipation« dazu, diesen Gegensatz zu verdunkeln, weil sie von beiden Seiten in Anspruch genommen werden können.

Der Begriff »Wissenschaft« ist seit der europäischen Aufklärung gebunden an das Axiom, daß die Wahrheit an sich unbekannt und durch wachsende Erkenntnis allein eine zunehmende Annäherung an sie möglich sei. Demzufolge dürfen sich auch ihre Frageansätze und Methoden nie völlig verhärten; sie müssen vielmehr selbst samt den erarbeiteten Ergebnissen immer wieder in Frage gestellt werden. Auch die Naturwissenschaften können übrigens nur, soweit sie rein beschreibend vorgehen, und nur innerhalb eines Untersuchungssystems, Ergebnisse als gesichert ausgeben. Nicht anders verhält es sich mit der strengen marxistischen Ökonomie.

Seit dem 18. Jahrhundert ist aber auch die Wissenschaft fortdauernd begleitet von Erkenntnisansätzen und Erkenntnisverkündigungen, die auf dem Fundament eines nicht mehr bezweifelten Axioms mit ungeteiltem Wahrheitsanspruch vorgebracht werden. Es greift kaum zu weit, in diesen, dem anderen Wissenschaftsbegriff stets konträren Erkenntnisprozessen Fortsetzungen und Metastasen religiöser und missionarischer Welterfassung zu sehen, die mit dem Abbau einer gemeinverbindlichen Religion einhergehen. Von solcher Position aus werden auch den einzelnen wissenschaftlichen Disziplinen grundsätzliche Aufgaben vorgezeichnet und praktische Erziehungspflichten zugemessen. Methodenvariation ist dabei allenfalls noch erlaubt als eine Ausfächerung polemischer und apologetischer Techniken.

Die stete Gefährdung einer »offenen« Wissenschaftstheorie besteht darin, uneingestanden und womöglich blind einer vorwissenschaftlichen Axiomatik zu verfallen; ihre Stärke darin, sie bewußt wählen zu können. Von der Germanistik muß gesagt werden, daß allein vor 1848 von einer bewußten und darum auch politisch aktiven Wahl die Rede sein kann: Ich meine ihre Verpflichtung auf die Stärkung eines nationalen Bewußtseins. Die politische Qualität lag darin, daß die Nation damals nicht schon hergestellt, wohl aber – wenn auch gerade noch – herstellenswürdig war. Wohlgemerkt lag die Chance für eine ins Unbekannte vorstoßende Wissenschaft gerade in der Nichtexistenz der deutschen Nation. Das gab ihr die Möglichkeit, die ideelle wie die realpolitische Konzeption eines Staatsverbandes von Bürgern gleicher Nation mit ihren wissenschaftlichen Ansprüchen zu vermitteln, ohne bereits von anderen Machtinteressen dirigiert und damit wissenschaftlich korrumpiert zu werden. Es steht darin, ob eine solche Orientierung nicht in der Mitte des 19. Jahrhunderts schon verspätet war – jedenfalls aber ist die Verfestigung einer weltanschaulichen Axiomatik durch eine wissenschaftliche Korporation oder gar durch einen staatlichen Dirigismus das sicherste Mittel, eine Wissenschaft hoffnungslos sich verspäten zu lassen. Nicht zuletzt fiele sie damit auch hinter ihren im 18. Jahrhundert bereits anvisierten Auftrag, das Organ fortschreitender Aufklärung zu sein, unerbittlich zurück.

In einer ähnlich günstigen Ausgangslage bei gleicher potentieller Gefährdung wie die nationalbewußten Philologien am Anfang des 19. Jahrhunderts befinden sich heute die marxistisch orientierten Sozialwissenschaften. Auch sie sind, allerdings nicht durch eigene Schuld, in ihrem ökonomisch-materialistischen Ansatz möglicherweise bereits verspätet, doch läßt der ihnen eigene Veränderungsimpuls diese Gefahr überwindbar erscheinen. Dort jedenfalls, wo staatliche Reglements sie nicht schon auf bestimmte

Dienstleistungen festlegen (und Kirchenväter-Obödienz sie nicht verblendet), können sie mit Hilfe ihrer Axiomatik im selbstgesetzten Rahmen eine Fülle wissenschaftlicher Ergebnisse korrigieren und mit der ihnen eigenen Zielsicherheit den Boden neuer Erkenntniswege sichern. Deshalb besteht allein in Ländern, in denen diese Axiomatik weder befohlen (und damit verkürzt) noch verfemt wird, die Chance, auch die Möglichkeiten einer marxistisch orientierten Philologie auszuschöpfen und auch ihren sozialen Anspruch als Zukunftsentwurf auszuarbeiten, ohne bestimmten realpolitischen Zwängen unbewußt oder nach Befehl zu verfallen.

Von dieser Art der Inangriffnahme ist jedoch sehr zu unterscheiden eine metawissenschaftlich-agitatorische Praxis, die auf neue Erkenntnis nicht mehr ausgeht, weil sie sich deren Schemata schon gesetzt hat und nur mehr auf raschen Vollzug drängt. Die Verschränkung eines solchen unvermittelten Praxisbegehrens mit wissenschaftlicher Arbeit stellt sich für das marxistische Denken besonders deshalb leicht her, weil der Marxismus, auf dem Wege zu einer systemgerechten Gesamtauslegung der Welt, der Wissenschaft im engeren Sinne – das zeigte im Extrem die bis zur Realitätsblindheit vorgetriebene Lyssenko-Biologie – vor allem als einer praxissichernden Scholastik bedurfte.

Darum mußte auch die Kollision der marxistisch ansetzenden »Kritischen Theorie« mit einem emphatisch sozialistischen Praxisanspruch an die Wissenschaften notwendig eintreten, sobald dieser Anspruch nur noch ein einsinniges Verhältnis von Mittel und Zweck zwischen wissenschaftlicher Tätigkeit und »eigentlicher« Aktivität (z. B. sozialistischer Berufspraxis) zuließ. Die Wissenschaften müssen sich allerdings, wofern sie eine relative Eigenbeweglichkeit wahren sollen, ihrerseits auf einen Praxisbegriff berufen, der wissenschaftliche Arbeit von außerwissenschaftlichem Handeln noch anzuheben vermag – und damit auch zu vermitteln erst ermöglicht. Abgesehen davon, daß jedes politische Handeln der Vermittlung des theoretisch Konzipierten mit dem realiter Möglichen bedarf, um seinen Namen zu verdienen, muß eine unverwandt absolut gesetzte Utopie auch den Offenheitsanspruch der Wissenschaft grundsätzlich negieren. Es gibt tatsächlich nicht nur eine Ungleichzeitigkeit des »zeitlosen« Beharrens auf alten Wahrheiten, sondern auch eine Ungleichzeitigkeit des absoluten Vorgriffs, der, unvermittelt praktiziert, jede sich zukunftsoffen haltende Wissenschaft entgegentreten muß.

Auf die deutsche Sprach- und Literaturwissenschaft von heute angewandt, heißt das, daß ihre blanke Veränderung in einen ganz anderen Zustand ebensowenig eine schon wissenschaftliche Forderung ist wie die nach der Beibehaltung ihres jetzigen Zuschnitts. Der Forderung nach ihrer totalen Veränderung nämlich liegt unausgesprochen und womöglich von vielen unerkannt das alte Axiom von der Nichtswürdigkeit aller bestehenden Verhältnisse zugrunde, in dem sich chiliastische Zukunftserwartungen stets ihr Widerlager suchen. Demgegenüber ist eine bewußte Grundlegung literaturwissenschaftlicher Arbeit durch marxistische Theorien deshalb als Erweiterung bisheriger Methoden zu wünschen, weil nicht geleugnet werden kann, daß sie Erkenntniswege zu öffnen verspricht, die hierzulande bisher eher noch unterdrückt als schon korrumpiert sind – wie die Nationalliberalen in Deutschland vor 1848.

Dabei ergibt sich allerdings insbesondere im Bereich der Literaturwissenschaft eine nicht zu unterschätzende Schwierigkeit, die auch für den noch wenig befriedigenden Zustand marxistischer Literaturstudien verantwortlich scheint. Solange nämlich Literatur einseitig als Überbau-Phänomen verstanden wird, neigt die marxistische und allgemeiner die materialistische Literaturwissenschaft dazu, sich vorwiegend mit ihrer Genese und ihrer Stoffdarbietung zu beschäftigen und ihre Erscheinungsformen im einzelnen oder allenfalls strukturell als Widerspiegelungsphänomene zu beachten. Damit aber fällt sie in entstehungsgeschichtliche Methoden zurück die bereits im 19. Jahrhundert zunächst als biographische und dann als psychologische und auch als biologische entwickelt worden sind; sie setzt, ohne sie im Prinzip zu ändern, das sozialhistorische Interesse als das nunmehr »realhistorische« an ihre Stelle, häuft aber in Wahrheit damit nur einen neuen Erklärungsgrund neben andere. Zweitens interessiert das literarische Werk sie naturgemäß weit weniger in seiner Rückwirkung als vielmehr als Indikator der ohnehin und womöglich auf direkterem Weg zu erhebenden sozialen Verhältnisse. Sie wird damit tatsächlich vor allem Zuträger einer allgemeinen Sozialwissenschaft, die im strengen Sinne ihrer nur nebenher bedarf.

Das macht darauf aufmerksam, daß auch eine materialistische Axiomatik allein heute noch keine moderne und für die zuvor umrissenen Aufgaben taugliche Sprach- und Literaturwissenschaft gewährleistet, wie sehr sie schon jetzt dazu beigetragen hat, diese Aufgaben überhaupt ins Auge zu fassen. Hier kann in Zukunft die vorwiegend von der Linguistik außerhalb Deutschlands entwickelte Zeichentheorie die wichtigste Hilfestellung bieten, um den Antagonismus von bloß idealistischer oder materialistischer Literaturwissenschaft hinter sich zu lassen.

Der Nachdruck, mit dem die auf Veränderung der Literaturwissenschaften drängenden Studenten heute einer Beschäftigung mit der Linguistik das Wort reden, ist heilsam, auch wenn sie dort fürs erste anderes vorfinden als sie erwarten. Indem nämlich sprachliche Einzelformen wie ganze Texte künftig entschieden als Zeichensprache zur Realitätsvermittlung aufgefaßt werden, kann die prinzipielle und dabei noch von Gattung zu Gattung wechselnde *Unschärfe* und *Mehrdeutigkeit* in der Beziehung zwischen Literatur und Realität als Prinzip einer nun begründbar unexakt zu nennenden Wissenschaft festgestellt werden. Damit läßt sich ihr Aufgabenbereich auch von dem der direkt materialorientierten Wissenschaften, also etwa der Soziologie, deutlicher absetzen.

Es macht danach sehr wohl einen Unterschied, ob ich die literarische Befindlichkeit oder die möglichen transliterarischen Inhalte und Intentionen von Friedrichs »Antimacchiavell« prüfe. Das erste tun, heißt dann nicht mehr schon alles getan zu haben, was dem Philologen geboten ist. Das zweite aber aufgrund der ermittelten literarischen Konditionen tun, heißt historische, soziale, politische Kritik unter den günstigen Voraussetzungen philologischer Kontrolle betreiben.

Im Zuge dieser Selbstvergewisserung ist sodann auch die Dichtkunst als eine Zeichensprache von besonderer Valenz aufzufassen: Sie potenziert das jeweils konventionelle Zeichensystem, indem sie noch einmal uneigentliche Zeichen für schon gefestigte Bedeutungen setzt, und sie transzendiert es, indem von ihren neuen Zeichen oder Zeichenkombinationen rückwirkend neue Realitätszusammenhänge sich benennen lassen. Daß solche Prozeduren auch die Unschärfe eines Textes in bezug auf seine Realitätsabbildung potenzieren, macht zugleich die fortdauernde Verwendbarkeit »uneigentlicher« gegenüber relativ gradsinnigen Texten bei veränderter historischer Situation aus. Desto dringender ist der Ausbau einer Rezeptionstheorie für literarische Texte, die über deren reale Verwendung und Verwendbarkeit erst wissenschaftliche Aussagen möglich macht.

Wer dazu beitragen will, mit philologischer Wissenschaft die Welt zu verändern, hat also allen Grund, sich zuvor des doppelten Bodens zu versichern, auf dem er steht, wenn er mit Texten statt unmittelbar mit Realien umgeht. Selbst die zeitgenössische Gretchenfrage: »Wie hältst du's mit der Politik?« muß der Philologe deshalb auseinanderlegen, ohne schon dem Vorwurf einer doppelten Wahrheit zu verfallen. Nahezu alle Texte von einiger Ausdehnung sind nämlich grundsätzlich nicht mehr exakt berechenbar, was den Gehalt und die Intensität ihrer Aussage betrifft. Deshalb überspränge er nicht nur andere Aspekte, was angängig wäre, sondern eine heuristische Voraussetzung philologischer Wissenschaft, wenn er das Interesse an seinen Gegenständen strikt zur Gleichung brächte mit seinen realpolitischen Interessen und Vorsätzen. Die Reihe der *Bedingungen* zu ermitteln, unter denen Literatur etwa als Mittel zur Beherrschung oder als Mittel zur Befreiung von Herrschaft fungieren kann, ist bereits eine politische Aufgabe dieser Wissenschaft. Wer Literatur nach solchen Einsichten politisch handelnd nützt, tut es dann notwendig in Verbindung mit, aber wünschbarerweise nicht im Namen einer wissenschaftlichen Sendung.

Nicht eine kurzschlüssige Praxisverpflichtung, sondern erst ein Ausgleich zwischen sachgemäßer Selbstbestimmung der philologischen Methoden und ihrem hilfswissenschaftlichen Gebrauch zur Lösung übergreifender, gesellschaftsdienlicher Aufgaben wird die Philologie zu der aktiven und sozialen Wissenschaft machen, als deren Vorbedingung heute mit Vorliebe erst einmal ihre Abschaffung gefordert wird.

## II

Um die These, die Germanistik sei auch ohne ihre vorherige Abschaffung hinreichend zu verändern, nicht auch im Zustand eines blanken Postulats zu lassen, gebe ich anschließend das Modell eines Studienganges, der den zuvor angezeigten, neuen Erfordernissen und damit auch der alsbald hoffentlich glücklich bewerkstelligten Examensreform Rechnung trägt. Er ist, was ich auch für einen Vorteil halte, großenteils schon jetzt und solange praktizierbar, bis ein philologisches Verbundstudium oder ein gut organisiertes kulturwissenschaftliches Studium ihn ablösen können.

Die Verteilung der Lehrveranstaltungen nach Studienjahren ist dabei als Angebot, nicht als zwingende Abfolge zu verstehen: sie erfolgt hier mit Rücksicht darauf, daß am Anfang des Studiums eine hinreichend breite Orientierung, gegen Ende eine zunehmend zielbestimmte Kombination der Einzelstudien eingeräumt werden sollte. Deshalb ist es auch einstweilen, d. h. bis zur möglichen Kombination grund- und fremdsprachlicher Studien oder grundsprachlicher und anderer kulturwissenschaftlicher Studien in je *einem* Fach vorteilhaft, an *drei* Fachgebieten festzuhalten. So kann das Studium des Faches jetzt schon in verschiedenen Kombinationen entweder seinen sprach- oder literaturtheoretischen Zuschnitt erhalten oder aber auf einen Kultur- oder Epochenbereich konzentriert werden.

Die drei wahlweise als Hauptgebiete, als erstes und zweites Nebengebiet abzustufenden Fachgebiete sind nach der künftigen Staatsexamensordnung: Deutsche Sprache, Ältere und Neuere deutsche Literatur.

*Erstes und zweites Semester*

| | | |
|---|---|---|
| 1. Studienberatung | | |
| Grundkurs Sprachwissenschaft (mit Orientierung über Geschichte und Aufgabenstellung des Faches) | (4 st.) | |
| Übung: Grammatik der Gegenwartssprache | (2 st.) | |
| Übung: Textanalyse, Prosa | (2 st.) | |
| Vorlesung nach Wahl, möglichst mit Tutorium bzw. Lektüre-Arbeitskreis | (2–4 st.) | 10–12 Std. |
| 2. Grundkurs Literaturwissenschaft (mit Orientierung über Geschichte und Aufgabenstellung des Faches) | (4 st.) | |
| Übung: Grammatik älterer Sprachstufen | (2 st.) | |
| Übung: Textanalyse, Vers | (2 st.) | |
| Vorlesung nach Wahl, möglichst mit Tutorium bzw. Lektüre-Arbeitskreis | (2–4 st.) | 10–12 Std. |

3. Lektüre älterer Sprachstufen (einschl. Syntax und Stilistik (3 st.)
   Literaturwissenschaftliches Proseminar (2 st.)
   Übung zur Stilistik oder lit. Gattungslehre (ggf. mit Textentwürfen) (2–3 st.)
   Vorlesung nach Wahl (2 st.) 9–10 Std.
4. Studienberatung
   Sprachwissenschaftliches Proseminar (2 st.)
   Proseminar im dritten Fachgebiet (2 st.)
   Übungen zur Literarischen Kritik an zeitgenössischen Texten (2–3 st.)
   Vorlesung nach Wahl (2 st.) 8–9 Std.
   Evtl. Abschluß einer *Zwischenprüfung,* die nach dem ersten Semester begonnen werden kann.
   Entscheidung über die Gliederung des Studiums in ein Haupt- und Nebengebiet jetzt oder im nächsten Studienjahr.

*Fünftes und sechstes Semester*

5. Hauptseminar im Hauptgebiet (2 st.)
   Fachdidaktische Übungen, möglichst in thematischem Anschluß an ein Hauptseminar oder eine Vorlesung (2 st.)
   und/oder: Übungen zur Verwertung literarischer Sujets (in verschiedenen Gattungen, in Funk, Film etc.) (2 st.)
   Vorlesung nach Wahl (2 st.) 6–8 Std.
6. Hauptseminar in einem Nebengebiet (2 st.)
   Übungen zur Handschriftenkunde und Editionstechnik (2 st.)
   und/oder: Übungen zur Übertragung älterer oder fremdsprachlicher Texte (2 st.)
   Vorlesung im Hauptgebiet (2 st.)
   Möglichst Tätigkeit als Tutor im Bereich eigener Studieninteressen 8–10 Std.

7. Lehrveranstaltung mit literaturvergleichender oder interdisziplinärer Themenstellung (u. U. von Vertretern mehrerer Fächer geleitet) (4 st.)
   und/oder: Hauptseminar im Nebengebiet (2 st.)
   Lektürekurs oder Seminar zur Wissenschaftsgeschichte im Hauptgebiet (2 st.)
   Vorlesung nach Wahl (2 st.)
   Evtl. Tätigkeit als Tutor im Bereich eigener Studieninteressen
   Beratung mit den Fachprüfern 8–10 Std.
8. Hauptseminar im Hauptgebiet (evtl. mit Vorbereitung der schriftlichen Hausarbeit) (2 st.)
   Fachdidaktische Übungen (2 st.)
   und/oder: Übungen an Zweckformen der Literatur (forensische Rede, Gesetzestexte, Werbesprache, Fachsprachen, Formelsprachen etc.) (2 st.)
   Vorlesung nach Wahl (2 st.)
   Evtl. Vorbereitung auf die Prüfung in Arbeitskreisen 8–10 Std.

*Magister- oder Staatsexamen*
im Hauptgebiet und ersten Nebengebiet
Evtl. weitere Studien nach eigenem Programm oder Referendarjahr (künftig möglichst in Verbindung mit der Universität).

Zur Erläuterung:

In den *Grundkursen*, an denen mehrere Lehrkräfte beteiligt sein sollen, wechseln zusammenhängender Vortrag, Seminardiskussion, praktische Übungen, schriftliche Einzel- und Gruppenarbeit miteinander ab, so daß mit der Erarbeitung der Gegenstände auch die Arbeitsformen bekannt gemacht und in ihrer gegenseitigen Abhängigkeit gekennzeichnet werden können.

Die *Vorlesungen* sind in erster Linie der Entfaltung von Forschungsproblemen und den ihrer Lösung dienlichen Arbeitsschritten vorbehalten und werden zweckmäßig mit Colloquien und Tutorkursen verbunden. Sie sollen in der ersten Studienhälfte so gewählt werden, daß sie sich auf Sprachwissenschaft und Literaturwissenschaft gleichmäßig verteilen sowie verschiedene Epochen berücksichtigen. In der zweiten Studienhälfte sollen sie sich vor allem auf das gewählte Haupt- und Nebengebiet beziehen.

In den *Seminaren* sollen weniger fertige Arbeiten als vielmehr von einzelnen oder Gruppen erarbeitete Thesen und Dossiers vorgelegt werden, die nach der Seminardiskussion die Grundlage für weitere Ausarbeitung abgeben. Für solche Ausarbeitungen stehen auch die nachfolgenden Semesterferien zur Verfügung.

Zu den mehr anwendungsorientierten *Übungen* sollen gegebenenfalls Fachleute mit praktischer Erfahrung (Schriftsteller, Redakteure, Bibliothekare, Lehrer, Dramaturgen, Lektoren etc.) als Gäste herangezogen werden. Die Übungen dienen neben der theoretischen Fundierung linguistischer und literarischer Fertigkeiten einer nicht vorschnell vereinseitigten Berufsvorbildung.

Die Tätigkeit als *Tutor* gilt im Rahmen des Fachstudiums als erste Übung in der selbständigen Vermittlung erworbener Kenntnisse und Fähigkeiten. Sie sollen im Zusammenhang mit einer Lehrveranstaltung stehen.

Die veranschlagten Wochenstunden verringern sich in den späteren Semestern zugunsten eines größeren Spielraums für selbständige Lektüre, die in weit stärkerem Maße als bisher als Studienleistung verstanden und auch gefördert werden muß. Im übrigen will der hier entworfene Plan zeigen, wie vier Studienjahre im Bereich der Deutschen Philologie genützt werden können; er redet nicht einer Begrenzung der Studienzeit das Wort, bedarf vielmehr der Fortsetzung in weiterführenden oder Kontaktstudien, da eine lebenslange Berufseignung durch kompakte Studiengänge und -abschlüsse immer weniger gesichert werden kann. Aus dem gleichen Grunde muß hier wie in Examensordnungen von einem längerfristigen Materialkanon abgesehen werden. Mithin ist auch das Modell selbst hier nicht als Vorbild entworfen, sondern zur Verbesserung ausgestellt.

1 Jacob Grimm: Über den Namen der Germanisten, in: Verhandlungen der Germanisten zu Frankfurt/M. am 24., 25. und 26. September 1846, Frankfurt/M. 1847, S. 104, und: Über den Werth der ungenauen Wissenschaften, ebd. S. 60; auch: Kleinere Schriften, Bd 7, Berlin 1884, s. 569 bzw. 565.

2 Vgl. die Beiträge von Wolfgang Iser und von Harald Weinrich in diesem Band.

3 Klaus Hartung: Analyse der Widerstände gegen einen politischen Begriff von Wissenschaft. In: Alternative 55, 1967, S. 180 f.

4 Darüber handelt Peter Wapnewski in diesem Band.

5 Vgl. dazu bes. den Beitrag von Hilmar Kallweit und Wolf Lepenies in diesem Band.

Peter Wapnewski:

# Ansichten einer neuen Altgermanistik

## I

Alle historische Wissenschaft hat konservierenden Charakter. Das ist ihr Wesen. Sie zeichnet sich zudem aus durch konservative Haltung. Das braucht ihr Wesen nicht zu sein. Die Selbstreflexion der Geisteswissenschaften (an der freilich – erstaunlich genug! – längst nicht alle Disziplinen der Geisteswissenschaft teilhaben) hat im gegenwärtigen Zeitpunkt zu einer so grundsätzlichen Anzweiflung und Infragestellung der herkömmlichen Fachstrukturen geführt, daß paradoxerweise selbst jenes schon als veraltet gelten kann, was in progressiven Verlautbarungen über künftige Möglichkeiten etwa des Faches »Deutsch« erwogen wird. Denn es gehört weder viel Phantasie noch viel Mut dazu, die Behauptung zu wagen, daß es das Fach »Deutsch« in der Zukunft nicht mehr geben wird. Wie nah oder weniger nah diese Zukunft auch sein mag – es ist deutlich, daß ein solches Fach (wie gleichermaßen etwa die Fächer »Englisch« oder »Romanistik« oder »Slavistik«) künftig keinen merkbaren Stellenwert mehr im System der Geisteswissenschaften einnehmen wird.

Der Bewußtseinszustand der Welt, in der wir leben, konzediert die wissenschaftliche Rubrizierung nationaler sprachgebundener Einzelkulturen nur für jene geschichtlichen Phasen, in denen sie sich tatsächlich als historische Größen erweisen. Sie sind es heute nicht mehr.

Vielmehr weist heute die Erkenntnis der zuständigen Wissenschaften darauf hin, daß »Sprache« und »Literatur« bestimmte Zeichensysteme sind (oder Teile eines Zeichensystems, oder teilweise Zeichensysteme), deren »Strukturen« nicht erfahrbar gemacht werden können innerhalb nationalsprachlicher Rubriken. Sie müssen wissenschaftlich erfaßt werden als übergreifende, neu begründete autonome Kategorien [1].

Daraus erhellt: es wird an den Gymnasien künftigen Typs keinen »Deutsch-«, keinen »Englisch-« oder »Französisch-«Lehrer mehr geben. Sondern den Literatur-Lehrer; und daneben den Lehrer für Fremdsprachen; und daneben den Lehrer für Sprache (Linguistik). Wobei weiterhin die Spezifizierung anzustreben ist, daß unter den Literaturlehrern wiederum Kenner des Mittelalters, ausgebildete Mediävisten und durch ihren Studiengang zu dieser Aufgabe legitimiert [2], dessen Geschichte und Dichtung als die des Europäischen Mittelalters behandeln.

Wenn diese skizzierenden Bemerkungen zutreffen, dann wird Rechtens die Forderung erhoben, aus der Universität des 19. Jahrhunderts die des 20. zu machen auch dadurch, daß man die Parzellierungen einer vom Wiener Kongreß gedachten Welt aufhebt zugunsten eines Systems, das der Landschaft des 20. Jahrhunderts entspricht.

Dabei sollte tunlichst dem Umstand kein wissenschaftliches Gewicht beigemessen werden, daß manchem die Landschaft des 19. Jahrhunderts als schöner erscheint.

## II

Ein großes deutsches Prüfungsamt läßt es sich seit nunmehr drei Jahren angelegen sein, den Absolventen des Staatsexamens für das Lehramt an den Höheren Schulen einen Fragebogen vorzulegen, dem sie – ohne Namensnennung – alles anvertrauen sollen, was sie zu kritisieren haben an Aufbau und Durchführung ihres Studiums und ihres Examens. Lektüre und Auswertung dieser Antworten ist keine heitere Angelegenheit und könnte jedem, der Verantwortung trägt in diesem Bereich, Selbstsicherheit und Zufriedenheit mit sich, anderen und dem System gänzlich rauben. Was nun die Germanistik anbetrifft, so fordert der Tenor recht einstimmig die Reduzierung des »Älteren Teils« im Studien-Curriculum und die Abgeltung dessen, was noch bleiben sollte von diesem Stoffgebiet, in vorgezogenen Zwischenprüfungen. Dieses Ergebnis wird bestätigt und detailliert erhärtet durch die Untersuchungen von Marlis Krüger (in dem Bande: »Student im Studium«) [3], die der Verfassung der Germanistik-Studenten (und also der Germanistik) an den Universitäten Bonn, Frankfurt und der F. U. Berlin nachgehen, und zwar auf dem Stande des Sommer-Semesters 1965. Fast die Hälfte der befragten Germanisten (genau 47 %, s. Tabelle A 73) erklärte, daß der Schwerpunkt des Studiums nicht übereinstimme mit den Erwartungen, die man vor Studienbeginn hegte – in der Tat eine erschreckend große Zahl (in der Klassischen Philologie und in der Physik: je 35 %). Diese Kritik bezieht sich vor allem auf »das zu starke Gewicht der Altgermanistik« (S. 77). Dazu die Verfasserin: »Unter dem Gesichtspunkt der Berufsvorbereitung erscheint es zweifelhaft, ob es sinnvoll ist, die Altgermanistik im Lehrangebot der Universitäten in dem dargestellten Ausmaß zu betonen. Ungefähr zwei Drittel der Germanistikstudenten streben den Beruf des Deutschlehrers an. Gotisch-, Alt- und Mittelhochdeutsch werden aber in der Schule so gut wie gar nicht gelehrt. Die Altgermanistik dürfte auch für die meisten Germanisten, die nicht in den Schuldienst gehen, sondern etwa Journalisten, Lektoren o. ä. werden wollen, beruflich kaum verwertbar sein.«

Diese Geringschätzung, ja Ablehnung der »Älteren Germanistik« durch die Studenten des Faches »Deutsch« ist nicht neu und nicht originell. Sie ist vielmehr den Kultusverwaltungen, den Schulämtern und Universitäten wohlvertraut. Man hat indes keinen Anlaß gesehen, aus dieser Ablehnung Konsequenzen zu ziehen. Vielmehr beharrte man grundsätzlich auf dem überlieferten Stande der stofflichen Anforderungen. Solcher Konservatismus hat seine Gründe in dem Bedürfnis nach zäher Bewahrung eines tradierten Bildungskanons. Auf eine kurze Formel gebracht, spiegelt er die Überzeugung wider: das Deutsche, Compositum aus Germanentum und Antike und Christentum, bedürfe zur Vergewisserung und Erkenntnis seiner selbst der steten Begegnung mit seinen Quellen, vor allem seiner alten Sprache und ihren Vorformen seiner alten Literatur und ihren Vorgängern. Die romantische Vision von einem mittelalterlichen Reich, in dem Christentum und Europa sich durchdrungen hatten, von einer geordneten Welt der Künste, von einem national gekrönten Imperium: diese rückwärts gewandte Utopie überantwortete sich in Form einer umfassenden Altertumswissenschaft vom Germanisch-Deutschen der Historischen Schule, drapierte sich nach 1848, vor allem nach 1871 immer üppiger mit dem Pathos einer bürgerlich-nationalen Gesinnung und ging ein in das Wissenschaftsstadium des Positivismus, dann in das eines sich ›geisteswissenschaftlich‹ vorstehenden Antipositivismus, dann eines ästhetischen Interpretationskultes. Und auch dessen letztes Stadium: die werkimmanente Auslegungsart, beweist in ihrem Rückzug auf vorgeblich nur die Aussage des Denkmals antithetisch noch ihre Verpflichtung auf jene übergeordnete Konzeption [4].

Alle diese Phasen arbeiteten (und taten es vielfach antirational,

s. Krüger S. 140) mit Größen wie »Nation« und »Bildungsgut« und formten aus deren–wechselnden–Konfigurationen das Fach »Deutsch«. Dieses Programm macht begreiflich, warum es eben die älteren Stufen der deutschen Sprache und Literatur waren, die dem Universitätsfach »Germanistik« das Gepräge gaben, warum die »Neuere Literaturwissenschaft« lange Zeit um die Anerkennung ihrer wissenschaftlichen Seriosität zu werben hatte; warum derart zentrale Gebiete wie Poetik und Dichtungstheorie verlegen einem ad hoc erfundenen Randfach zugewiesen wurden, der »Allgemeinen und vergleichenden Literaturwissenschaft« – als ob sie nicht Basis und Voraussetzung einer jeden Beschäftigung mit Literatur wären. Und warum, peinlicher noch, die Sprache der Gegenwart als Leistung und Verständigungssystem nicht zur Sprache kam, sondern allenfalls verzettelt wurde um lexikographischer oder syntaktischer oder wortkundlicher oder mundartlicher Erscheinungen willen.

Zu den praktischen Folgen aber eines solchen zum Ritual erstarrten Bildungs- und Studiensystems gehört etwa der folgende Vorgang:

Der Student, die Universität besuchend, um sich auf einen bestimmten Beruf vorzubereiten, nämlich den des Deutschlehrers, absolviert eine viel zu hohe Zahl von Semestern (nämlich 12 und mehr) vornehmlich zu dem Ende, das mühsam Gelernte, das am mühsamsten Gelernte vor allem, nach dem Examen so bald als möglich zu vergessen. Es ist diese Feststellung keine verallgemeinernde Phrase, sondern sie zitiert exakt den Inhalt dessen, was den jungen Referendaren in den Studienseminaren häufig anbefohlen wird. Die Hälfte und mehr des studentischen Aufwandes an Kraft und Zeit und Eifer gilt Gegenständen, die mit dem Wesen und der Praxis des kraft dieses Studiums angestrebten Berufes nicht das Mindeste zu tun haben. Es hält schwer zu verstehen, wie einen Professor nicht Verlegenheit und Beschämung anfallen, wenn er feststellt, daß seine Studenten, 27 Jahre alt oder mehr – und mithin Menschen, die andernorts längst im sog. Leben stehen – sich vier Wochen vor dem Examen zu Schnellkursen zusammentun, um Althochdeutsch und Gotisch und Ablautreihen zu pauken wie Pennäler, nein schlimmer: denn sie haben ja eben diese Kenntnisse schon einmal besessen und nachgewiesen, im Proseminar fünf Jahre zuvor, und sie müssen sie nun neu und par force erwerben um der Klausuren willen, und aus keinem Grunde sonst. Der Schuldienst nämlich (von anderen germanistischen Berufen zu schweigen) verlangt dergleichen nicht von ihnen. Wollte sich aber jemand, gegen diese unsere Vorstellungen protestierend, berufen auf den Bildungswert des Althochdeutschen oder der erlernten Lautverschiebungen, so möge er entschieden empirisch vorgehen und Generationen von Studenten befragen: Die Antwort ist ebenso eindeutig wie niederschmetternd, und es gehört viel Lust am Selbstbetrug dazu, an solchem Kanon unverdrossen festzuhalten und weiterhin seine Erfüllung zu fordern [5].

Wohlgemerkt: dies gilt, wofern die Ableistung der erwähnten Gebiete – Historische Grammatik, ältere Sprachstufen des Germanischen und Deutschen, die alte Literatur – als Zwang, als oktroyiertes Programm exekutiert wird. Sobald hingegen Interesse und Neigung einen Studenten diesen Gebieten nahebringen – und diese Gebiete ihm –, kann an dem ›Wert‹ des solchermaßen Studierten nicht gezweifelt werden (so wenig es sich später unmittelbar umsetzen lassen mag). An dem Wert, den jede Erkenntnis einer historischen Wissenschaft darstellt; an dem Wert auch, den jeder Erkenntnisvorgang für den Erkennenden darstellt.

## III

Es ist in diesem Zusammenhang nötig, mit großer Entschiedenheit einem Mißverständnis zu begegnen, das an sich freilich so überflüssig wie banal ist. Es geht nicht darum, die Wissenschaft von der älteren deutschen Sprache und Literatur einzuschränken oder ihren Wissenschaftsanspruch zu beschneiden, gar ihren Wissenschaftscharakter verächtlich zu machen. Es geht um das Gegenteil: In dem Maße, als dieses Gebiet wieder Domäne der es freiwillig Erforschenden wird, in dem Maße wird es sich rechtfertigen und sich in seinen Ergebnissen bestätigen. Anstelle des forciert und lerngerecht aufbereiteten »Bildungsgutes« wird es vermehrt sachliche Erkenntnis und geschichtliche Einsicht liefern. Die ritualisierte Formel der postulierten »Einheit von Forschung und Lehre« im Verein mit einem anachronistischen Bildungs- und Kulturbegriff ist es, die – ungeprüft weitergegeben von Generation zu Generation – zu verantworten hat, daß Gebiete der Sprache, Literatur und Geschichte, die sich ihrem Wesen nach nur der forscherischen Bemühung und dem wissenschaftlichen Ehrgeiz erschließen, zum Objekt von lustlos absolvierten Pflichtübungen degradiert wurden. Was, wie nicht begründet zu werden braucht, auch Verflachung und Trivialisierung zur Folge hat. Mit Fleiß ignorierte man, dem unbezweifelten Fetisch »Bildungsgut« zuliebe, die verbriefte Erkenntnis, daß ein – wenn auch noch so bescheidener – forscherischer Ansatz seinem Wesen nach auf Freiwilligkeit beruhen muß, d. h. auf einem vom Gegenstande selbst erweckten Interesse – und nicht auf der Nötigung, wie sie ausgeht von Studienreglement und Examenskodex. (Dabei bleibt unbestritten, daß solcher Interessenweckung gelegentlich pädagogisch nachgeholfen werden muß; das aber ist etwas anderes als ein zwangsmäßig zu absolvierender Studienstoffplan.) Es ist wahr, lehren heißt auch skeptisch werden, selbst den Studenten gegenüber. (Freilich denkt wiederum keine Instanz skeptischer über die Studenten als die Studenten selber, aber das ist ein anderes Feld.) Wer jedoch das eintönige Zeugnis studentischen Unmutes und Desinteresses am Teilgebiet »Ältere Germanistik« abtun wollte mit dem Hinweis auf studentische Unzulänglichkeit und Trägheit, begäbe sich weit unter das vorgebliche Niveau der von ihm Getadelten. Vielmehr haben Studenten ein sehr klares Empfinden für Bedeutung und Funktion des ihnen vom Katheder aus Vermittelten, und diejenigen, die eine Reduzierung und Umorientierung der Älteren Germanistik im Studien-Curriculum des Faches »Deutsch« fordern, argumentieren durchaus noch ›systemimmanent‹. (Die Revolution hingegen gibt sich nicht zufrieden mit Reformation, das ist ihre Natur, und will ›erledigen‹, will das ganz andere.) Sie verlangen – und dieses Verlangen unbillig zu nennen, bleibt fachbedingter Verblendung vorbehalten –, daß Proportionen gewahrt, daß Relationen hergestellt werden sollen zwischen künftiger Berufsausübung und dem zu dieser Berufsausübung hinführenden Studiengang. Dabei bleibt grundsätzlich unbestritten, daß mit dem Phänomen der Redundanz gearbeitet werden, d. h. daß mehr gelehrt als begriffen als praktiziert werden muß. Das ist eine Grundregel pädagogischen Verfahrens. Indessen gilt beharrlich auch hier das Gesetz von der Verhältnismäßigkeit der Mittel, und dieses Gesetz wird gebrochen, wo die Formenlehre des Gotischen, das *Lied von der Siebenzahl* und der *Göttweiger Trojanerkrieg* semesterfüllenden Zwangscharakter usurpieren. Anders freilich, um es (aus gutem Grunde) insistierend zu wiederholen, wenn diese Themen und Stoffbereiche den Neigungen, Begabungen und Interessen des Studenten entsprechen. Dann soll er innerhalb unsres flexibel zu haltenden Studiensystems sich nach eigenem Ermessen ausschweifend mit ihnen beschäftigen dürfen – und es soll ihm diese Entscheidung auch im Examen honoriert werden.

## IV

Diese Überlegung führt auf die Praxis. D. h. auf die der Berufsausübung; wie auf die den Zugang zur Berufsausübung darstellende Examensordnung.

Es ist deutlich, daß die Lehrpläne der Gymnasien dem Bereich der deutschen Literatur des Mittelalters wie dem der älteren Sprachstufen des Deutschen nur wenig Raum geben – und weniger mit jeder neuen Fassung. Die Schule hat mit solchen Verhalten aus einem veränderten Bildungsbewußtsein, einer veränderten geschichtlichen Situation und einem veränderten Selbstverständnis innerhalb dieser Situation gezogen als die Universität. Dieser Umstand wirft notwendig erneut die Frage auf, ob es denn dem Studenten der Germanistik weiterhin erlaubt und also möglich sein soll, sich künftig nach freiem Willen den Arbeitsgebieten seiner Neigung zuzuwenden, in unserem Falle also denen des Mittelalters. Die Antwort ist gegeben in dem Entwurf einer neuen Examensordnung, geliefert 1968/69 durch den »Fachausschuß Deutsch« der »Kommission für die Wissenschaftliche Staatsprüfung des Gymnasialen Lehramtes der Kultusministerkonferenz und der Westdeutschen Rektorenkonferenz«. Dieser Entwurf, nicht von Bildungsplanern erarbeitet, sondern von Praktikern der Universität und der Schule, hat den ungemeinen Vorzug, daß er Konsequenzen zieht aus einer erkannten Sachlage. So erklärt sich denn auch zwanglos, daß er prompt von manchen Seiten, vor allem aber von Germanistik-Professoren, herbe getadelt worden ist. Er strebt – durchaus organisch – eine Dreiteilung des Faches »Deutsch« an, die es dem Kandidaten ermöglicht, sich im Staatsexamen nach freier Wahl zu entscheiden für je zwei der drei Gebiete »Deutsche Sprache«, »Ältere Deutsche Literatur« und »Neuere Deutsche Literatur» (dabei innerhalb dieser beiden gewählten Fächer abstufend nach Haupt- und Nebengebiet, innerhalb dieser beiden Gebiete wiederum Akzente setzend durch Schwerpunkte).

Eine solche Neugliederung des Prüfungsfeldes ist Resultat wie zugleich Voraussetzung einer Neugliederung des Fachfeldes. Und somit Prämisse für die im Abschnitt I aufgestellte Behauptung, es werde künftig nicht mehr den »Deutschlehrer« geben, sondern den Lehrer, der vor allem Sprache, den Lehrer, der vor allem neuere Literatur, und den Lehrer, der vor allem mittelalterliche Literatur lehrt. Das bedeutet Ausweitung und Konzentration zugleich, Vermehrung der Materie, aber auch Erhöhung ihres Durchlässigkeitsgrades, gesteigerte Auswahlmöglichkeit mit gesteigerter Möglichkeit der Verdeutlichung. So wird es nunmehr denkbar sein, Goethe zwar ohne Hartmann von Aue zu verstehen, nicht aber ohne Homer und Shakespeare; Rilke ohne die *Kudrun* zwar, nicht aber ohne die Franzosen; und den Roman des 20. Jahrhunderts zwar ohne Artus, nicht aber ohne den Picaro.

Aus Gründen wiederum der Deutlichkeit sei hinzugefügt: Es geht nicht darum, die durch die Begriffe »Renaissance« und »Humanismus« markierte Zäsur absolut zu setzen, d. h. die unbestreitbare Tatsache eines bewußt sich empfindenden Neubeginns (eben als des Beginns der Neuzeit) radikal zu interpretieren. Die Sprachgeschichte allein schon sichert eine gewisse geistige Kontinuität, und zuweilen zeigt sich auch die Möglichkeit oder Notwendigkeit, Dichtungen der neueren Epoche zu begreifen aus einer germanisch-deutschen, also vom Mittelalter herzuleitenden Tradition. Fraglich jedoch ist es, aus diesen jeweils gegebenen Möglichkeiten die Grundlage eines allgemeinen Bildungssystems zu zimmern.

Die Universität hat erhebliche und folgenreiche Differenzierungen der fachlichen Schein-Einheiten längst vorgenommen mit Hilfe der Spezifizierung ihrer Lehrstühle, doch konnte sie sich bisher nicht entschließen, die von ihr für sich selbst als nötig erachtete Auffächerung auch den Studenten und mithin der Schule zuzugestehen.

Freilich ist das Kuriosum festzuhalten, daß der von seinen Gegnern als allzu ›progressiv‹ gescholtene Examens-Ordnungs-Entwurf bereits heute hinter dem Stande wissenschaftlichen Selbst-Verstehens zurückbleibt, nachdem erkannt und theoretisch ausgeführt ist, daß die nationalgebundenen Literaturfächer aufgehen werden in einem übergreifenden und naturgemäß wiederum in sich differenzierten Fach »Literatur«, und daß der sprachliche Bereich dieser bisher tradierten Einzelfächer aufgehen wird in einem Fach »Linguistik« (mit seinen mannigfachen Untergliederungen, worunter nicht etwa nur das Gebiet des »Strukturalismus«, sondern als gleichwertiger Bereich auch weiterhin das der »Historischen Grammatik« zu verstehen ist).

## V

Bis dahin ist – im Sinne unsrer Eingangspassage – noch ungute Weile. Doch wird die vernunftgemäße, vom Wissenschaftsbegriff wie von der Berufslage her gebotene Aufteilung des Faches »Deutsch« in seine drei Bereiche den Weg zu diesem mit Sicherheit vorauszusehenden Endzustand bahnen.

Darüber hinaus wird es möglich sein, daß die Disziplin der »Älteren Germanistik«, befreit aus der Zwangsjacke des Programms, sich nunmehr unbefangener neuen Themenstellungen und (durch neue Themenstellung bedingt und bewirkt) neuen Methoden zuwendet. »Es wäre vorstellbar, daß ein Überdenken der Inhalte dieser Disziplin unter neuen Fragestellungen die ›Geschlossenheit‹ der Altgermanistik aufbrechen würde« [6].

In diesen Zusammenhang gehört auch das beunruhigende Thema der »große(n) Unsicherheit des Studiums« der Germanistik (Krüger S. 138; s. a. S. 58). Im Zuge der Untersuchungen durch Marlis Krüger haben »Diskussionen unter Germanisten (...) deutlich gezeigt, (...) daß die Unsicherheit des Germanistikstudiums in erster Linie auf der Verfassung der Germanistik selbst beruht: Getarnt durch den Begriff der ›Methodenpopularität‹, betrifft sie sowohl den Umfang des Gegenstandes als auch des Methodenarsenals der Germanistik, und zwar in Lehre und Forschung« [7].

Solche Unsicherheit wird sich vermindern, vielleicht erledigen, wenn diese Wissenschaftsdisziplin aufgeht in neuen, dem Gegenstande gemäßen Fachkategorien und Ordnungsformen. Was allerdings die radikalen Forderungen nach gesellschaftlich orientierter Umfunktionierung des bourgeoisen Teilfachs »Alte Germanistik« angeht, so will der Verdacht sich nicht beschwichtigen lassen, daß hier ein Versuch am nicht tauglichen Gegenstand gefordert wird, daß ein ideologisch fixierter Wissenschaftsbegriff ungeprüft einem Objekt aufgepreßt werden soll, das sich gemäß seiner Beschaffenheit solcher Bestimmung nicht erschließen kann. Die Zeugnisse der mittelalterlichen Literatur sind quantitativ dürftig, stofflich selektiert, formal normiert: Alles dies gewiß Ausdruck gesellschaftlicher Zustände, indes ist über solche Feststellung hinaus von den Denkmälern selbst nur wenig zu erfahren. Sie sind Reflexe einer bestimmten, soziologisch erfahrbaren Problematik – von dieser Problematik als solcher legen sie kaum Zeugnis ab. Adelsliteratur, Selbstbespiegelung einer Herrenkaste, Darstellung ihres ästhetisch-ethischen Erziehungsprogramms, ihrer aristokratischen Selbstableitung; Dichtung von Helden, von Geschichte und Sage, Kampf und Untergang oder auch Sieg; Unterweisung und Belehrung durch Theologie und Kirche; Strophen der Lust an Natur und Liebe und Völlerei in topisch fixierten Wendungen; Alltagsnot und Tagespolitik, und Geschichten der maskenbunten Unterhaltung bis hinab zur Zote: Niemand wird verkennen, daß sich in Thema und Form und Stoff – selten unmittelbar, häufiger in Berechnungen – soziale Wirklichkeiten abzeichnen, und so ist es von je auch mit mehr oder minder Glück erfaßt worden. Nicht aber stellt diese Dichtung soziologisches Material bereit, das zu dem Zwecke einer umwertenden Betrachtung und Darstellung der Epoche tauglich wäre. Die Sozialgeschichte des Mittelalters ist nicht zuletzt deshalb ein derart vages und wenig sichere Kenntnis bietendes Feld, weil es eben zum Geist dieser Epoche gehört, daß sie der Registrierung sozialer Wirklichkeiten sich entzog, daß sie gemäß ihrer Vorstellung vom Wesen dieser Welt – als der Vorstufe nur der eigentlichen Wirklichkeit – den gesellschaftlichen Zuständen kein systematisches Interesse widmete [8].

## VI

Eine Wissenschaft, um am Leben zu bleiben, braucht beides: Den kühnen Entwurf, der beunruhigt, in Frage stellt und umwertet, – und die dem Detail verpflichtete, einsam-einzelne Spezialarbeit. Das eine ist blind und leer ohne das andere. »Deutsch« als Fach der Schule wird sich ändern, in der Änderung aufgehoben werden (im bekannten Hegelschen Mehrsinn), und demgemäß auch auf der Universität als Wissenschaft anders und reformiert, neuformiert betrieben werden. Wie von je aber wird sich dem Forscher seine philologische und historische Aufgabe stellen, und er wird sich ihr stellen – unter welchen verwandelten Perspektiven, unter welchem Rubrum und Fachtitel auch immer [9]. Was jedoch hier und jetzt begriffen und begrifflich wie praktisch geleistet werden muß, ist die im Wesen dieser Disziplin, wie sie heute von ihrer eigenen Wissenschaftlichkeit her verstanden wird, liegende Forderung nach Umwandlung ihrer materiellen Gliederung, ihrer pädagogischen Vermittlung.

Die Sache »Deutsch« hat ihre grundlegende Veränderung erfahren – bis hin zu ihrer Aufhebung als eines nationalen Ideals. Das Fach »Deutsch« hingegen sollte beharrlich bleiben was es war?

Dann allerdings wäre es in der Tat, was seine radikalen Kritiker ihm vorwerfen daß es sei: eine Chimäre.

*Postskriptum:*

Unterdessen meldet sich eine weitere altgermanistische Stimme fachkritisch zu Worte, wie ich der »Stuttgarter Zeitung« Nr. 146 (30. VI.69) und dem »Spiegel« Nr. 31 (28. VII. 69) entnehme: Günther Schweikle hat seine Stuttgarter Antrittsvorlesung unter unser Thema gestellt (»Wozu Ältere Germanistik?«). Solange die Rede nicht gedruckt vorliegt, muß ich mich an das (möglicherweise entstellende) Referat der »Stuttgarter Zeitung« halten, dem zu entnehmen ist, daß Schweikle sich zwar »mit Wapnewski einig [weiß] in der Einschätzung des bisherigen Selbstverständnisses der Germanistik« (und anderem mehr), indessen besorgt ist, das »Endergebnis« einer pragmatischen Berücksichtigung der Berufsziele unserer Studenten »wäre der Fachidiot«. (Ein Terminus, der, wie man wissen kann, vom Protest geprägt wurde zur Charakterisierung eben der gemäß gelehrtem Herkommen ausgebildeten Studenten!) Die Antrittsvorlesung in ihrer begreiflichen Not, nicht nur fachkritisch zu sein sondern auch originell, tut dann meine »Form der Kritik« am Fach ab als »Reaktion auf von außen kommende Vorwürfe« und stellt schließlich die Frage, was denn meine »Forderungen mehr [seien] als nur Verbeugungen vor püfungsgeängstigten Studenten?«

Sie sind mehr. Lassen wir die Albernheit der »Verbeugungen«. Aber in dieser Tonlage von »prüfungsgeängstigten Studenten« zu reden, zeugt entweder von Zynismus oder von peinlicher Ignoranz des ganzen Komplexes. Zeitgemäß bedacht auf Progressivität, achtet man doch auf Rückversicherung, indem man einerseits eine Wissenschaft tadelt, die sich zur »nationalen Heilslehre hochstilisierte«, und anderseits »vorschnellen Amputationen« wehren möchte. Behutsam ausbalanciert: Kritische Bewußtseinsklärung plus Ältestes bewahrt mit Treue. »Der Spiegel« spricht von »einsichtigen Männern der Zunft wie Schweikle und Wapnewski«...

Immerhin zeigt der Fall, womit man rechnen muß, wer die Bedingungen des eigenen Faches kritisch durchdenkt. Ich verweise deshalb noch einmal ausdrücklich auf mein in Abschnitt III formuliertes Bekenntnis zur Wissenschaft der germanistischen Mediävistik. Dies das eine. Das andre, um es mit der offenbar nötigen Primitivität zu wiederholen, ist die Pflicht, die Berufsausbildung des Lehrers neu zu durchdenken und zu ordnen.

## Anmerkungen

1 s. hierzu die Beiträge Wolfgang Isers und Harald Weinrichs in diesem Bande.

2 zur entsprechenden Examensordnung s. u. S. 193 ff. und vor allem den Beitrag Eberhard Lämmerts in diesem Bande.

3 Michael Jenne – Marlis Krüger – Urs Müller-Plantenberg: »Student im Studium. Untersuchungen über Germanistik, Klassische Philologie und Physik an drei Universitäten« (hg. vom Institut für Bildungsforschung in der Max-Planck-Gesellschaft), 1969. Diese klare, kenntnisreiche und sachliche Studie leidet lediglich unter der Schwäche aller empirischen Untersuchungen: zum Zeitpunkt ihrer Publikation haben sich die Voraussetzungen der Ergebnisse mehr oder minder geändert. Es will mir auch scheinen, als ob Marlis Krüger die Rolle des Zufalls im faktischen Befund nicht immer einbezieht: ein unbesetzter Lehrstuhl, ein Forschungssemester, Krankheit etc. wandeln die Statistik und Kurve jeweils ab. Mir ist überdies nicht recht begreiflich, wie es zu einem Urteil wie diesem kommen kann (S. 67): »Das Hauptforschungsgebiet der Altgermanistik ist also die Entwicklung der germanischen Sprache vom Gotischen über das Althochdeutsche und Mittelhochdeutsche zum Neuhochdeutschen (...)« – eben das ist es nicht, aus dem schlichten Grunde, daß dieses Feld seit einigen Jahrzehnten als hinreichend, ja einigermaßen erschöpfend bearbeitet gilt.

– Zur Ergänzung verweise ich auf die Artikel in der ZEIT vom 25. August 1967 (»Die alte Germanistik und die jungen Studenten«) und im MERKUR 248 (Dez. 1968) S. 1147–1156 (»Die Germanisten und ihr Kongreß«).

4 s. Krüger S. 139: »Eine Analyse der historischen Entwick-

lung dieser Disziplin würde sehr wahrscheinlich ergeben, daß die Germanistik seit 1848 eine sehr einseitige Entwicklung bis heute fast ungebrochen fortgesetzt hat.«

5 Ohnehin ist es ein eigen Ding mit der existenziellen Relevanz geistiger Güter: sie sind nicht eindeutig im Sinne ihrer Umsetzbarkeit. Humanistische Bildung garantiert, das deutsche Bürgertum hat es uns vorgemacht, noch keine humane Haltung.

6 Krüger S. 66. – Die Erwägungen, gemäß unterschiedlichen Interessen und Berufszielen unterschiedliche Hochschultypen einzurichten, im extremen Falle also für den Gymnasiallehrer eine eigene Ausbildungsstätte zu schaffen, sind hier nicht zu erörtern.

7 Krüger S. 138. Statt »›Methodenpopularität‹« ist gewiß zu lesen: »›Methodenpluralität‹«.

8 So ist es denn auch schwerlich Zufall, daß der Mittelalter-Part von Arnold Hausers verdienstvoller »Sozialgeschichte der Kunst und Literatur«, 1953, vergleichsweise dürftig ausgefallen ist. – Übrigens aber bedeutet Mangel an gesellschaftlicher Information durch die Quellen durchaus nicht, daß die Disziplin davon dispensiert sei, sich als gesellschaftlich bedingt zu verstehen und ihr Verhältnis zur Gesellschaft zu reflektieren.

9 Mögliche Richtungen der Methodenausweitung zeigt Marlis Krüger S. 140 auf. Zur Neuorganisation des Fachs und der mit dieser Aufgabe zusammenhängenden Neuorganisation der Philosophischen Fakultät vgl. ibd. S. 142 f.

Reinhard Döhl:

# Modell und Prospekt

## I

Als ich 1957 zu studieren begann – ich hatte damals einen fünfjährigen Abstand von der Schule, ihrem Deutschunterricht und einem Lesekanon, der mir nie recht eingeleuchtet hatte –, begann ich ein Studium der Germanistik unter anderem, weil ich das, was ich aus Neigung und dilettantisch betrieb, wissenschaftlich betreiben wollte. Die Erfahrungen der Folgezeit waren allerdings nicht dazu angetan, den wissenschaftlichen Anspruch und die gesellschaftliche Berechtigung meines Hauptfaches einsichtig zu machen. Ich will versuchen, dies in Stichworten zu verdeutlichen, wobei von vornherein zugegeben werden muß, daß subjektive Erfahrung und eine Verkürzung auf Stichworte Ungenauigkeiten, sogar Ungerechtigkeiten unterlaufen lassen. So sah ich zum Beispiel nicht ein, warum Wolfgang Kaysers »Sprachliches Kunstwerk« richtiger sein sollte als Emil Staigers »Poetik«, warum gegen Käte Hamburgers »Logik der Dichtung« oder Roman Ingardens »Literarisches Kunstwerk« polemisiert (nicht argumentiert) wurde, die mir Wichtiges zu sagen schienen. Die Folge war, daß ich Lehrmeinungen als subjektiv zu mißtrauen begann und Lektüre auf eigene Faust und Verantwortung trieb. Was ich dabei entdeckte, faszinierte und erschreckte mich. Ich stellte plötzlich fest, daß Goethe nicht der größte Dichter des 20. Jahrhunderts war; daß das mir angebotene Handwerkszeug nicht ausreichte, die Literatur seit einer sogenannten Literaturrevolution in den Griff zu bekommen (Warum war Werfel zum Beispiel wichtiger als Schwitters?); daß das, was ich vom sogenannten lyrischen Ich, von einer sogenannten symbolischen Redeweise gelernt hatte, nicht mehr funktionierte, wenn ich mich im 20. Jahrhundert bewegte oder vor das 18. Jahrhundert zurückging. Mit anderen Worten: das Studium bot mir keine erlernbaren Rezepte, mit deren Hilfe ich eine deutsche Literatur in ihrer Gesamtheit übersehen und fassen konnte. Aber meine Verwirrung ging weiter. So besagte mir eine Romanstelle wie »Und hier, ohne den Leser unnötiger Weise damit aufzuhalten, was sie ferner sagte, und was er antwortete, überlassen wir den Pinsel einem Correggio, und schleichen uns davon« – jenseits der Anmerkung, daß Correggio ein italienischer Maler des 16. Jahrhunderts gewesen sei, – eigentlich erst etwas, nachdem ich mich mit der Malerei und den Malweisen des 16. Jahrhunderts, speziell dieses Correggio ausführlicher beschäftigt hatte; wobei sich als zusätzliche Erfahrung ergab, daß auch die Kunstgeschichte keine erlernbaren Rezepte anbot. Ähnlich ging es mir mit einer Anspielung auf den Komponisten Jean Baptiste-Lully. Ich bemerkte, um diese Erfahrungen ein wenig zu verallgemeinern, daß eine Formel wie »ut pictura poesis ...«, daß eine Literatur, für die eine solche Formel poetologische Gültigkeit hatte, nur dann verstanden werden können, wenn man auch faktisch über »pictura« Bescheid weiß.

Das Spiel, das zum Beispiel Wielands Zeitgenossen mit dem Leser trieben, die »Frauenzimmer-Gesprächsspiele« eines Harsdörffer machten mich auf (literatur)soziologische Aspekte aufmerksam, führten zu der Einsicht, daß Literaturgeschichte sich nicht ohne Gesellschaftsgeschichte, Literaturwissenschaft nicht ohne Gesellschaftswissenschaft betreiben ließen, ohne daß ich mir über das Wie zunächst Klarheit verschaffen konnte. Hand in Hand damit entdeckte ich bald, daß über Generationen fortgeerbte Vorurteile zu merkwürdigen Gewichtsverlagerungen in der literarischen Bewertung einzelner Autoren wie ganzer sogenannter Epochen geführt hatten und noch führen. Bei dieser Gelegenheit wurden für mich auch die Grenzen zwischen dem, was man als Dichtung ernst nahm, und einer sogenannten Trivialliteratur, über die man außer abwertenden Hinweisen kaum ein Wort verlor, fließend. Schließlich machte ich noch die Erfahrung, daß die ausländischen Zeitgenossen manches hochgelobten deutschen Dichters eine interessantere, in meinen Augen qualitativ bessere Literatur geschrieben haben und schreiben.

## II

Das klingt alles ein wenig naiv, rekapituliert aber dennoch, meine ich, in Stichworten zum einen die Erfahrungen eines durchschnittlichen Germanistik-Studenten, der, geprägt vom Deutschunterricht an Gymnasien, den er möglicherweise nach Abschluß des Studiums selbst zu geben gedenkt, und von einem darüber hinausgehenden dilettierenden Interesse an Literatur verführt, ein Studium der Germanistik beginnt und – bei vorausgesetzter

Gewissenhaftigkeit – sehr schnell zum Beispiel in die stellvertretend beschriebenen Schwierigkeiten geraten wird, die man sicherlich nicht ihm anlasten kann. (In Parenthese: die immer wieder geforderte Verkürzung des Studiums bedeutet gewiß keine Lösung dieses Problems, denn selbst nach einem 15. Semester läßt sich unter den gegebenen Voraussetzungen mit gutem Gewissen ein Studium der Germanistik nicht abschließen, es sei denn bei radikaler Kürzung des Lehr- sprich Stoffangebots, einer Verkürzung auf einfach Erlernbares, bei radikaler Beschneidung der vielfältigen Aspekte eines literaturwissenschaftlichen Studiums, was einer verständnislosen Wiedergabe des eingepaukten Kanonischen gleichkäme und Dimensionslosigkeit bedeuten würde.)

Die angeführten Erfahrungen deuten zum anderen nicht nur in subjektiver Sicht ein Dilemma an, in dem sich die klassische Germanistik (die überdies längst eine Fächerkombination für ein bestimmtes Berufsziel geworden ist) heute befindet, so daß das vielstrapazierte und von allen Seiten mißbrauchte Wort Reform auch hier seine praktische Berechtigung hat und dabei zunächst eine gemeinsame kritische Selbstbesinnung bei Lehrenden und Lernenden voraussetzt. Aber nun nicht etwa so, daß man etwas als nicht ausreichend Erkanntes einfach über Bord wirft und durch etwas anderes Theoretisches ersetzt, das als theoretische Forderung zwar ehrlich gemeint, möglicherweise das Dilemma nur zum Teil betrifft, das Unzureichende möglicherweise nur austauscht, aber nicht abstellt. Ich halte es im gegenwärtigen Zeitpunkt jedenfalls für sinnvoller, von praktizierbaren Möglichkeiten auszugehen, ohne das dabei Erreichbare zu zementieren, vielmehr das Erreichbare wiederum in Frage zu stellen, kritisch zu prüfen und so fortzufahren. Literatur ist ein Prozeß; die Wissenschaft von Literatur in ihrer Gemeinsamkeit von Forschung und Lehre und als Arbeitsgemeinschaft von Lehrenden und Lernenden, wobei die ersteren im Grunde ständig auch die letzteren sind, sollte dies auch sein.

## III

Forderungen, die sich aus den aufgeführten Erfahrungen leicht ableiten lassen, sind in Stichworten zum Beispiel, ohne daß die Reihenfolge Prioritäten spiegelt:
Literaturwissenschaft versus Literaturgeschichte

Systematische Poetik versus Geschichte der Poetik
Literaturwissenschaft versus Kunst- versus Musikwissenschaft
Literaturwissenschaft versus Gesellschaftswissenschaft
Literaturwissenschaft versus Naturwissenschaft
Literaturwissenschaft versus Sprachwissenschaft
Deutschsprachige Literatur versus Weltliteratur.

Die Möglichkeiten, von denen ich im folgenden ausgehen kann und werde, bieten sich im Ausbau eines Instituts für Literatur- und Sprachwissenschaft, an dem ich arbeite und das ich als Modell gerne zur Diskussion stellen möchte. Ich spreche im folgenden also auch pro domo vom Institut für Literatur- und Sprachwissenschaft an der Universität Stuttgart, das, nachdem es hier seit Friedrich Theodor Vischers Zeiten einen einsamen Lehrstuhl für Literaturwissenschaft und Ästhetik gegeben hatte, seit einigen Jahren aufgebaut wird und inzwischen folgende Lehrstühle umfaßt:

Literaturwissenschaft
Linguistik
Sprache und Literatur des Mittelalters
Anglistik I (Linguistik)
Anglistik II (Literaturwissenschaft)
Romanistik I (Linguistik)
Romanistik II (Literaturwissenschaft).

Die Konzeption des Instituts ist offen gehalten, so daß im weiteren Aufbau weitere Lehrstühle, zum Beispiel für Slavistik, für Literatursoziologie etc. leicht hinzukommen können:

| | Germanistik | Anglistik | Romanistik | (Slavistik) |
|---|---|---|---|---|
| Literaturwissenschaft | | | | |
| Linguistik | | | | |
| Sprache u. Literatur des MA | | | | |
| Literatursoziologie | | | | |

Diese der schnelleren Übersicht halber vorgeschlagene Matrix macht deutlich, daß ein in Stuttgart eingeschriebener Student heute allgemein Literatur- und/oder Sprachwissenschaft studieren, daß er aber auch, als Fächerkombination für ein bestimmtes Berufsziel, vor allem des Deutschlehrers, des Englischlehrers, des Französischlehrers, ein Studium der Germanistik, Romanistik, Anglistik (in Verbindung mit Tübingen auch der Slavistik) absolvieren kann, wobei allerdings in jenem Falle die Linguistik als zweiter Fachbereich, in der Fächerkombination Germanistik Sprache und Literatur des Mittelalters als dritter Fachbereich dazugehören.

Damit bietet die Universität Stuttgart innerhalb des Instituts für Literatur- und Sprachwissenschaft als eine der ersten Universitäten Deutschlands organisatorisch eine Gliederung der Fächerkombination Germanistik an, die als Grundlage für ein sinnvolles Studium, wenn schon nicht optimale, so doch unerläßliche Voraussetzung ist.

## IV

Die bisherige Unterteilung der Germanistik, der Deutschen Philologie in neuere und ältere Germanistik hatte als wesentliche Gefahren in sich geborgen, daß erstens das Historische, eine nur historische Betrachtungsweise, wie wir sie der Romantik und einer sogenannten Historischen Schule verdanken, übertrieben wurden, daß zweitens die Gegenwart oft völlig vernachlässigt wurde, wobei unter Gegenwart der Zeitraum gemeint ist, der dort anfängt, wo Literaturgeschichten in der Regel abbrechen. Hinzu kam drittens eine zumeist völlig einseitige Betrachtung der deutschsprachigen Literatur. Durch eine Kombination mit der Linguistik, und das heißt unter anderem durch eine ausgewogene Vermittlung von neuerer deutscher Poetik und Literaturgeschichte und neuerer deutscher Grammatik und Sprachgeschichte (in Ergänzung mit der Sprach-, Literatur- und Geistesgeschichte des Mittelalters) scheinen die ersten beiden Gefahren wesentlich gebannt. Unter anderem, weil synchronische und diachronische Stilistik einen Zusammenhang der Einzelbereiche Literaturwissenschaft, Linguistik und Sprache und Literatur des Mittelalters darstellen. Das Institut für Literatur- und Sprachwissenschaft bietet aber darüber hinaus die Möglichkeit, mit einer solchen Gliederung der Fächerkombination Germanistik allgemeine theoretische und komparatistische Grundlagen der genannten drei Fachbereiche in den Vordergrund von Forschung und Lehre stellen zu können, vor allem eine allgemeine Sprachtheorie und Sprachanalyse sowie eine allgemeine und vergleichende Literaturwissenschaft, wobei Fächerverbindungen mit der Anglistik und Romanistik in Ansätzen praktisch ein Studium der Komparatistik ermöglichen und die dritte genannte Gefahr einer zu isolierten Betrachtung der deutschsprachigen Literatur weitgehend reduzieren.

Unter diesen Voraussetzungen werden ferner unter modernen theoretischen Gesichtspunkten besonders Fächerverbindungen wie Literaturwissenschaft und Soziologie, Linguistik und Mathematik ausdrücklich gefördert, wobei zum Beispiel ein in den letzten Jahren wiederholt diskutiertes Thema wie ›Literatur und (Natur) Wissenschaft als vergleichbare Tätigkeiten‹ seine theoretische und praktische Überprüfung erfahren kann.

## V

Wenn dieser Band in seinen Beiträgen das gegenwärtige Selbstverständnis der Germanistik spiegeln und sich mit der Zukunft dieser Disziplin beschäftigen soll, verstehe ich Germanistik innerhalb der Konzeption des Instituts für Literatur- und Sprachwissenschaft als eine mögliche Fächerkombination für ein bestimmtes Berufsziel, in der Regel und überwiegend das des Deutschlehrers an Gymnasien. Ich kann dabei nicht die Frage beantworten, wieweit die augenblicklich praktizierte Fächerkombination Literaturwissenschaft/Linguistik/Sprache und Literatur des Mittelalters einen wesentlich neuen Typ des Deutschlehrers ausbilden wird. Daß sich allerdings der in diesem Institut ausgebildete Deutschlehrer von seinem Vorgänger in einigen Punkten unterscheiden wird, macht bereits die neue Fächerkombination deutlich, zeigen auch die von den betroffenen Lehrstühlen herausgegebenen vorläufigen Orientierungsblätter für die Studierenden, denen sich das eben skizzierte zugrundeliegende Konzept in seinen Einzelheiten ablesen läßt.

a) Das vorläufige Orientierungsblatt für die Studierenden der Literaturwissenschaft als allgemeines Studienfach und als Teilfach der Germanistik teilt den Gegenstandsbereich Literaturwissenschaft sinnvoll in Allgemeine (systematische) Literaturwissenschaft und Neuere deutsche Literaturgeschichte.

Die Neuere deutsche Literaturgeschichte umfaßt die Geschichte der deutschen Literatur (womit grundsätzlich alle schriftlich fixierten Denkmäler von ästhetischer oder historischer Bedeutung gemeint sind) seit etwa 1600, also in den ›Epochen‹ der neuhochdeutschen Schrift- und Literatursprache. Sie bezieht in die Geschichte der Texte und ihrer Autoren die Formen- und Stilgeschichte mit ihren weiteren Voraussetzungen, der allgemeinen Geistes-, Kultur-, Gesellschafts-, Kunst- und politischen Geschichte ein, soweit diese zu dem Verständnis der Texte, ihrer Inhalte und ihrer Sprach- und Stilerscheinungen von Bedeutung sind. Sie verbindet dabei ausdrücklich die Erforschung der deutschsprachigen Literatur mit den Perspektiven zur Weltliteratur seit der Antike. Die Allgemeine Literaturwissenschaft umfaßt die Gebiete der Poetik und Ästhetik sowie der literarischen Kritik, also die Gebiete der literarischen Gattungs- und Formenlehre, Stilistik und Metrik in ihren systematischen und historischen Zusammenhängen. Sie bezieht sich geschichtlich analog auf Gegenstände und Entwicklungen seit etwa 1600, systematisch auf den gesamten Text- und Formenbestand einschließlich der Weltliteratur.

Allgemeine Literaturwissenschaft und Neuere deutsche Literaturgeschichte treffen sich in den Methoden der Interpretation, die sowohl systematisch (poetologisch) wie historisch verfährt und aus ihnen Kategorien des gesellschaftlichen, geschichtlichen und ästhetischen Verstehens ableitet.

Besonderes Gewicht wird ebenso wie in der Linguistik und Sprache und Literatur des Mittelalters auf die Seminarübungen gelegt, da sie die Möglichkeit gemeinsamer aktiver Arbeit und kritischer Diskussion bieten. Das Seminarsystem soll dabei gegenüber den traditionellen Vorlesungen noch weiter ausgebaut werden, wobei sich bereits heute neue Seminartypen und -techniken (z. B. eigenverantwortliche Übernahme von Seminarstunden einschließlich Diskussionsleitung durch auf das zu behandelnde Thema speziell vorbereitete Studenten) abzeichnen.

Grundsätzlich wird dem Studenten, soweit nicht bereits entsprechende Fächerkombinationen über die Germanistik hinaus gewählt wurden, also auch dem Studenten der Fächerkombination Germanistik die Teilnahme an ergänzenden Seminaren und Vorlesungen der Nachbarfächer im Bereich der Geisteswissenschaften wie Geschichte, Philosophie, Soziologie, Politikwissenschaft,

Kunstwissenschaft (die Aufzählung bezeichnet keine Prioritäten) sehr empfohlen.

b) Das vorläufige Orientierungsblatt für Studierende der Linguistik als allgemeines Studienfach und als Teilfach der Germanistik versteht die Linguistik als eine empirische Wissenschaft auf einer gegenwärtig vergleichsweise hohen Stufe der Abstraktion und Theorienbildung. Ihr Gegenstandsbereich sind die menschliche Sprache im allgemeinen und die verschiedenen Einzelsprachen wie Nationalsprachen, Dialekte. Dabei sind die sprachlichen Mittel von ihrem Funktionieren bei der Kommunikation zu unterscheiden, d. h. Sprachbeherrschung und Sprachgebrauch. Die sprachlichen Erscheinungen werden ferner entweder in ihrem systematischen Zusammenhang zu bestimmten Zeiten (synchronisch) oder in ihren zeitlichen Veränderungen (diachronisch) betrachtet. Somit ergeben sich als Paare gegensätzlicher Untersuchungsaspekte, die in allen ihren Kombinationen bestimmte linguistische Arbeitsmethoden beziehungsweise -bereiche darstellen, Empirie versus Theorie, Sprache versus Einzelsprache, Sprachbeherrschung versus Sprachgebrauch, Synchronie versus Diachronie.

Um die Linguistik als empirische Wissenschaft von den Werturteilen in der Sprachlehre, Sprachkritik und Sprachlenkung zu unterscheiden, wird noch der entscheidende Gegensatz von deskriptiv versus normativ hervorgehoben. Das normative Sprachverhalten hängt allerdings nur mittelbar mit den ersten vier Gegensatzpaaren zusammen, sie gehören als Aspekte der Sprachuntersuchung durchweg zur linguistischen Deskription.

Die vier genannten Untersuchungsaspekte gelten vor allem für den Hauptbereich der Linguistik, die Grammatik. Sie ist die jeweilige Gesamtbeschreibung der Sprachbeherrschung und wird herkömmlich und noch grob in die Strukturebenen Phonetik, Phonologie, Morphologie, Wortbildung, Syntax, Semantik gegliedert. Weitere Aspekte, die hier aus Raumgründen nicht ausführlich erörtert werden können, aber auch, weil sie kein direktes Studienprogramm darstellen, sind zum Beispiel kontrastive Strukturuntersuchungen; automatentheoretische Grammatiken; Sprachpsychologie; Sprachsoziologie (Paralinguistik) und Sprachgeschichte, die neben linguistischen auch rein philologische Fakten verwertet und je nach Erfordernissen mit gesellschafts-, kultur-, und geistesgeschichtlichen Sachverhalten zusammenfaßt und nach bestimmten Perioden systematisiert.

Innerhalb des Instituts für Literatur- und Sprachwissenschaft bietet der Lehrstuhl für Linguistik neben einer für ein allgemeines Studium der Sprachwissenschaft angebotenen Allgemeinen Linguistik (Struktur der Grammatik; vergleichende Sprachtheorie; Methoden der Sprachanalyse) innerhalb der Fächerkombination Germanistik eine spezielle Linguistik (mit den Schwerpunkten: Neuhochdeutsche Grammatik, nach den genannten Strukturebenen; Stilistik der deutschen Gegenwartssprache; Dialektologie; Neuere deutsche Sprachgeschichte) an.

c) Das vorläufige Orientierungsblatt des Lehrstuhls für Sprache und Literatur des Mittelalters betont die ›Ältere Germanistik‹ als eine historisch orientierte Wissenschaft, die die Germanisch-deutsche Sprachgeschichte und die Altdeutsche Literaturgeschichte (8.–15. Jahrhundert) als Themenbereiche umfaßt. Sie vermittelt als Germanisch-deutsche Sprachgeschichte Sprachkenntnis als Grundlage des Verstehens literarischer Werke, Sprachgeschichte, historische deutsche Grammatik, Etymologie und historische Stilistik. Als Altdeutsche Literaturgeschichte versteht sie literarische Werke als kultur- und geistesgeschichtliche Dokumente, betont aber gleichzeitig die Signifikanz jeder Art sprachlicher Niederschrift. Sie sieht also Dichtung unter allgemeinen kulturgeschichtlichen Aspekten in Beziehung zu anderen Künsten, zu Philosophie und Theologie, mit denen sich Dichtung in bestimmten Grundstrukturen vergleichen läßt. Literatur als Sprachkunstwerk ist ein weiterer Aspekt, unter dem sich mittelalterliche Literatur betrachten läßt. Dabei wird die textkritische Bewertung der Überlieferungen altdeutscher Literatur vor jeder Interpretation hervorgehoben.

## VI

Es scheint wichtig, noch einmal zu betonen, daß Germanistik innerhalb eines Instituts für Literatur- und Sprachwissenschaft nur eine von mehreren Fächerkombinationen darstellt, die in Fällen wie Literatur- und Gesellschaftswissenschaft, Literatur- und Kunstwissenschaft über das Institut hinausgreifen; und daß sie im Lehrangebot wesentlich durch das Berufsziel mitbestimmt wird. Die Frage nach der Zukunft der Germanistik ist so wesentlich die Frage nach einer künftigen Vorstellung und Funktion des Deutschlehrers. Und da wäre für die Zukunft durchaus an eine aus mancherlei Gründen wünschenswerte Ersetzung des traditionellen

Deutsch-(Englisch-, Französisch- etc.)lehrers durch einen beziehungsweise mehrere Sprach- und Literaturlehrer zu denken.

Die für mich grundsätzlichere Frage nach einem Selbstverständnis der Literaturwissenschaft habe ich mit dem Hinweis auf den Auf- und Ausbau eines Instituts für Literatur- und Sprachwissenschaft, durch die auszugsweise Mitteilung der vorläufigen Orientierungsblätter der Lehrstühle für Literaturwissenschaft, Linguistik und Sprache und Literatur des Mittelalters in Stichworten und wenigstens zum Teil zu beantworten versucht. Die Frage nach der Zukunft der Literaturwissenschaft stellt sich für mich als Frage nach der Zukunft einer kombinierten Literatur- und Sprachwissenschaft entsprechend dem oben aufgestellten Katalog möglicher Arbeitsbereiche beziehungsweise dadurch sich anbietender Methoden. Die auszugsweise mitgeteilten Orientierungsblätter deuten dabei bereits an, wieweit hier ein theoretisches und praktisches Selbstverständnis, eine ständige theoretische und praktische Selbstbefragung (insofern haben die Orientierungsblätter für Lehrende und Lernende lediglich Vorschlagcharakter) praktikable Ergebnisse gebracht haben.

Die Betonung der Seminararbeit gegenüber den traditionellen Vorlesungen scheint mir dabei am ehesten auch die vielzitierte Gemeinschaft von Lehrenden und Lernenden, die Einheit von Forschung und Lehre wieder zu ermöglichen. Sie ist zudem die sinnvollste Möglichkeit, vieles von dem, was die Orientierungsblätter in der augenblicklich kritischen Situation der Universität als wünschenswert formulieren, in der Praxis zu erproben. Die Rede ist hier allerdings von Seminaren nach einem in der Regel dreisemestrigen Grundstudium, das durch eine in mehrfacher Hinsicht problematische Zwischenprüfung abgeschlossen wird. Dieses Grundstudium bietet in Grundkursen und Proseminaren gleichsam das Handwerkszeug, die Voraussetzungen für eine sinnvolle Mitarbeit in und an den der Zwischenprüfung folgenden Hauptseminaren und Kolloquien. Es wird jedoch Wert darauf gelegt, daß bereits im Grundstudium neben Diskussion und Anwendung fachtypischer, sachbezogener Methoden (im Bereich der Literaturwissenschaft etwa der Poetik, der Interpretation) der Ansatz einer wünschenswerten, ständigen Methodenkritik gegeben wird.

Die Seminararbeit des Hauptstudiums kann demnach einmal die Fähigkeit zu methodenkritischen Arbeiten voraussetzen, wird sie weiter fördern und ermöglicht zum anderen auch das Herausbilden der schon erwähnten neuen Seminartypen und -techniken. So wurde – wobei ich mich auf das Zitieren von Beispielen beschränke – unter anderem ein von einem Literaturwissenschaftler, einem Historiker, einem Politologen geleitetes Seminar über Nationalismus im 19. Jahrhundert angeboten. So bewies ein Seminar über die sogenannte Literaturrevolution die grundsätzliche Notwendigkeit, diese Literaturrevolution auf dem Hintergrund einer allgemeinen Kunstrevolution, der grundsätzlichen Veränderung gesellschaftlicher Verhältnisse zu diskutieren. Ein Seminar über syntaktische Sonderformen, das von den Lehrstühlen für Linguistik und Literaturwissenschaft gemeinsam angeboten wird, geht etwa von der Hypothese aus, daß ein Sonett formal als sehr komplizierte syntaktische Sonderform angenommen werden kann, und versucht entsprechend, poetologische Fragen mit den Methoden einer exakten Sprachwissenschaft einzukreisen. Ausgehend von der Annahme, daß ein wesentlicher Teil wissenschaftlicher Forschung, bedingt durch neue Themen und Fragestellungen, immer mehr zwischen den klassischen Disziplinen erfolgen wird, verstand ein Arbeitskreis die Behandlung des Themas Schrift und Bild auch als Hinweis auf ein solches Inter-Thema, speziell auf eine Problemstellung zwischen Literatur- und Kunstwissenschaft beziehungsweise -soziologie. Als ein Beispiel für sich dabei herausbildende, von Fall zu Fall sogar notwendig neue Seminartechniken möchte ich abschließend stellvertretend auf ein Seminar über Epigramm und Sonett hinweisen, das von der Voraussetzung ausging, daß sich das, was sich in einschlägigen Lexika als Beschreibung von Epigramm vorfindet, auf merkwürdige Weise von dem unterscheidet, was man im 17. und 18. Jahrhundert unter Epigramm (darunter etwa auch das Sonett) verstanden hatte. Eine Oberflächenbeschreibung ausgewählter möglichst weitgestreuter Textbeispiele ergab in gemeinsamer Diskussion neben der Forderung nach einer notwendig komparatistischen Methode, der Tatsache, daß ein Thema wie Epigramm und Emblem nur mit Hilfe der Kunstwissenschaft genauer zu behandeln war, eine Anzahl von Themen, die überwiegend in Gruppen erarbeitet wurden. Die Ergebnisse dieser Arbeitsgruppen wurden verkürzt, zur Kurzthese zusammengefaßt vervielfältigt und standen so den Seminarteilnehmern eine Woche vor der allgemeinen Diskussion zur Verfügung. Damit waren eine allgemeine Vorbereitung auf das jeweilige Thema ebenso wie eine daraus resultierende befriedigendere Diskussion, als sie in der Regel nach den bisher üblichen langen Referaten erfolgte und meist nur mühsam zustande kam, ermöglicht.

Schließlich bieten sogenannte Wochenendseminare außerhalb der Universität Lehrenden und Lernenden die Möglichkeit sich gemeinsam mit solchen Themen zu beschäftigen, die über den gleichzeitigen Seminar- und Vorlesungsbetrieb hinausgehen, deren Erörterung aber von allgemeinerem Interesse ist; bisher zum Beispiel: Theater heute; Politische Texte; Schlager, Songs der Beatles, Chansons, Protestlieder; Comicstrips.

## VII

Mit dem Hinweis auf die Praxis wären das Funktionieren eines Instituts für Literatur- und Sprachwissenschaft wenigstens an der Oberfläche beschrieben, seine Möglichkeiten angedeutet. Wenn ich auf die Frage nach dem gegenwärtigen Selbstverständnis der Literaturwissenschaft mit der Beschreibung eines solchen Instituts zu antworten versucht habe, so verstehe ich meine Antwort als Beschreibung eines der heute probierten Modelle, das ich zur Diskussion stellen möchte. Dieses Modell geht bewußt von praktizierbaren Möglichkeiten aus, und das als Modell Beschriebene versteht sich nicht als idealtypische Lösung. Gleichzeitig spiegelt ein solches Institut als ein mögliches Modell auch den augenblicklichen Stand einer methodenkritischen Diskussion um die Zukunft der Literaturwissenschaft, die sich entsprechend dem Gegenstand, an den sie als Forschung gebunden ist, der Literatur im engeren und weiteren Sinne, als einen ständigen Prozeß der Befragung ihres Gegenstandes und der Selbstbefragung verstehen sollte.

Schließlich scheint mir dem beschriebenen Modell bereits ablesbar, daß eine zukünftige Literatur- und Sprachwissenschaft Spezialisten herausbilden wird, etwa für Poetik, für Literatursoziologie, für Literaturkritik, die aber kaum noch für sich allein, vielmehr sinnvollerweise innerhalb von Arbeitsgemeinschaften auch über ihr Fach hinaus mit anderen Geisteswissenschaftlern, aber auch Naturwissenschaftlern werden zusammenarbeiten müssen.

Hilmar Kallweit/Wolf Lepenies:

# Literarische Hermeneutik und Soziologie

Die institutionelle Neuordnung von Fach und Studiengang kann ohne eine Verständigung über Erkenntnisinteressen und Methoden der wissenschaftlichen Disziplin bestenfalls pragmatisch geraten. Eine Germanistik, die sich tatsächlich verändern will, muß konzeptionelle Entwürfe in der Einschätzung ihrer Gegenstände und Verfahrensweisen entwickeln. Die jüngste Problematisierung der Fachgeschichte hat solcher Klärung weitgehend vorgearbeitet. Es bleibt zu erörtern, wieweit die dabei gezogenen Folgerungen einem Reflex auf neueste historische Befunde verfallen. Das Rückschneiden zur ›vernünftig‹ geordneten Fachdisziplin verschiedener Sparten dient der notwendigen Bereinigung einer geschichtlich fehlgeleiteten Ideologisierung. Es kann die umso dringlichere Frage nach konzeptionellen Entwürfen nicht ersetzen. Die Thematisierung einer soziologischen Hermeneutik literarischer Texte formuliert einen solchen Anspruch in der Absicht, pauschale Anforderungen gerade soziologischer Provenienz an die Germanistik auf definierbare Arbeitsprogramme zurückzuführen.

Die Fachgeschichte zeigt verschiedenste Aspekte der ›Außenbetrachtung‹ die bis hin zur völkischen in breitem Umfang aufgenommen wurden. Die literatursoziologische Fragestellung blieb dabei im Bereich der an den Universitäten etablierten Literaturwissenschaft ohne Belang. Der sichernde Rückgang auf eine im engeren Sinne fachspezifische Methodik verwies Literatursoziologie in den Umkreis subsidiärer ›Außenbetrachtung‹, idealistische Erkenntnisprinzipien ließen einem wesentlichen Bereich soziologischer Theoriebildung von vornherein keinen Zugang. Im Zusammenhang der komplexen Motivation solcher Abwehr ist ein Begriff vom literarischen Werk hervorzuheben, an dessen immanente Geschlossenheit und ästhetische Dimension Soziologie vermeintlich nicht reicht. ›Emphatisches‹ Werkverständnis und ideologische Rückbildung an soziologisch unspezifische Gruppenbestimmungen machten es leicht, den möglichen Erkenntniswert literatursoziologischer Fragestellung zu umgehen.

Die prinzipielle Bedeutung der soziologischen Dimension in der Fachdisziplin wurde zwar in einzelnen Fällen erkannt (»Wie die dichterischen Werke zur sozialen Realität stehen, welche soziale Realität sie selbst darstellen – das ist immer schon ein Aspekt der Prinzipienfragen der Literaturwissenschaft selbst, der Frage nach der Tatsächlichkeit ihrer Tatsachen, ist damit bereits ein Bestandteil aller bestehenden Methoden und Ergebnisse, ihrer methodischen Situation überhaupt«, Hugo Kuhn). Auch dann blieb aber die Auseinandersetzung mit dem soziologischen Instrumentarium noch aus. Wenn diese Abwehrhaltung oder fachspezifische Beschränkung gegenwärtig durchbrochen wird, sollten die taktischen von den wissenschaftlich relevanten Gründen geschieden werden. Soweit die Soziologie als Oppositionswissenschaft (Brinkmann) in Anspruch genommen wird, erfüllt sie den Fächern gegenüber, die mit ihr den interdisziplinären Dialog suchen, politisch allzuleicht eine doppelte Alibifunktion. Eine Wissenschaft, die ihre kritischen wie konservativen Ursprünge hat (Habermas), deren Entstehen geradezu aus dem Geist der Restauration beschrieben werden kann (Spaemann über de Bonald), wird entweder in ihren innovativen Möglichkeiten überschätzt oder durch schlichte Adaption entwertet. Eine Germanistik, die sich tatsächlich verändern will, kann diesen Dialog nur aufnehmen, um einer geschichtlich bedingten Begriffslosigkeit selbst zu begegnen. Dazu gehört, daß sie sich auf eine literatursoziologische Thematisierung einläßt, die nicht länger als ›Außenbetrachtung‹ begriffen wird, in der die Ästhetik des Werks erreicht und das anderweitig entwickelte analytische Instrumentarium aufgenommen ist. Die lange Abwehrhaltung erst begründet, daß solche Ansätze nunmehr als Infragestellung des ganzen Faches verstanden und damit programmatisch überschätzt werden.

Auch von Seiten der Soziologie her ist ein Ansatz, der in dieser Weise zentral in die Gegenstandserfassung der Literaturwissenschaft eingreift, unzureichend entwickelt und zudem als wissenschaftliche Literatursoziologie umstritten. Der Nachweis wissenschaftlichen Verfahrens durch die Abgrenzung des methodischen Vorgehens von Literaturgeschichte, Literaturkritik und Soziologie führt notwendig zur Theorie der ›Außenbetrachtung‹ zurück (Fügen). Soziologie als empirische, auf die Erforschung sozialer Interaktionen zielende Wissenschaft soll demnach der Literatur*geschichte* gegenüber die generalisierende und typisierende Position wahren, im Bereich der wertenden Literatur*kritik* eine wissenssoziologische Untersuchung dieser Wertungsstandpunkte einhalten. Damit reduziert sich Literatursoziologie auf den

Bereich speziellen zwischenmenschlichen Handelns der an Literatur beteiligten Personen. Die soziologische Auslegung des Werkes selbst wird der wissenschaftlichen Literaturkritik zugewiesen.

Eine in diesem Rahmen auf empirische Untersuchungen *eingeschränkte* Literatursoziologie hat wichtige Ergebnisse erbracht – in der Diffusionsforschung, Leseranalyse und Wirkungsforschung in der Buchstatistik, in Publikums- und Medienuntersuchung –, die Fragen nach den sozialen Bedingtheiten des Textes konnte sie nicht zufriedenstellend aufnehmen. Es läßt sich allerdings zeigen, daß solche strikt empirischen, am Prinzip der Werturteilsfreiheit orientierten soziologischen Ansätze zur Revidierung ihrer eigenen Axiome führen. Fügen selbst gelangt zumindest zum Hinweis auf die besonderen methodischen Schwierigkeiten einer soziologischen Hermeneutik literarischer Werke und bezeichnet damit das typische Dilemma einer Literatursoziologie, die mehr leisten will als die Übertragung gängiger soziologischer Techniken auf einen neuen Anwendungsbereich. Ein Klassifikationsrahmen mit der Trennung in ›Elementaranalyse‹ (Untersuchung der Prozesse, durch die literarische Institutionen entstehen), ›Strukturanalyse‹ (Beziehungen der literarischen Institutionen untereinander), ›Faktorenanalyse‹ (Einwirken gesellschaftlicher Verhältnisse auf das literarische Werk) und ›Funktionsanalyse‹ (Wirkungsforschung) zeigt zunächst nur, daß soziologische Methoden und Begriffe, die anderswo bereits getestet wurden und ihre Brauchbarkeit erwiesen haben, hier auf ein neues Gebiet übertragen werden.

Dieser Vorgang erweist sich für eine von der allgemeinen soziologischen Systemtheorie beeinflußte Literatursoziologie als konstitutiv. Schon die Begriffe werden so geprägt: ›Literaturgesellschaft‹ und ›literarisches Verhalten‹ erscheinen als Spezifika der soziologischen Termini ›soziales System‹ und ›soziales Handeln‹ (Interaktion). Da aber die Ansätze zur Beschreibung und Analyse eines sozialen Systems, wie sie in der Systemtheorie versucht wurden, in der Soziologie immer noch umstritten sind und kaum mehr geliefert haben als einen Kanon allgemein akzeptierter Termini (unter denen freilich durchaus Verschiedenes verstanden werden kann), läßt sich folgendes vermuten: Von einer Theorie sozialer Systeme oder Aussagen über Interaktionen wird eine literatursoziologische Analyse in naher Zukunft wenig profitieren. Eher wird eine Untersuchung der Gesetzmäßigkeiten der

Literaturgesellschaft und des literarischen Verhaltens zum Ausbau einer soziologischen Systemtheorie beitragen können. Diese Konsequenz zeigt sich besonders deutlich in Versuchen wie dem Lewis Cosers (Sociology through Literature), soziologische Begriffe durch literarische Beispiele zu belegen und damit zugleich zu legitimieren. Wenn Coser ausdrücklich betont, keine Literatursoziologie zu liefern, formuliert er unbewußt die eigentliche Absicht, Literatur weniger als Forschungs- denn als Demonstrationsobjekt für die ›Richtigkeit‹ einer in der Soziologie erst partiell vorhandenen allgemeinen Theorie zu nutzen. Weder ein strikter Empirismus noch eine von der allgemeinen Systemtheorie beeinflußte Literatursoziologie scheinen in der Lage, den Gegenstandsbereich der Literaturwissenschaft von soziologischer Seite her zentral zu erreichen. Das kann erst gelingen, wenn bereits von der Fragestellung her der ästhetische Charakter des Werkes selbst Gegenstand der literatursoziologischen Analyse wird. Die Ausformulierungen dieses Postulats sind im weiteren zu untersuchen. Es prägt unter anderem die Kunsttheorie Adornos, wobei der Begriff der Totalität, der solchem Vorgehen das theoretische Leitmotiv liefert, eine doppelte Funktion erfüllt. Dem Empirismus wird entgegengehalten, daß nur eine Idee des Ganzen die Untersuchung des Einzelnen zu rechtfertigen und fruchtbar zu machen vermag. Zugleich wird dem Diktat einer Systemtheorie opponiert, die aufgrund terminologischer Stringenz zunächst den Bereich ihres Erkenntnisinteresses rigoros beschneidet und dem Besonderen nurmehr gerecht zu werden vermag, wenn es bruchlos unter das Allgemeine sich subsumieren läßt. Daß Adorno Lyrik interpretiert und dabei vom einzelnen Gedicht ausgeht, muß soziologisch als Opposition gegen Empirismus und Systemdenken verstanden werden. Dabei werden allerdings intersubjektiv mitteilbare Prinzipien des Verfahrens nicht gewonnen. Aus der richtigen Opposition gelangt die dialektische Kunsttheorie bestenfalls zu einem personal überzeugenden Subjektivismus.

Der Entwurf einer Literatursoziologie, wie Lucien Goldmann ihn bietet, könnte demgegenüber der methodischen Ausarbeitung eines literatursoziologischen Verfahrens einigen Anhalt bieten. Ausgangspunkt ist die Analyse gerade des ästhetisch qualifizierten Textes in seinem immanenten Strukturzusammenhang. Die dialektisch-materialistische Analyse wird zurückgenommen (zumindest für die ersten Arbeitsschritte) zur bestmöglichen Erfassung der historischen und gesellschaftlichen Prozesse. Deren Beziehungen zum Werk können allerdings methodisch nicht befriedigend gelöst werden. Goldmann verwirft kurzschlüssige Vermittlungen zwischen Werk und gesellschaftlicher Realität über schlichte Inhaltsentsprechungen oder die Biographie des Autors zugunsten einer Strukturuntersuchung, die ›geistige Strukturen‹ von Werk und sozialen Gruppen einander zurechnet. Relevant wird dieser Ansatz allerdings erst, wenn das im Werk durch den Autor zur entschiedensten Darstellung gebrachte Kollektivbewußtsein (conscience collective) der zugehörigen sozialen Gruppe(n) – so das Postulat Goldmanns – diesen tatsächlich stringent zugerechnet werden kann und eine soziologische Theorie die behauptete Umsetzung praktischer Probleme der sozialen Gruppen in geistige Strukturen hinreichend nachzuweisen vermag. Der von Goldmann benutzte Begriff der Kohärenz bleibt dabei eine Hilfskonstruktion. Der Rückgang auf kohärente Weltsichten (vision du monde) der sozialen Gruppen und kohärente Werkstrukturen soll der Zuschreibung einen festeren Anhalt bieten. In bezug auf die sozialen Gruppen sind damit aber zunächst nur diejenigen abgegrenzt, denen die Möglichkeit zur Ausbildung einer stringenten vision du monde zugesprochen wird. Diese Einschränkung des Untersuchungsfeldes erscheint fragwürdig, zumal inhaltliche oder formale Kriterien, die sich auf die Stellung der jeweiligen Gruppen im konkreten Geschichtsprozeß beziehen müßten, darin nicht ausgewiesen sind.

Der Begriff der ›Gruppe‹ scheint gleichwohl dem Ansatz einer soziologischen Textanalyse besondere Chancen zu bieten. In Goldmanns Konzept deckt dabei ›groupe social‹ den herkömmlichen Gruppenbegriff, während der Terminus ›groupe créateur‹ dazu dient, die traditionelle Vorstellung eines individuellen Autors zu revidieren. Der Rekurs auf die vision du monde dieser Gruppe als der entscheidenden Voraussetzung für das individuelle Werk wird allerdings nicht streng verfolgt. Die Vermittlung zwischen groupe créateur und Werk erfolgt durch neuerliche, der Genieästhetik verpflichtete Hypostasierung des Autors, dem die entschiedenste Darstellung des Kollektivbewußtseins vorbehalten bleibt. Aus der berechtigten Abwehr einer häufig vulgärmarxistischen Auffassung, der die Trivialliteratur als bevorzugtes Objekt der Literatursoziologie gilt, verfällt Goldmann dem anderen Extrem einer Orientierung am Meisterwerk, dessen Autor Genierang einnimmt. Abgesehen davon bleibt das entscheidende literatursoziologische Problem, die groupe créateur zu bestimmen und die Zuschreibungsmöglichkeiten von Werk und Gruppe zu präzisieren. Es wäre kurzschlüssig, diese Zuschreibung aufgrund sozialstatistischer Daten von der Person des Autors her vorzunehmen. Wesentlicher als die konkrete Zugehörigkeit kann nämlich die Gruppe sein, auf die der Autor sich bezieht. Diese Tatsache ist innerhalb der Soziologie in der sogenannten ›Bezugsgruppentheorie‹ seit langem analysiert.

Ausgangspunkt dafür ist die Beobachtung, daß keinesfalls für alles soziale Handeln die Gruppe des Handelnden den Orientierungspunkt bildet. (So orientiert sich etwa der Proletarier einer bestimmten Epoche am Kleinbürger, der Großbourgeois am Adel, aber auch der Adlige am dritten Stand, wie der bürgerliche Revolutionär am Proletariat.) Diese Feststellung wird oft nur indirekt zu treffen und empirisch in den meisten Fällen kaum nachprüfbar sein – vor allem dann nicht, wenn aus den verschiedensten Gründen (Angst vor Sanktionen, Identitätsangst, Standesvorschriften) eine solche Orientierung offen nicht zugegeben werden kann. Im literatursoziologischen Bereich dagegen stellt das Werk die explizite Aussage über eine Bezugsgruppe dar, die es erlaubt, dem Reaktionär Balzac etwa seine verschleierte Vorliebe für die ›republikanischen Helden‹ nachzuweisen (Engels). Die darin liegenden besonderen Möglichkeiten der Literatursoziologie gegenüber einer allgemeinen soziologischen Theorie werden sich allerdings erst bei einer schärferen Fassung des Gruppenbegriffs auswerten lassen. Es bedarf dazu detaillierter Untersuchungen über Gruppenkonstellationen zu einem gegebenen Zeitpunkt, etwa um die Wende vom 18. zum 19. Jahrhundert in Deutschland, zur Zeit der vollendeten ›bürgerlichen Gesellschaft‹. Die soziologischen Klassifikationen, die hier einstweilen vorhanden sind, übertreffen kaum die Beschreibung der verschiedenen Stände in Hegels Rechtsphilosophie (eine Ausnahme bildet etwa Habermas' Arbeit über den ›Strukturwandel der Öffentlichkeit‹ – auf sie ist später einzugehen). Im Rahmen der damit gestellten Aufgabe wird auch auf den marxistischen Klassenbegriff zurückzugreifen sein. Die Zugehörigkeit wäre dann zu bestimmen nach der Stellung der Gruppenangehörigen im Produktionsprozeß, insbesondere nach dem Besitz/Nichtbesitz und der Besitzart an Produktionsmitteln. Der so wieder auf den Klassenbegriff zurückgeführte Gruppenbegriff erlaubt es auch, für das einzelne Werk danach zu fragen, wieweit es Produkt einer ›entlasteten Klasse‹ (Turgot) ist und so eine spezifische Form der Produktion zur Voraussetzung hat. Für die literatursoziologische Analyse sind diese Ansätze zur Präzisierung der sozialen Gruppe dabei in den Zusammenhang des auf seine Bezugsgruppe hin zu analysierenden Werks zu stellen.

Auch für die Erfassung des Werks ist Goldmanns Kohärenzbegriff zunächst nur ein vordergründiges Hilfsmittel. Er scheint es zu ermöglichen, die immanente, ästhetisch qualifizierte Struktur zum Ausgangspunkt einer soziologischen Analyse zu machen. Tatsächlich ist die methodische Vorklärung zum möglichen Entsprechungsverhältnis zwischen Werk und sozialer Gruppe auch auf dieser Ebene erst noch zu erbringen. Der Kohärenzbegriff kann seinen Sinn erst erweisen, wenn der Nachweis gelingt, daß immanente Werkstruktur und geistige Struktur der Bezugsgruppe im Werk selbst eine Einheit bilden. Die von Goldmann vertretene Homologie oder zumindest verstehbare Beziehung zwischen Werk und sozialer Gruppe ist ohne die Klärung dieses Zusammenhangs nicht aufrechtzuerhalten. Die andernfalls unvermeidlichen Fehlschlüsse lassen sich an Goldmanns eigenen Ausführungen hinreichend aufzeigen. Seine Untersuchungen zur Soziologie des Romans gehen für die Bestimmung der Werkstruktur in Anlehnung an den frühen Lukács von einer geschichtstheoretisch begründeten Sinnstruktur aus (dem Implizitwerden von Werten im Gegensatz zu authentischen Werten im Epos), die allenfalls einer fragwürdigen Gattungspoetik Vorschub leistet. Als Entsprechung auf der Ebene der Gesellschaftsanalyse wird die Struktur des Warentausches in der liberalen Marktwirtschaft untersucht. In der geschichtlichen Entwicklung des Übergangs von Gebrauchswerten zu Tauschwerten wird der Prozeß einer Verdinglichung verfolgt, in dem wie auf der Ebene des Romans die Werte degradiert erscheinen, nichtauthentisch (Tauschwerte) werden. Diese Ausführungen, die eine unmittelbare Homologie begründen sollen, erliegen einer Äquivokation. Im Bereich der Romananalyse sind die Werte letztlich ontologisch definiert, Gebrauchswert und Tauschwert dagegen müssen aus der materialen Entwicklung der Tauschverhältnisse verstanden werden. Auch der Versuch, für die Gebrauchswerte auf quasiontologische Bestimmungen zurückzugehen, kann die Disparatheit dieser Ansätze nicht aufheben.

Das Implizitwerden von Werten im Bereich von Roman und Warentausch vermag eine Homologie nicht zu begründen, da Distanz oder Nähe der beiden Bezugsobjekte zueinander bei einem derartig formalisierten tertium comparationis nicht mehr auszumachen sind. Durch die Verbindung von zwei geschichtstheoretischen Konzeptionen (den ontologischen Kriterien des frühen Lukács und der Marxschen These von der Aufhebung des Kollektivbewußtseins in der warenproduzierenden Gesellschaft) umgeht Goldmann in seiner Soziologie des Romans die von ihm theoretisch geforderte Vermittlung der Homologie durch kohärente geistige Strukturen der zugehörigen sozialen Gruppe. Die im direkten Schluß zwischen Romanstruktur und Struktur des Warentausches behauptete Homologie verflacht damit tatsächlich zur schlichten Analogie.

Eine relevante Literatursoziologie, in der solche Fehlschlüsse vermieden werden sollen, kann Goldmanns Konzeption nur aufnehmen, um sie durch die Erarbeitung inhaltlich faßbarer Zuschreibungen fortschreitend zu präzisieren. Die theoretischen Äußerungen geben dafür allenfalls eine Untersuchungs*richtung* vor. Nach ihrem Postulat können die Beziehungen zwischen der Struktur des Bewußtseins einer sozialen Gruppe und der des literarischen Universums als einfache Entsprechung erscheinen, es können aber auch heterogene und sogar gegensätzliche Inhalte strukturell homolog sein. Mit Hilfe dieses Strukturbegriffs wird immerhin der beliebigen Bezugsetzung von Werk und sozialer Realität opponiert. Seinem Anspruch können arbiträre Verfahren nicht genügen, die vom bloßen Konstatieren einer gesellschaftlichen Protesthaltung gerade des sich verschließenden hermetischen Gedichts bis zur schlichten Ausbeutung bestimmter Aussagen dafür geeigneter Werke reichen. Der Sinn dieses Strukturbegriffes wird aber erst erwiesen, wenn seine inhaltliche Rückbindung sowohl im Werk wie in der Gesellschaftsanalyse ausreichend gesichert erscheint. Erst deren Ausarbeitung läßt die Problematik von Zuschreibungen in voller Klarheit erkennen.

Goldmanns zutreffende Forderung, von der immanenten Werkanalyse auszugehen, kann nicht bedeuten, daß sich der literatursoziologische Bezugsrahmen daraus gleichsam von selbst ergibt. Für die Erfassung der einzelnen Werkstruktur muß in Anspruch genommen werden, daß sie wie jede Auslegung der Vororientierung bedarf, die sich in diesem Falle an soziologischen Kriterien ausrichten wird. Solange diese nicht ausreichend geschärft und in ihrem Verhältnis zu erprobten literaturwissenschaftlichen Verfahren geklärt sind, ist der Einwand, auf diese Weise dem Werk äußerlich zu bleiben, schwer zu umgehen. Gerade die Auseinandersetzung mit den historisch differenziertesten soziologischen Ansätzen zeigt dies in aller Deutlichkeit. In der von Habermas erarbeiteten Kategorie ›bürgerlicher Öffentlichkeit‹ ist das Verhältnis von Weltsicht und konkretem sozialem Interessenzusammenhang einer abgrenzbaren Gruppe in einer derzeitig kaum überbotenen Weise erschlossen. Daß dabei ›Wilhelm Meisters Lehrjahre‹ aufgenommen werden, um eine bestimmte Entwicklungsphase in der Ablösung repräsentativer durch bürgerliche Öffentlichkeit zu erläutern, ist kein Zufall. Die Umsetzung des Problems sozialer Mobilität in Erziehungs- und Entwicklungsproblematik des begabten Individuums bietet der soziologischen Analyse einen besonderen Anhalt. Die Frage nach einer einheitlichen, zuschreibbaren Werkstruktur kann an diesem Beispiel im einzelnen aufgenommen und problematisiert werden.

Die traditionelle immanente Analyse wird dazu neigen, die Einheit der ›Lehrjahre‹ weder in der Bildungsidee noch in der Thematik des Theatralischen, sondern im Kunstcharakter des Werkes mit seinem Verweisungsgefüge von Figuren, Ereignissen, Lebenskreisen zu sehen. In sich schlüssig, kann das Verweisungsgefüge als struktureller Befund zu geistigen Strukturen auf der Ebene der sozialen Gruppen doch nur formal oder analog in Beziehung gesetzt werden. Andererseits werden inhaltliche Kriterien, die mit der Werkstruktur zugleich die Bezugsgruppe ermitteln lassen, eine vergleichbare Stringenz für alle Einzelbeziehungen des Werkes kaum erreichen. Verwertbare Kriterien dieser Art sind in der Form bestimmter Humanitätsideale erarbeitet, die sich in soziologischer Analyse der kleinfamiliären Intimsphäre eines sich politisch-ökonomisch emanzipierenden Bürgertums zurechnen lassen (Habermas). Es kann gezeigt werden, daß sie für das Werk eine gewisse strukturelle Verbindlichkeit haben, die anhand der Gruppenorientierung Wilhelm Meisters mit dem Aspekt einer Sicherung der Ausbildung seiner eigenen Person wenigstens anzudeuten ist. Sein Weg auf das Theater kann zutreffend als Ersatz für eine repräsentative Öffentlichkeit beschrieben werden, die ihm als Bürger verschlossen war. Zugleich zentrieren die damit verbundenen Wirkungsabsichten aber um Humanitätsideale des Bürgertums, die im Medium von Poesie und Theater eine besonders reine Verwirklichung finden sollen. Wilhelm verläßt das Theater demgemäß auch nicht allein – wie Habermas meint –, weil seine Orientierung an repräsentativer Öffentlichkeit notwendig deren bürgerliche Form, zu deren Podium das Theater inzwischen geworden ist, verfehlen muß. Viel wichtiger ist die Feststellung, daß die Ausrichtung am Persönlichkeitswert des Adels schon zum Vorwand geworden ist für eine durchaus bürgerliche Idee der sich frei entfaltenden Persönlichkeit. Den Anforderungen der damit verbundenen Kriterien vermögen weder Publikum noch Schauspieler zu entsprechen. Wilhelms Scheitern auf dem Theater erweist sich von daher vor allem als Realitätsfremdheit des folgenden Versuchs: einem bestimmten sozialen Ort zugehörige Wertvorstellungen, die hier überdies im Medium der Kunst ihre besondere Zuspitzung erfahren, über das Theater als Kommunikationsmittel zu verwirklichen. Eben dieser Logik erschließt sich auch der Sachverhalt, daß die Verbindung solcher Humanitätsideale mit einem realisierbaren sozialen Aufstieg (zunächst in der Orientierung an repräsentativer Öffentlichkeit thematisiert) erst in der Abgeschlossenheit eines neuen Cercle gelingen kann. Allein in der Arkanpraxis der privilegierten Turmgesellschaft ist die Überführung der mit dem Persönlichkeitswert verbundenen Humanitätsideale kleinfamiliärer Intimsphäre in gesellschaftsbezogene reale Tätigkeit herzustellen.

Solcher Auslegung ist zunächst weniger ihre Allgemeinheit vorzuhalten (sie kann in die Einzelanalyse hinein verfolgt werden) als die Tendenz, dem Werk eine soziologisch orientierte Logik zu unterlegen. Abgesehen davon, daß die Erfassung einer Werkstruktur aufgrund solch einhelliger Zuschreibung schon die Differenzierung der im Werk erschließbaren Bezugsgruppen verfehlt, stellt sich darin ein prinzipielles Problem. Es wird hier für den Bereich der Romantheorie demonstriert, um dem Einwand einer allenfalls die Sinnstruktur des Werkes erreichenden Erörterung zu begegnen. Die Diskussionen der Romangattung in den ›Lehrjahren‹ selbst (Orientierung an Gesinnungen und Begebenheiten, Funktion des passiven Helden, Einbeziehung der durch die Gesinnungen des Helden geleiteten Zufälle) können im Rahmen dieser Interpretationslogik nicht mehr als eigenständige romantechnische Überlegungen erscheinen. Sie erweisen ihre Folgerichtigkeit vielmehr im Zusammenhang einer Werkstruktur, die sich an der Ermöglichung und Begründung sozialer Mobilität im Zusammenspiel konkurrierender Weltsichten orientiert. Die leitenden Zufälle im Roman in Verbindung mit der Lenkung durch die Turmgesellschaft und dem Rekurs auf die Entelechie des Individuums erweisen sich diesem Beziehungsgefüge nunmehr als Voraussetzungen, die erläuterte Struktur des Werkes zur Erfüllung zu bringen.

Ein Sachverhalt dieser Art, der eine prinzipielle Schwierigkeit und zugleich den Stand gegenwärtig entwickelter Kriterien wiedergibt, braucht nicht resignativ eingeschätzt zu werden. Erst eine hinreichende Abarbeitung gerade solcher konträren Interpretationszugänge aneinander wird dazu verhelfen, einen allzu schlüssig gewordenen Werkbegriff neu zu problematisieren. In der Literaturwissenschaft sind dabei die Möglichkeiten, die Beziehung zwischen Werk und sozialer Gruppe verbindlicher auszuarbeiten, kaum genutzt. Schon die begrenzten inhaltlichen Kriterien, deren Zuschreibung soziologisch bisher gesichert werden kann, bieten den Anhalt, ihrer Bedeutung und Umsetzung in der ästhetischen Diskussion der Zeit nachzugehen und damit zugleich der Präzisierung ihrer Stellung in der einzelnen Werkstruktur vorzuarbeiten. Die Allgemeinheit theoretischer Konzeptionen löst sich in einem solchen Vorgehen notwendig zugunsten einer differenzierten geistesgeschichtlichen Analyse auf. Ganz entschieden treten damit die Interpretationsaufgaben der Literaturwissenschaft, auf die solche Konzeptionen hinzielen müssen, wieder in den Vordergrund. Ebenso unerläßlich ist aber, daß die Bezugsetzung von Werk und groupe créateur bzw. groupe social dabei ein theoretisches Leitmotiv bietet, aus dem Rückgang auf soziale Konstellationen zugleich strukturell neue Folgerungen zu ziehen. Erst in der einzelnen Auseinandersetzung um Erkenntnisinteressen dieser Art erhält die Frage nach der zukünftigen Dimension des Faches die konkrete Verbindlichkeit, deren eine Neueinschätzung von Aufgaben und Zielen unerläßlich bedarf.

Beda Allemann:

## Strukturalismus in der Literaturwissenschaft?

Wer über den Strukturalismus spricht, pflegt einleitend festzustellen, daß er sich kaum eindeutig definieren läßt. Tatsächlich gibt es so viele Strukturalismen wie es Strukturalisten gibt, und wenn man das Dilemma pointiert aussprechen will, kann man mit Michel Foucault sagen, daß das Etikett »Strukturalist« von den »anderen« stammt, die es nicht sind. Handelt es sich bei der Bewegung um eine Mode der Pariser Intellektuellen der sechziger Jahre oder um eine profunde wissenschaftsgeschichtliche Neuorientierung, die endlich die interdisziplinären Schranken zu überwinden gestattet? Die Frage ist nach wie vor offen. Sie kann hier nicht erörtert, geschweige denn ausdiskutiert werden [1]. Nach den Pariser Interview-Schlachten der letzten Jahre mag es scheinen, daß Strukturalismus sich am ehesten als historisch fällige Opposition zum nicht weniger modischen Existenzialismus Sartres bestimmen läßt. Gleichzeitig aber legt einer der führenden Wissenschaftstheoretiker eine Analyse vor, die den Strukturalismus-Begriff aus der reinen Mathematik, speziell der Gruppentheorie heraus aufbaut [2]. Selbst der linguistische Strukturalismus, der für die meisten Betrachter den Kern und Ansatzpunkt der ganzen Richtung bildet, wird in solch systematischer Perspektive zum Einzelfall unter anderen.

Niemand kann in dieser Lage den Anspruch erheben, den wahren Strukturalismus zu vertreten. Um so virulenter bleibt die methodenkritische Herausforderung, die der Strukturalismus für die Einzeldisziplinen, speziell die Geisteswissenschaften darstellt. Ihr kann sich die Germanistik am wenigsten entziehen. Von der Gefahr bedroht, an den deutschen Universitäten im eigenen Betrieb unterzugehen und sich mit einem schalen Methodeneklektizismus zu begnügen, bedarf sie der Anstöße.

Die Frage nach der Bedeutung strukturalistischer Methoden für die literaturwissenschaftliche Arbeit ist in diesem Lande vor zwei Jahren durch Hugo Friedrich recht entschieden beantwortet worden [3]. Es scheint mir richtig, seine Bedenken kurz zu resümieren. Als Romanist, der zudem den Begriff der Struktur in den Titel seiner vielbeachteten Analyse der modernen Lyrik gesetzt hat, wird ihn kaum der Verdacht treffen, er aktiviere lediglich jene provinziellen Abwehrmechanismen, die man gelegentlich der Germanistik nachsagt.

Friedrich fragt: »Kann der sprachwissenschaftliche Strukturalismus auf die Literaturwissenschaft übertragen werden . . .?«, und er gibt eine im wesentlichen negative Antwort, ausgehend vom Grundargument, daß in Sprach- und Literaturwissenschaft ganz verschiedene Strukturbegriffe vorliegen. »Für den Strukturalisten ist ein Text lediglich soweit interessant, als er Sprache ist, d. h. ein System, das in möglichst scharfen, möglichst mathematischen Formeln dargestellt werden kann. Das Interesse des Literarhistorikers hingegen richtet sich auf den Text, insofern er ein komponiertes und einmaliges Sinngebilde ist, das es zu verstehen gilt. Literarische Texte gestatten nur teilweise die einem Strukturalisten willkommene Formalisierbarkeit.« Am häufigsten wird der Strukturbegriff in der Literaturwissenschaft mit Bezug auf das einzelne literarische Werk verwendet und hat hier eine relativ einfache Bedeutung (gegenseitiges Zusammenstimmen der Teile und des Ganzen). Darüber hinaus bildet Literatur »keine strukturierte Totalität, sondern eine geschichtliche, gattungs- und stilverschiedene Vielheit, die sich in Autoren, nicht in einem anonymen Kollektiv realisiert. Oder, mit den bekannten Begriffen SAUSSURES ausgedrückt: Literatur als solche ist nicht *langue,* sondern *parole.* Ein Schema oder System, das alle Erscheinungen der Literatur als begrenzte innere Relationen und Kombinationen auffassen wollte, kann es nicht geben.« Friedrich erkennt im linguistischen Strukturalismus eine Auffassung der Sprache als eines vorgegebenen Instruments mit bloßer Übermittlungsfunktion und damit eine Tendenz zur ahistorischen, statistischen und statischen Analyse. Das Sprachsystem wird unter den Kategorien der Geschlossenheit und Notwendigkeit gesehen, während der Literaturforscher mit denen der Individualität und Freiheit arbeitet. So kann ihm beispielsweise eine strukturale Analyse der Gattungsformen nicht weiterhelfen, denn dieselbe Gattung kann in den verschiedenen Epochen eine höchst unterschiedliche Funktion haben. Eine gewisse Annäherung zwischen Strukturalismus und Literaturwissenschaft kann es dort geben, wo es um die Fixierung der gemeinsamen Stilmerkmale einer bestimmten Epoche geht. Aber aufs Ganze gesehen decken sich die Methoden nicht. Der Versuch, mit Hilfe des Strukturalismus zu einer im mathematisch-naturwissenschaftlichen Sinn

»exakten Literaturwissenschaft« zu gelangen, verkennt die schon vom deutschen Neukantianismus am Beginn des Jahrhunderts ausgearbeitete Differenz zwischen Geistes- und Naturwissenschaften.

Soweit Friedrich. Ein engagierter Strukturalist würde gegen seine Kennzeichnung der Grundtendenzen des Strukturalismus zweifellos manches einzuwenden haben. Das ergibt sich schon aus dem Zwang zur Vereinfachung, der jede allgemeine und kurzgefaßte Charakterisierung der strukturalistischen Methode unterliegt. So darf nach allen Diskussionen, die sich aus dem strukturalistischen Bekenntnis zur synchronischen Betrachtungsweise ergeben haben, der populäre Vorwurf eines ahistorischen Denkens – den auch Sartre in seiner Vorwärtsverteidigung gegen den Strukturalismus in den Vordergrund gestellt hat – als erledigt gelten. Was auf dem Hintergrund der Unterscheidung de Saussures zwischen Diachronie und Synchronie noch als plausibler Einwand wirkte, hat seit der Entwicklung einer generativen Grammatik durch Chomsky an Überzeugungskraft eingebüßt. Die strukturalistische ist keine »statische« Denkweise. Ein auf der Höhe seines Ansatzes stehender Strukturalismus wird sich gerade mit jenen »Transformationen« befassen, die Friedrich noch außerhalb seiner methodischen Reichweite sieht. Die literaturkritischen und -theoretischen Arbeiten französischer Strukturalisten sind keineswegs auf die statistischen und informationstheoretischen Verfahren festgelegt, die in Deutschland durch den Sammelband »Mathematik und Dichtung« [4] in den Vordergrund gespielt worden sind. Die Unterscheidung Rickerts zwischen der generalisierenden Begriffsbildung der Naturwissenschaften und der individualisierenden der Geisteswissenschaften war, obwohl sie etwas unmittelbar Einleuchtendes hat, von Anfang an nicht sehr stichhaltig und wirkt angesichts des im voll entfalteten technischen Zeitalter maßgebenden Wissenschaftsbegriffes vollends anachronistisch. Es ließe sich zeigen, daß sie schon die Ausarbeitung einer phänomenologischen Literaturtheorie sehr viel mehr gehemmt als gefördert hat. Außerdem ist die alte Frage, ob Literaturkritik und -theorie es überhaupt jemals zur *science* im strengen Sinne bringen können, auch unter Strukturalisten durchaus virulent.

Doch um solche Einzelfragen geht es hier zunächst gar nicht. Wichtiger zu einer methodischen Klärung der Situation scheint mir die grundsätzliche Frage zu sein, was Strukturalismus in der Literaturwissenschaft überhaupt besagen kann. Unter diesem Aspekt ist die Frage nach der Anwendbarkeit des linguistischen Strukturalismus auf die Literaturwissenschaft durchaus sekundärer Natur. Das muß betont werden, weil gerade die strukturalistisch arbeitenden Literaturwissenschaftler in diesem Punkt bisher nicht scharf genug unterschieden haben. Ihr methodologisches Pathos leitet sich sogar in besonderem Maße davon her, daß es möglich sein müsse, den linguistischen Strukturalismus geradlinig in die Theorie der Literatur hinein fortzusetzen. Es war der sogenannte russische Formalismus, der vor fünfzig Jahren von der damals bahnbrechenden und in der Folge fruchtbaren, aber auch relativ naiven und unreflektierten These ausging, daß Sprach- und Literaturwissenschaft in der Sprache ihren gemeinsamen Gegenstand besitzen. Bis heute knüpft sich daran die Hoffnung, die ursprüngliche Einheit zurückzugewinnen, die auch die Anfänge der Germanistik im 19. Jahrhundert kennzeichnete und die seither durch die Auseinanderentwicklung von Sprach- und Literaturwissenschaft immer sichtbarer zerfallen ist. Wissenschaftsgeschichtlich betrachtet hat sich der französische Strukturalismus, auch in seiner literaturwissenschaftlichen Ausprägung, zunächst von de Saussure hergeleitet, dessen postum veröffentlichter »Cours de linguistique générale« nach wie vor als der gemeinsame Referenzpunkt aller Strukturalismen, jedenfalls in den Geisteswissenschaften, gelten kann. Den eigentlichen Katalysator in diesem Bereich stellte das Werk von Lévi-Strauss dar, dessen Übertragung linguistischer, speziell phonologischer Modellvorstellungen auf die Ethnologie erst den Weg freilegte, auf dem die strukturale Methode für die Gesamtheit der Einzeldisziplinen attraktiv wurde. 1963 konnte Roland Barthes die Faustregel aufstellen, die strukturalistische Orientierung einer Wissenschaft sei am Gebrauch von Begriffspaaren wie *signifié/signifiant* und *Synchronie/Diachronie* zu erkennen. Es ist die Äußerlichkeit und Oberflächlichkeit dieser Regel, die sie brauchbar machte. Aber für die Ausbildung eines literaturkritischen Strukturalismus in Frankreich entscheidend wurde, daß zwei Jahre später Tzvetan Todorov in Form einer Anthologie die wichtigsten Arbeiten des russischen Formalismus aus den zwanziger Jahren zugänglich machte [5]. Das Vorwort schrieb Roman Jakobson, dessen eignes Oeuvre in bewundernswerter Weise die

Kontinuität des Ansatzes von der frühesten Phase des russischen Formalismus über den Prager Linguistenkreis bis zu seiner gegenwärtigen Auswirkung im Strukturalismus repräsentiert. Jakobson war es schließlich auch, durch den Lévi-Strauss während des Zweiten Weltkriegs in der amerikanischen Emigration die Resultate einer strukturalen Analyse in der Phonologie kennengelernt hatte.

Man muß sich diese hinlänglich bekannten wissenschaftshistorischen Zusammenhänge noch einmal vergegenwärtigen, um die Frage nach der möglichen Rolle des Strukturalismus in der Literaturwissenschaft richtig stellen zu können. Mit der Bemerkung, daß hier methodische Anregungen von einer Disziplin an die andere weitergegeben wurden, ist es nicht getan. Die eigentümliche Kettenreaktion, die schließlich zu dem führte, was inzwischen bereits mit einiger Ironie als Panstrukturalismus charakterisiert worden ist, läßt sich nur durch eine Rückbesinnung auf die primären Ansätze erklären. Es empfiehlt sich, das Problembewußtsein zu reaktivieren, mit dem de Saussure von der Schwierigkeit sprach, den Gegenstand der Sprachwissenschaft hinlänglich festzulegen. Er fand eine befriedigende Lösung nur darin, die Linguistik in eine allgemeine Zeichenlehre (Semiologie) einzubauen, und mit dieser Entscheidung wurde die ganze weitere Entwicklung hin zum Strukturalismus provoziert. Zwei Momente waren dabei für den konsequenten Fortgang ausschlaggebend: durch den eindrucksvollen Erfolg, den die zeichentheoretisch orientierte Linguistik relativ rasch im klar umgrenzten Bereich der Phonologie errang, wurde der Forschung das gute Gewissen vermittelt, auf dem rechten Weg zu sein; und durch den nur scheinbar entgegengesetzten und negativen Befund, daß es ein wirklich ausgearbeitetes und allgemeines semiologisches System bis heute nicht gibt, wurde sie zur zielstrebigen Weiterarbeit angetrieben. Beide Momente zusammen bewirkten, daß der Linguistik nach wie vor eine Pilotenrolle bei der Verwirklichung eines umfassenden Strukturalismus zugeschrieben wird, dessen lockendes Fernziel eine einheitliche Wissenschaftstheorie und die Ausarbeitung einer *mathesis universalis* ist, wie sie schon Leibniz vorschwebte. Die Entwicklung der Philosophie, die im Lauf des Jahrhunderts trotz aller scheinbar unüberbrückbaren Divergenzen der einzelnen Strömungen immer deutlicher auf eine Sprachphilosophie im weitesten Sinn hinauslief, kam dem zu Hilfe. Es bedurfte in dieser Situation nur noch des Durchbruchs zur erfolgreichen Anwendung linguistischer Strukturmodelle in irgendeiner Einzelwissenschaft, wie sie dann Lévi-Strauss tatsächlich gelang, um in der Gesamtheit der nach einer umfasssenden Grundlegung lechzenden geisteswissenschaftlichen Disziplinen die verschiedenartigsten Alarmwirkungen auzulösen.

Wo steht die Literaturwissenschaft in diesem Spannungsfeld? Ich möchte der Einfachheit halber vier Grundmöglichkeiten unterscheiden und ihnen zur vorläufigen Charakterisierung je eine Generalthese zuordnen. Die Einteilung bezieht ihre systematische Rechtfertigung aus der eben skizzierten allgemeinen epistemologischen Situation. Innerhalb der Wirklichkeit der gegenwärtig vorliegenden zahlreichen Versuche, zu einer Anwendung strukturaler Methoden in der Literaturwissenschaft zu gelangen, wirkt sie zwangsläufig künstlich, und nur in Ausnahmefällen läßt sich die Arbeit eines bestimmten Strukturalisten restlos mit einer der Positionen identifizieren. Eben deshalb vermag sie vielleicht eine gewisse Ordnung in die verwirrende Vielfalt der in den letzten Jahren unternommenen Vorstöße zu bringen.

A. Linguistische Strukturbefunde werden unmittelbar auf den Gegenstand der Literaturwissenschaft (Gesamtheit der literarischen Texte) angewendet.

These: Sprach- und Literaturwissenschaft haben prinzipiell denselben Gegenstand (Sprache).

Diese Position verkörpert die nächstliegende und einfachste Art, in der Literaturwissenschaft strukturalistisch zu arbeiten. Sie kann innerhalb der Technik des »genauen Lesens« (close reading, explication de texte) grundsätzlich in derselben Weise verwendet werden, in der Literaturwissenschaftler immer schon die allgemeine Grammatik bemüht haben, um Einzelheiten zu erläutern. In ihrer extremen Ausprägung (vgl. den Gedanken des frühen russischen Formalismus, die Literatur sei innerhalb des allgemeinen Sprachsystems lediglich eine Art von »Dialekt«) erhebt sie allerdings den Anspruch, die vollständige wissenschaftliche Interpretation der Literatur zu umfassen, wie sie umgekehrt von einem vollständig ausgearbeiteten linguistischen System verlangt, auch die literarische und poetische Sprache einzubeziehen.

B. Linguistische Strukturanalysen werden in den Bereich der Literaturwissenschaft hinein verlängert.

These: Die literarische Sprache läßt sich als sekundäre Struktur über dem System der natürlichen Sprache interpretieren.

Diese Position entspricht im Prinzip der in die Antike zurückreichenden Klassifikation, wonach Rhetorik, Stilistik, Poetik die höheren Stockwerke der Grammatik sind. Hier liegt aber auch vorläufig der Schwerpunkt strukturalistischer Arbeiten im literaturwissenschaftlichen Bereich. Besonderer Wert wird darauf gelegt, einen fugenlosen Übergang von der Position A her zu erreichen. Praktisch sieht das in den allermeisten Fällen so aus, daß die literarisch/poetische Sprache als »Abweichung« von der natürlichen Sprache aufgefaßt wird (Stichworte: Anomalie, Ambiguität).

C. Die Literaturwissenschaft entwickelt eine eigene Form der Strukturanalyse.

These: Der Gegenstand der Literaturwissenschaft ist (weder die Sprache noch die Gesamtheit der literarischen Texte, sondern) die Literarität von Texten.

Erst mit dieser Position ist eine entscheidende Formalisierung des literaturwissenschaftlichen Gegenstands erreicht, wie sie dem strukturalistischen Methodenethos entspricht. Auf diesem Niveau, ohne Direktübertragung linguistischer Modelle auf einen andern Gegenstandsbereich, bewegen sich die ethnologischen Untersuchungen von Lévi-Strauss, indem beispielsweise die Mythen der Eingeborenen gerade nicht linguistisch, sondern auf die Struktur des mythischen Denkens hin analysiert werden, obwohl die Methode der Strukturanalyse von der Phonologie inspiriert ist. Nur auf dieser Ebene kann der literaturwissenschaftliche Strukturalismus beanspruchen, einen eigenständigen Beitrag zu jener allgemeinen Semiologie zu leisten, als deren Bestandteil de Saussure die Sprachwissenschaft verstand. Hier aber trifft er sich auch mit den Tendenzen und Ergebnissen der Strukturanalysen, wie sie in der Literaturwissenschaft seit Jahrzehnten durchgeführt worden sind. Hier kann eine vollständige Theorie der Literatur ausgearbeitet werden, die dann auch eine Analyse der literaturgeschichtlichen Vorgänge erlaubt.

D. Die Struktur der Literatur wird im Rahmen eines umfassenderen geistes- und sozialwissenschaftlichen Strukturalismus analysiert.

These: Der Gegenstand der Literaturwissenschaft muß aus seiner Isolierung durch eine immanente Betrachtungsweise befreit und auf seine Funktion im Zusammenspiel sämtlicher gesellschaftlicher Erscheinungen hin strukturanalytisch untersucht werden.

Von dieser letzten Position geht zweifellos für manche Strukturalisten der entscheidende methodologische Appell aus. Er trifft sich mit der allgemeinen Forderung, die außerliterarischen Gegebenheiten in die literaturwissenschaftliche Arbeit einzubeziehen. Hier droht aber auch die Gefahr eines diffusen Panstrukturalismus, der von der modernen Linguistik die Terminologie übernimmt, um sie mit kombinatorischem Geschick und Einfallsreichtum in eine förmliche Begriffsinflation zu treiben. Hier kann angesichts des Fehlens einer allgemeinen Zeichentheorie, die solche Ausweitungen legitimieren würde, jede methodenkritische Kontrolle verlorengehen und zuletzt schlicht der »strukturale Mensch« postuliert werden. Solche Konsequenzen hatte Lévi-Strauss im Auge mit der Bemerkung über die Nouvelle Critique: »... daß man bei uns nichts eiliger hat, als jeden kaum erschlossenen Bereich einem pseudo-philosophischen Geschwätz auszusetzen.« [6]

Es sei nochmals betont, daß sich die vier skizzierten Positionen in den Versuchen einer strukturalistischen Literaturkritik und -theorie, die bisher vorliegen, weitgehend überschneiden. Sie taten das schon in den Arbeiten des russischen Formalismus. Zudem stehen neben problembewußten und entsprechend vorsichtigen methodischen Entwürfen und Beispielen unvermittelt kühne Antizipationen, in denen der strukturalistische Begriffsapparat bei genauerem Zusehen eine rein metaphorische Rolle spielt. Ohne daß hier auf die Einzelheiten eingegangen werden kann, scheint mir folgende Zwischenbilanz möglich, die zugleich auf die Punkte hinzuweisen versucht, an denen die deutsche Literaturwissenschaft mit dem Strukturalismus in eine fruchtbare Auseinandersetzung kommen müßte:

Eine aus der »Poesie der Grammatik« heraus entwickelte »Grammatik der Poesie« [7], wie sie sich aus der Tradition des Strukturalismus als das eigentliche Endziel anbieten mag, liegt heute noch, wenn man die Sache wörtlich nimmt und darunter ein vollständiges, auf linguistischer Grundlage errichtetes theoretisches Modell der Literatur versteht, in fast utopischer Ferne. Es wäre schädlich, wenn man die Schwierigkeiten und den Arbeitsaufwand unterschätzen würde, die uns von dieser Zielvorstellung trennen. Die Schwierigkeiten liegen, was Literaturwissenschaftler gerne übersehen, nicht zuletzt auf linguistischer Seite. Solange die Linguistik die Literarität (Jakobson) resp. Poetizität (Bierwisch) von Texten nur unter der negativen Kategorie der Abweichung von der Sprachnorm zu beschreiben vermag, lassen sich bestenfalls Notstege bauen, läßt die Grammatik (auch in ihren avanciertesten Formen) sich als Hilfswissenschaft der Literaturforschung gebrauchen. Gemeint war aber doch wohl eine induktive Konstruktion der Literaturtheorie auf linguistischer Basis.

Dieser Befund wird hier nicht in destruktiver Absicht vorgetragen. Er sollte die Literaturwissenschaft anspornen, gerade auch unter allgemeinen epistemologischen Aspekten ihre Strukturanalysen fortzusetzen und zu intensivieren. Erst von einer voll entfalteten strukturalen Literaturtheorie her, die die Sprachlichkeit ihres Gegenstandsbereiches einbezieht, läßt sich entscheiden, ob das als Kommunikationssystem ausgelegte Sprachmodell der Linguistik hinreicht oder in welcher Weise es modifiziert werden muß, um die Verbindung herzustellen. Es ist wohl schon deutlich geworden, daß die Ausarbeitung einer solchen Literaturtheorie im Bereich der Position C zu erfolgen hätte und daß ihr Verhältnis zu den Positionen A und B nach dem Grundsatz des *reculer pour mieux sauter* zu bestimmen wäre. Am Rande sei hinzugefügt, daß es sich eher um eine Aufgabe für die Allgemeine Literaturwissenschaft denn für die in der hergebrachten Weise als Geschichte der Nationalliteraturen betriebene Literaturwissenschaft handelt.

Nach der Seite der Position D bedarf es einer strengen methodenkritischen Klärung, die in der aktuellen Situation der Germanistik zu den vordringlichen Aufgaben gehört. Erst wenn die (im weitesten Sinn) gesellschaftlichen Implikationen des Phänomens Literatur theoretisch lokalisiert sind, lassen sie sich sachgemäß literaturwissenschaftlich analysieren.

1 Als deutschsprachige Einführung steht jetzt zur Verfügung: Günther Schiwy, Der französische Strukturalismus, rde 310/311, Reinbek 1969. Vgl. ferner die drei Hefte der Zeitschrift »alternative«: Nr. 54 (Juni 1967) Strukturalismusdiskussion, Nr. 62/63 (Dezember 1968) Strukturalismus und Literaturwissenschaft und Nr. 65 (April 1969) Sprachwissenschaft und Literatur. Ferner Kursbuch 5 (1966).

2 Jean Piaget, Le Structuralisme, Coll. »Que sais-je?« no. 1311, Paris 1968.

3 Hugo Friedrich, Strukturalismus und Struktur in literaturwissenschaftlicher Hinsicht. Eine Skizze, in: Europäische Aufklärung, Herbert Dieckmann zum 60. Geburtstag, München 1967, S. 77–86. Wiederabgedruckt bei Schiwy, l. c, S. 219–227.

4 Mathematik und Dichtung, Versuche zur Frage einer exakten Literaturwissenschaft. Zusammen mit Rul Gunzenhäuser herausgegeben von Helmut Kreuzer, München 1965 (sammlung dialog.)

5 Théorie de la littérature. Textes des Formalistes russes réunis, présentés et traduits par Tzvetan Todorov, Préface de Roman Jakobson, Paris 1965 (Coll. »Tel Quel«). Vgl. auch Tzvetan Todorov, Littérature et Signification, Paris 1967.

6 Claude Lévi-Strauss, Interview in: Les Lettres françaises, no. 1165 (Janvier 1967). Dt. von Heinz von Barby in: alternative 54, S. 95–99.

7 vgl. Roman Jakobson, Poesie der Grammatik und Grammatik der Poesie, in: Mathematik und Dichtung, l. c., S. 21–32.

Peter von Polenz:

## Gibt es eine germanistische Linguistik?

Angeblich gliedert sich und zerfällt die Germanistik in ›Altgermanistik‹ und ›Neugermanistik‹, unterscheiden sich die Germanisten in ›ältere‹ und ›neuere‹. Die Grenze soll irgendwo zwischen Oswald von Wolkenstein und Martin Opitz liegen. Was sich dem nicht fügt, muß in den meisten Germanistischen Seminaren in einer der beiden ›Abteilungen‹ Unterschlupf suchen, mitunter im Widerspruch zur Motivation der althergebrachten Fachbereichsnamen. So kann es vorkommen, daß man sich einen Seminarschein über neuhochdeutsche Syntax oder Wortbildung in der ›Älteren Abteilung‹ holen oder daß man in Forschungen, Lehrveranstaltungen oder Prüfungen Gegenstände wie beispielsweise den Sprachgebrauch des deutschen Faschismus oder die generative Transformationsgrammatik vor seiner Fakultät oder vor dem Gymnasialprüfungsamt offiziell als ›Ältere deutsche Sprache und Literatur‹ deklarieren muß. Denn unter ›Neuerer deutscher Sprache und Literatur‹ hat man sich angewöhnt, die Schöne Literatur der – wie auch immer definierten – Neuzeit einschließlich der dazugehörigen Art von Stilistik zu verstehen. Wenn man in einer germanistischen Seminarbibliothek bei der Neuanschaffung von Texten zur neueren deutschen Sprachgeschichte etwa das Bürgerliche Gesetzbuch oder einen Band Goebbels-Reden einordnen will, schreckt man doch als ›Altgermanist‹ (der man als Spezialist von so etwas von Haus aus ist) gewohnt ist, den Sachsenspiegel nicht weit von Salman und Morolf, Berthold von Regensburg nicht weit von Burkhard von Hohenfels zu finden.

Die Arbeit mit ›nichtliterarischen‹ Texten des neueren und neuesten Deutsch um deren Sprache willen ist offenbar heimatlos; sie hat nicht einmal unter dem Dach der allumfassenden, aufrißfüllenden ›Deutschen Philologie‹ Wohnrecht, denn eine ›Philologie‹ der Rechts- und Verwaltungssprache oder der politischen Rede scheint genauso unerhört wie eine ›philologische‹ Erforschung der Umgangssprache, des Sportjargons oder der Schlagzeilensyntax. Über den durch keine Harmonisierung zu verwischenden Unterschied zwischen Philologie und Sprachwissenschaft, der noch heute nicht allen Philologen bewußt ist, konnte man schon vor Jahrzehnten bei den Vätern der modernen Sprachwissenschaft lesen:

*La langue n'est pas l'unique objet de la philologie, qui veut avant tout fixer, interpréter, commenter les textes.* [. . .] *Quant à la philologie, nous sommes déjà fixés: elle est nettement distincte de la linguistique, malgré les points de contact des deux sciences et les services mutuels qu'elles se rendent. (F. de Saussure)* [1]

*While to the philologist the Greek or Latin language, etc. was only a means to an end, to the linguist it was an end in itself. The former saw in it a valuable, and in fact an indispensable, means of gaining a first-hand knowledge of the literature which was his chief concern, but the linguist cared not for the literature as such, but studied languages for their own sake. (O. Jespersen)* [2]

*The student of literature observes the utterances of certain persons (say, of a Shakespeare) and concerns himself with the content and with the unusual features of form. The interest of the philologist is even broader, for he is concerned with the cultural significance and background of what he reads. The linguist, on the other hand, studies the language of all persons alike; the individual features in which the language of a great writer differs from the ordinary speech of his time and place, interest the linguist no more than do the individual features of any other person's speech, and much less than do the features that are common to all speakers. (L. Bloomfield)* [3]

Solange Sprachwissenschaft nur im Auftrag der Philologie, solange germanistische Sprachwissenschaft im Rahmen einer nach literaturgeschichtlichen Epochen definierten ›Abteilung‹ betrieben wurde, war sie nur Hilfswissenschaft der Philologie bzw. der Literaturgeschichte, und als solche mußte sie verkümmern unter folgenden methodischen und thematischen Beschränkungen:

1. Beschränkung auf möglichst weit zurückliegende historische Sprachzustände, deren lückenhafte Überlieferung schwierige textphilosophische Aufgaben stellt. Das große Zeitalter der Philologie, von Friedrich August Wolf über Karl Lachmann bis hinab zu Carl von Kraus, hat die Sprachwissenschaftler seit den Brüdern Grimm in Deutschland so sehr beschäftigt, daß die Wissen-

schaft von der deutschen Sprache der jeweiligen Gegenwart und der neueren Jahrhunderte lange Zeit ziemlich brach lag. Noch heute soll es germanistische Studienverläufe geben, in denen die Geschichte der deutschen Sprache bei Luther und die deutsche Grammatik bei der sog. neuhochdeutschen Diphthongierung aufhört.

2. Beschränkung auf schöngeistige Literatur und ähnliche für den allgemeinen Sprachverkehr nicht repräsentative Textsorten und auf geschriebene Sprache überhaupt. Sie zeigt sich symptomatisch darin, daß beispielsweise in W. Stammlers ›Deutscher Philologie im Aufriß‹ zwar im Mittelalter und im Frühneuhochdeutschen alle Sprachschichten gleichmäßig behandelt werden, im Abschnitt ›Deutsche Sprachgeschichte vom Barock bis zur Gegenwart‹ aber die Entwicklung des hochliterarischen Stils ganz in den Vordergrund tritt und das Kapitel ›Vom Naturalismus bis zur Gegenwart‹ ausklingt in Stilmonographien über literarische Ismen und Individuen von Schnitzler und Hofmannsthal bis zu Hesse – mit Ausnahme einer halben Seite über »Umgangssprache«, auf der etwas über »Entseelung und Materialisierung des modernen Lebens«, über »Geist und Ungeist«, über Psychoanalyse und Heidegger zu lesen ist. Im letzten Satz dieser ›neugermanistischen‹ Sprachgeschichte ist von der Berufung zur Erneuerung »unserer Dichtersprache und damit der deutschen Sprache überhaupt« die Rede. Diese Einschränkung der neudeutschen Sprachforschung auf die Dichtung zeigt sich auch darin, daß H. Glinz seine neue Grammatikmethodik ausgerechnet an esoterischen Textbeispielen von Goethe und Hölderlin entwickelt hat [4] oder daß in der »Allgemeinen Stilistik« von H. Seidler der Stilbegriff als »die im Sprachwerk durch den Einsatz aller Sprachkräfte erwirkte Gestaltung des Menschlichen in seiner Weite und Tiefe« und Stilistik als die Wissenschaft von den »Kräften der Sprache, die ein Sprachkunstwerk konstituieren«, oder von den »Gemütskräften der Sprache« ›definiert‹ werden und das für die Sprach-Gesellschaft doch weitaus wichtigere Variantensystem des nichtliterarischen Redens und Schreibens als »Darstellungsweisen« beiseitegelassen wird. [5] Es soll also Sprache geben, die ›Stil‹ hat, und solche, die keinen hat, nicht viel anders als in exklusiven Gesellschaftsformen, wo man von Personen sagt, sie hätten Stil, Geschmack, einen Namen bzw.

keinen. In der linguistischen Stilistik des allgemeinen öffentlichen Sprachgebrauchs haben wir deshalb den Anfängen in der osteuropäischen Forschung [6] noch kaum etwas Entsprechendes gegenüberzustellen – – außer der feuilletonistischen Sprachkritik. Am folgenreichsten hat sich die literarische Festlegung in der Lexikographie ausgewirkt, wo große wissenschaftliche Wörterbücher wie die von Grimm und Götze, aber auch neuere praktische wie die Duden-Synonymik und das Duden-Stilwörterbuch, für Fragen der Sprache des öffentlichen Lebens im 19. und 20. Jahrhundert kaum zu benutzen sind, weil sie aus Zettelsammlungen nach ›literarischen‹ Texten entstanden sind. [7]

3. Beschränkung auf Theorien und Methoden, die innerhalb der Germanistik entwickelt worden oder in ihr immer schon üblich gewesen sind. Diese Scheu vor dem Blick über den eigenen Zaun hat dazu geführt, daß sich die Rezeption der modernen Sprachwissenschaft in der Germanistik wesentlich langsamer und eigenwilliger vollzogen hat als etwa in der Romanistik, Anglistik, Slavistik, und in Deutschland überhaupt später als in Nachbarländern wie der Tschechoslowakei, Frankreich, den Niederlanden, Dänemark, Polen, Sowjetunion. Zur politisch-ideologischen Autonomietendenz seit dem 1. Weltkrieg kommt hier in der Germanistik noch das Fehlen der stimulierenden Wirkung des Fremdsprachenstudiums hinzu. Bei der sprachlichen Analyse eines gleichbleibenden Kanons altdeutscher Texte war man dazu verleitet, sich mit den alten grammatikalischen Schemata etwa der Niemeyerschen Grammatiken zu begnügen. Die ersten Ansätze zur methodologischen Erneuerung der germanistischen Sprachforschung kamen meist von Nichtdeutschen oder Nichtgermanisten. Und der unerläßliche Ansporn von seiten der Berufenen ist in Deutschland meist ausgeblieben: »Die zumeist vorhandenen Lehrstühle für Indogermanistik oder vergleichende Sprachwissenschaft, der traditionelle Ort der Sprachwissenschaft in der deutschen Universität, scheinen bis auf wenige Ausnahmen nicht in der Lage zu sein, der tatsächlichen Entwicklung der Linguistik Rechnung zu tragen und wirken stattdessen als konservatives Bollwerk, oft sogar derart, daß die Einrichtung neuer Lehrstühle speziell für moderne Linguistik mit Erfolg verhindert wird«. [8]

4. Beschränkung auf die Diachronie oder Vermischung von

synchronischer Fragestellung mit diachronischer Antwort. Hier hat der historistische Standpunkt der Sprachwissenschaft des 19. Jahrhunderts unverhältnismäßig lange nachgewirkt, der seit den Brüdern Grimm mit der synchronischen Sprachauffassung der Aufklärungszeit (Leibniz, Gottsched, Adelung) gebrochen hatte und in H. Pauls Gleichsetzung von Sprachwissenschaft und Sprachgeschichte und in seiner Behauptung gipfelte, es gäbe keine andere wissenschaftliche Betrachtung der Sprache als die geschichtliche. [9] Dieser Auffassung kam auch ein beliebtes philologisches Verfahren entgegen, denn die bequemste Methode, sprachliche Elemente in alten Texten semantisch zu interpretieren, ist – wenn man sich das Nachschlagen in synchronischen Wörterbüchern oder Texten der betreffenden Epoche sparen will – die Vorwärts- oder Rückwärtsableitung, mit der man aufgrund diachronischer ›Lautgesetze‹ routiniert feststellen kann, wie das betreffende Element im Neuhochdeutsch oder aber im Germanischen oder in anderen germanischen Dialekten lauten müßte: ein im Grunde höchst ungeschichtliches Verfahren. In der Geschichtswissenschaft weiß man sehr wohl, daß man bei der Analyse von Ereignissen oder Zuständen zunächst nur synchronisch vorgehen darf und erst bei der Frage nach deren Bedeutung, Ursachen oder Folgen die Ereignisse und Zustände verschiedener Zeitpunkte diachronisch aufeinander bezieht. Noch verhängnisvoller als die Vermischung von Synchronie und Diachronie war die Identifizierung von ›diachronisch‹ und ›geschichtlich‹. So ist mitunter das synchronische Prinzip als ›geschichtsfern‹ diskreditiert worden, obwohl doch die neue synchronische Linguistik auf dem Gebiet der Phonologie sich schon sehr bald auch der historischen Grammatik des Deutschen und des Germanischen annahm (H. Penzl, W. F. Twaddell, J. W. Marchand, W. G. Moulton, J. Fourquet, F. van Coetsem u. a.). Die germanistischen Handbücher blieben – – von hinzugesetzten Anmerkungen in den Neuauflagen abgesehen – – beim alten einseitig diachronischen Prinzip, das noch dazu atomistisch war. Statt einer Beschreibung der verschiedenen Sprachzustände im Systemzusammmenhang, ihrer Abfolge und Wandlungstendenzen (Wie verhält sich das System ABC zum jüngeren System A'C'DE?) werden meist nur Individualgeschichten einzelner Sprachelemente behandelt (z. B. A wird zu A' B zu C', C zu D), wobei neue Elemente (E) und neue Relationen zwischen den Elementen übersehen werden. Dieses Prinzip dient mehr der Etymologie und Textkritik als der Sprachgeschichte. Zur einseitigen philologischen Diachronie kam noch die Rekonstruktionstendenz der alten Indogermanistik (die nicht ohne geistesgeschichtlichen Grund in Deutschland nicht Indoeuropäistik heißt). So beschränkt sich in historischen Grammatiken des Deutschen die Beschreibung des neuhochdeutschen Zustandes oft darauf, festzustellen, was von den indoeuropäischen bzw. germanischen Zuständen geblieben ist oder wie sich jene gewandelt haben, so daß ganz neue Systemtatsachen wie Hilfsverbfügungen oder Präpositionalfügungen unberücksichtigt bleiben. Einseitig diachronisch ist es auch, wenn in Darstellungen zur deutschen Sprachgeschichte die Lehnwörter oft nur in ihrem Verhältnis zur Herkunftssprache, kaum aber nach ihrer synchronischen Integration in Subsysteme des deutschen Wortschatzes behandelt werden oder wenn in Wörterbüchern oft die etymologischen oder die historischen Bedeutungen der Wörter (›Grund‹- oder ›Urbedeutung‹) für wichtiger genommen werden als ihre Gebrauchsbedingungen und ihre semantischen Relationen innerhalb des jeweils gegenwärtigen Systems der deutschen Lexik und Stilistik.

5. Beschränkung auf Laut- und Formenlehre oder Wortlehre, d. h. Vernachlässigung von Syntax, Phraseologie und Stilistik (die z. B. in Stammlers ›Aufriß‹ ganz fehlen). Auch dies ist von der Bindung der Sprachwissenschaft an eigentlich philologische Aufgaben gefördert worden, denn die häufigsten Konjekturen bei der textkritischen Arbeit betreffen einzelne Buchstaben oder Buchstabensequenzen, die für Phoneme und Morpheme stehen. Die philologische Sprachwissenschaft begnügte sich mit einer morphologischen Syntax ›von unten‹, von den Funktionen der Wörter und Flexionsformen her, wie sie z. B. O. Behaghel bietet. Wenn traditionelle Altgermanisten von ›Grammatik‹ reden, meinen sie Historische Laut- und Formenlehre; aber die Deutschlehrer verstehen darunter mit Recht Syntax und Stilistik. Der nur philologisch ausgebildete Absolvent eines herkömmlichen Germanistikstudiums muß in seiner Referendarzeit von Lautverschiebung, Ablaut und Präteritopräsentia auf satzwertigen Infinitiv, Gliedsatz-Einbettungen und Thema-Rhema-Gliederung umlernen; er tritt aus der philologischen Welt der Laute, Formen und Wörter in die sprachpädagogische Welt der Sätze und Auf-

sätze hinüber. Auch das Vorwiegen der Wortschatzdokumentation in Form des alphabetischen semasiologischen Wörterbuchs, das die Wörter aus ihrem Kontext löst und vom Wortkörper her nach deren ›Bedeutungen‹ fragt, ist ein Tribut an den philologischen Auftrag der traditionellen Sprachwissenschaft. Die kontextlose Aneinanderreihung Hunderter von Wörtern zu einer ›Deutschen Wortgeschichte‹ ist eher ein Produkt philologischen Sammeleifers als linguistischer Analyse. Und daß sich die publizistische Sprachkritik [10] anstelle von Textanalysen fast ausschließlich darauf einließ, gefährliche Wirkungen von Sprache an Einzelsilben und Einzelwörtern nachweisen zu wollen, ist ein Erbe der Philologie, die den Glauben an die Existenz des ›Wortes‹ sehr gefördert hat. Philologische Sprachbetrachtung läßt sich leicht darüber hinwegtäuschen, daß wir nur in Sätzen, ja in Texten reden und nur auf diese Weise sprachlich handeln und daß die ›Bedeutung‹ des Wortes eigentlich sein kontextbedingter Gebrauch ist. [11] Der Aufschwung, den die Semantikforschung gerade von der Syntax her in den letzten Jahren erlebt hat [12], hat eine ausgesprochen unphilologische Richtung.

6. Beschränkung auf die Feststellung der Varianten sprachlicher Einheiten bei Vernachlässigung der Invarianten und ihres systematischen Zusammenhangs. Die Textkritik interessiert sich natürlich in erster Linie für die Varianten, weil diese den größten Teil der zu beseitigenden oder zu vereinheitlichenden Abweichungen vom textlichen Archetypus darstellen. So sind die herkömmlichen historischen Grammatiken überwuchert von Angaben über den nach Werken, Personen, Schreiborten oder Dialektgebieten bedingten Spielraum, während die sprachgeschichtlichen wichtigen Tatsachen der relevanten Einheiten und deren Relationen im Sprachsystem oft nur in Anmerkungen versteckt als bloße Literaturhinweise nachgetragen werden. Die deutsche Sprachgeschichtsforschung hat viel zu viel Gewicht auf graphemische oder allophonische Einzelheiten z. B. der Lautverschiebung oder der nhd. Diphthongierung gelegt, ohne die dahinter stehenden wichtigeren Tatsachen des Systemwandels oder des Merkmalwandels zu erkennen. Große Teile der deutschen Sprachgeschichte (nicht nur der historischen Grammatik) werden neugeschrieben werden müssen. [13]

Daß all dies als philologische Behinderung der Sprachwissenschaft aufgefaßt werden kann, bedeutet nicht etwa, daß die Verbindung von Philologie und Sprachwissenschaft überhaupt unfruchtbar wäre. Es wird auch weiterhin eine Art von Sprachwissenschaft geben müssen, die sich als Hilfsdisziplin der Philologie in alten und neuen Aufgaben verstehen muß und als unentbehrliches Propädeutikum der Literaturgeschichte von Epochen, deren Sprache dem heutigen Leser nicht mehr voll verständlich ist. Es gibt auch einen engeren und einen weiteren Begriff ›Philologie‹, von denen hier der erstere in den Vordergrund gestellt wurde. Hier geht es darum, daß die nur im Auftrag der Philologie und der Literaturgeschichte arbeitende Sprachwissenschaft nicht die ganze Sprachwissenschaft sein kann. Sprachwissenschaft hat auch andere wichtige Aufgaben. Die Emanzipation der germanistischen Sprachwissenschaft aus der Umarmung jener Auftragsdisziplin hat nun schon längst begonnen. Vorstufen dazu waren die seit den zwanziger Jahren aufblühende Sprachgeographie und die Namenforschung. Diese Fachbereiche blieben zwar lange Zeit auf die Rolle als Hilfsdisziplinen der mittelalterlichen Siedlungs-, Verkehrs-, Territorial- und Verfassungsgeschichte festgelegt, führten aber in letzter Zeit auch zu sprachsoziologischen Fragestellungen wie Umgangssprache, Stadtdialekt, Fachsprachen, Sondersprachen, Pressewortschatz, Namensoziologie, wie sie z. B. am Marburger Forschungsinstitut ›Deutscher Sprachatlas‹ verfolgt werden. [14] Auch anderswo hat man von der traditionellen Sprachgeschichtsforschung her unter dem Stichwort ›Gegenwartssprache‹ Ansätze auf unkonventionellen, nicht mehr philologischen Arbeitsgebieten wie ›Umgangssprache‹ [15], ›Werbesprache‹ [16], ›Sprache des Nationalismus‹ [17], ›Sprache im geteilten Deutschland‹ [18] gewagt.

Alle diese Arbeiten können aber nicht den Anspruch erheben, methodologisch auf dem allgemeinen heutigen Stand der linguistischen Forschung zu stehen, wenn man unter Linguistik das versteht, was sich als strenge Theorie- und Methodenentwicklung mit Namen wie F. de Saussure, N. Trubetzkoi, L. Hjelmslev, L. Bloomfield, N. Chomsky verbindet. Jene germanistisch-sprachhistorischen Arbeiten zeigen ihre Herkunft aus Methoden der traditionellen, der philologischen Sprachwissenschaft darin, daß sie meist ohne theoretische linguistische Vorklärung von einer beliebigen Materialmenge ausgehen und dann kursorisch und intuitiv beliebige Methoden ausprobieren. Man arbeitet oft unreflektiert mit ungenauen oder mit mehrdeutigen traditionellen Termini wie *Subjekt, Objekt, Relativsatz, Inversion, passivisch, unechte Zusammensetzung, Synonym, Bedeutungsverschlechterung, Abstraktum, Modewort, Schlagwort, Stilblüte, vulgär, ideologisch* usw. Manche dieser Arbeiten ertrinken mangels wohlüberlegter Fragestellung geradezu in den Stoffmassen. Es kann aber kein Zweifel sein, daß diese Nachteile von einer Fülle wertvoller Einzelbeobachtungen und vom Wert der Materialdokumentation aufgewogen werden und daß nach dem heutigen Stand der strukturellen Linguistik noch nicht in allen Teilbereichen dieser wichtigen Arbeitsgebiete exaktere Analysen und verläßlichere Ergebnisse zu erzielen wären. Es bleibt aber eine dringende Aufgabe der germanistischen Linguistik in den nächsten Jahren, den weiten methodologischen Abstand zu überwinden, der zwischen diesen konkreten Forschungen zur modernen deutschen Sprachgeschichte, Sprachsoziologie und Stilistik einerseits und den abstrakten Theorien und exemplarischen Analysen der eigentlichen Linguistik andererseits besteht.

Die Rezeption dieser in Deutschland lange Zeit als ›Strukturalismus‹ beargwöhnten Entwicklungsstufe der Sprachwissenschaft hat schon ihre Geschichte. Es gibt einen germanistischen ›Früh-‹ oder ›Halbstrukturalismus‹, in der Syntax seit H. Glinz' ›Innere Form des Deutschen‹ (1952), in der Lexikologie seit J. Triers ›Wortfeldtheorie‹ (1931), eine synchronisch-systematische Sprachbetrachtung, die an Humboldts Sprachphilosophie und an die Sprachtheorie F. de Saussures anknüpfte, aber deren Weiterentwicklung in anderen Ländern nicht beachtete. Sie unterscheidet sich von dem klassischen amerikanischen Strukturalismus (L. Bloomfield, Z. S. Harris u. a.) darin, daß sie einerseits die inhaltliche (semantische) Seite der Sprache nicht asketisch ausklammerte wie dieser, andererseits dessen Exaktheit in theoretischem Ansatz, Analysemethode und Terminologie nicht erreichte.

Mit dieser eigendeutschen sprachwissenschaftlichen Richtung, die sich mit den Namen L. Weisgerber, H. Brinkmann, H. Glinz, P. Grebe, J. Erben verbindet [19], hat eine germanistische Linguistik zu rechnen, zumal sie im Bereich des Deutschunterrichts an den Schulen großen Einfluß gewonnen hat. Sie ist bereits ein Teil der aufzubauenden germanistischen Linguistik. Die kritische Auseinandersetzung zwischen ihr und anderen Richtungen der modernen Sprachwissenschaft hat aber noch kaum begonnen. Es genügt nicht, gegen sie nur von der sprachphilosophischen Seite her mit Schlagwörtern wie ›Panlinguismus‹ oder ›Mystifizierung der Muttersprache‹ zu polemisieren [20]. Es genügt auch nicht, die deutschtümelnde Tendenz ihrer metaphorischen Terminologie abzulehnen (*Wirkende Kraft, das Worten der Welt, sprachlicher Zugriff, Leistungseinheit, gestaltbezogen, Zuwendgröße, Artergänzung, syntagmatische Höfe unserer Wörter* usw.). Ihre Vertreter bilden keineswegs eine auf bestimmte sprachphilosophische Dogmen festgelegte Schule; einige von ihnen haben sich in den letzten Jahren von Einseitigkeiten ihrer Anfänge abgewandt und suchen den Anschluß an die internationale Linguistik [21]. Das aus diesem Kreis hervorgegangene ›Institut für deutsche Sprache‹ in Mannheim ist als Treffpunkt von Sprachgermanisten aus vielen Ländern und als Forschungszentrum zur Dokumentation und Analyse des heutigen Deutsch mit Hilfe moderner Datenverarbeitung für andere Richtungen der Linguistik offen. Die bisherige Auseinandersetzung mit Weisgerber und seinem Kreis ist meist noch gar nicht bis an den Kern der linguistischen Methodik vorgedrungen. Linguistisch ebenso wichtig wie die sprachphilosophische Frage nach dem ›muttersprachlichen Weltbild‹ sind zunächst die davon unabhängigen fruchtbaren Methoden-Ansätze dieses Kreises: Wortfelder, Wortstände, Verbvalenzen, Satzbaupläne. Was auf diesen Gebieten bisher versucht worden ist, bedarf einer Methodenkritik, die auf die Kategorienvermischungen und Ungenauigkeiten dieser Forschungsrichtung achtgibt: auf die Vermischung von Ausdrucksseite und Inhaltsseite der Sprache, von Objektsprache und Metasprache, von Syntax und Lexematik, von innersprachlichen und außersprachlichen Bedingungen, von Deskription und Interpretation und auf die Gefahr der Illusion, sich mit der Setzung von Termini exakte Definitionen ersparen zu können [22]. Erst nach dieser linguistischen Auseinandersetzung wird sich zeigen, wie das wissenschaftstheoretische Verhältnis zwischen den beiden Sogenannten wirklich ist: der ›inhaltbezogenen‹ und der ›strukturalistischen‹ Sprachwissenschaft. Beide stehen sich gar nicht mehr so fern, wie von beiden Seiten oft behauptet wird oder wie man aus der gegenseitigen Ignorierung schließen könnte, vor allem seitdem der taxonomische, semantikferne Strukturalismus – die mechanistische Sprachzergliederung, die sich mit der Segmentierung und Klassifizierung von Einzelelementen nach deren Distribution begnügte – überwunden ist.

›Strukturalismus‹ ist heute gar nicht mehr mit moderner Linguistik identisch. Erstens darf er nicht mit dem in anderen Bereichen grassierenden Mode-Strukturalismus verwechselt werden [23]. Zweitens ist der eigentliche Strukturalismus – unbeschadet seiner bleibenden Bedeutung für die Definition der sprachlichen Einheiten – vor etwa zehn Jahren abgelöst worden von einer neuen Linguistik, die zwei entscheidende Neuerungen gebracht hat: Die formalisierte Metasprache und das generative Prinzip. Zur Linguistik ist ein homogenes System einer explizit definierten Metasprache nötig, die sich nicht mehr der ungenauen, vielfältig vorbelasteten und zu Umdeutungen verleitenden Ausdrücke einer natürlichen Sprache bedienen muß. Das sollte nach den Erfahrungen mit den Schlagwort-Termini der traditionellen oder der ›inhaltbezogenen‹ Sprachwissenschaft einleuchtend sein. Mathematische Logik und Automatentheorie gestatten es, auch in der Linguistik rekursive Regelsysteme zu entwickeln, in denen sich die Kategorien aus dem Regelsystem selbst heraus gegenseitig definieren, also eigentlich keiner verbalen Termini mehr bedürfen. Dies und das generative Prinzip (Produktions- statt Identifikationsgrammatik) ist eine Frucht der theoretischen Arbeiten von N. Chomsky am Massachusetts Institute of Technology und seiner Nachfolger [24]. Diese neue Grammatiktheorie – eigentlich die erste, die überhaupt explizit formalisiert wurde – ist in Deutschland und in der deutschen Germanistik durch die Reihe ›Studia Grammatica‹ der Arbeitsstelle für strukturelle Grammatik an der Deutschen Akademie der Wissenschaften zu Berlin, besonders durch Arbeiten von M. Bierwisch bekanntgeworden [25].

Es ist im Grunde irreführend, daß man sich angewöhnt hat, diese neue linguistische Schule pauschal ›Transformationsgrammatik‹ zu nennen. Das Transformationsprinzip ist dabei nur ein technischer Regeltrick im zweiten Teil der Grammatik. Theoretisch wesentlich ist vielmehr das generative Prinzip und die Einbeziehung der Semantik in die Syntax. Die in jüngster Zeit geführten Auseinandersetzungen über den Transformationsteil der generativen Grammatik und über deren Verhältnis zur Dependenzgrammatik [26] tun der Tatsache keinen Abbruch, daß es sich hier um eine neue, fruchtbare Phase der Linguistik handelt, die – bei besser formalisierten Methoden – in der Zielsetzung der ›inhaltbezogenen‹ Sprachforschung und anderen Ansätzen der europäischen Sprachwissenschaft weithin nähersteht als der taxonomische Strukturalismus, ja um eine anthropologiebezogene neue Art von Linguistik, die nun auch die Tür zu Nachbardisziplinen aufstößt: Generative Grammatik als Beschreibung der Sprachkompetenz der Sprecher will – über die bloße Deskription des bereits Vorhandenen hinaus – alle möglichen Äußerungen prädizieren und erschließt damit zwischen dem Üblichen und dem Unzulässigen den wichtigen Bereich des Auch-Möglichen (was das Problem der Sprachkritik lösen hilft): Sie kann verschiedene Grade der Grammatikalität von Äußerungen feststellen (was für die poetische Stilistik wichtig ist [27]) und eröffnet Möglichkeiten für die Zusammenarbeit zwischen Linguistik und Forschungsdisziplinen wie Kommunikationswissenschaft, Lerntheorie, Soziologie, Ethnologie [28)], Psychologie, Logik, ja sie trägt bei zur Überwindung der Grenze zu den Naturwissenschaften von den Geisteswissenschaften her.

Aufgaben einer germanistischen Linguistik an deutschen Universitäten finden sich jedoch schon im eigenen Bereich genug. Im Zeitalter der technisierten Massenkommunikation bedeutet der Deutschunterricht an den Schulen das einzige Gegengewicht gegen die in wirtschaftlicher und politischer Werbung praktizierte und vielleicht bald wissenschaftlich erlernbare Sprachmanipulation. Gegenüber deren Verführungs- und Ablenkungsmitteln wäre eine esoterische, emotionale und vor allem dichtungsnahe Spracherziehung unwirksam, schon weil die dichterische Sprache, die sich ja eine eigene Welt schafft, die Semantik auf ein vereinfachtes Modell verkürzt (die Satzbedeutungen sind die Wirklichkeit selbst) und somit die Überschätzung des Wortes und die mythisierende Identifizierung von Sprache und Welt fördert. Eine Reform des deutschen Sprachunterrichts sollte Abhilfe schaffen für »unsere nicht mehr leistungsfähige Bildungssprache«, sollte etwas tun gegen die »Disziplinlosigkeit monologischen Drauflosschreibens und Aneinandervorbeiredens«, um »dem Geisteswissenschaftler die Disziplinierung des Redens zu vermitteln, derer er so bitter nötig bedarf« [29]. Diese Urteile des Logikers Kamlah kann man auch auf den ›Jargon der Eigentlichkeit‹ (Adorno) im allgemeinen und den Germanistenjargon im besonderen beziehen.

Diese sprachpädagogische Aufgabe kann germanistische Linguistik nur in Verbindung mit der (in Deutschland lange Zeit mit Vorurteilen gescheuten) modernen Logik vorbereiten helfen. Ein solches Exerzitium in der Stilistik der sachlichen Analyse und des kritischen Argumentierens sollte im Deutschunterricht den schöngeistigen Variations- und Periphrasenstil ablösen. Spracherziehung müßte also deutlich getrennt werden vom Umgang mit Dichtung (vor allem solcher aus historischen Epochen), der mehr in die Nähe von Geschichte, Philosophiegeschichte, Kunst- und Musiklehre gehört und nicht zu den zentralen Unterrichtsgegenständen gerechnet werden sollte. Es ist auch nicht unbedingt notwendig, daß jedem das Abitur erstrebenden jungen Staatsbürger unter Zwang die Kunst beigebracht werden soll, über Lyrik zu reden und wie Literaten zu schreiben. Das ›humanistische‹ Sprachideal des ›Volkes der Dichter und Denker‹ ist fragwürdig geworden und hat sich als nicht ganz unpolitisch erwiesen. Aufgrund eines Studiums von Texten des in Deutschland seit langem herrschenden und erfolgreichen politischen Sprachgebrauchs – von der Proklamation der Flotten- und Kaiseridee in der Paulskirchenversammlung von 1848 bis zur Zelebrierung des Geschichts-, Volks- und Führermythos im Garnisonskirchenstaatsakt von 1933 – kann man zu der sprachgeschichtlichen Erkenntnis kommen, daß es so etwas wie ›Sprache des Dritten Reiches‹ oder ›Wörterbuch des Unmenschen‹ gar nicht gegeben hat, dafür aber eine politische Werbesprache aus schönen, festlichen, pathetischen, metaphorischen, archaistischen, euphemistischen, gemüthaften, tiefsinnigen und säkularisiert-religiösen Worten und Wendungen, von der sich die Deutschen (nicht erst seit 1933) auf einen verhängnisvollen Weg haben locken lassen. Daraus müßte man die Konsequenz ziehen, daß eine humane, gesellschaftsbezogene und demokratische Spracherziehung die Nähe zum dichterischen, zum historischen und zum religiösen Sprachgebrauch meiden und stattdessen die Beziehungen zu Logik, Sozial-, Verfassungs- und Kommunikationslehre suchen und die eigene Sprache mit einer Fremdsprache kontrastieren sollte. Es kann nicht Aufgabe des Sprachunterrichts sein, die Reproduktion von gefeierten Sprachleistungen anderer zu fördern oder die Verwendung lexikalisierter Syntagmen, die bereits Urteile enthalten; es geht vielmehr um die Erhöhung der Sprachkompetenz jedes Sprechers, die ihn befähigt, in eigenen Prädikationen das Ungenügen der vorgefertigten Sprache zu überwinden. Sprache ist eine Weise sozialen Handelns.

Nach einer methodischen und thematischen Trennung von Sprach- und Literaturunterricht verlangt schon allein die Tatsache, daß sich die Dichter und Literaten selbst aus der Zumutung des 19. Jahrhunderts, stilistisches Vorbild für den allgemeinen Sprachgebrauch der ›Gebildeten‹ sein zu sollen, längst befreit haben. Die Entflechtung von Sprach- und Literaturwissenschaft käme auch der letzteren schließlich wieder zugute, denn erst die Schaffung eines autonomen Bereichs der Erforschung soziolinguistischer Regularitäten kann dazu führen, exakte und nicht mehr von literarisch-ästhetischem Vorverständnis belastete Methoden zu gewinnen, die vor der außerlinguistischen Interpretation die notwendige intratextuale Analyse auch der sprachkünstlerischen Äußerung hinreichend liefern. Das Besondere, Abweichende kann nicht ohne ein System der Beschreibung des Allgemeinen festgestellt werden. Diese Aufgabe kann Literaturwissenschaft nicht erfüllen, solange sie auf ästhetisch bewertete individuelle Sprachwerke festgelegt bleibt. Der Ansatz von der Gemeinsprache her, von den einflußreichen bzw. repräsentativen Gruppensprachen und funktionalen Stilen her ist auch nötig für eine kritische Stilistik des sprachlichen Kitsches, für die Feststellung der Beziehungen zwischen Sprachnorm, sozialer Kontrolle und Gruppensymbolik, für die Überprüfung der Kriterien für Sprachnormung und Sprachkritik, die vielfach aristokratisch-esoterische, pedantisch-akademische oder nationalistische Züge aus sprachsoziologischen Zuständen des 18. und 19. Jahrhunderts mit sich schleppen und von kulturpessimistischer ›Verfalls‹-Ideologie beeinflußt sind [30]. An die Stelle der traditionellen ›Sprachpflege‹ um der Sprache willen (»unserer Muttersprache«) sollte eine Sprachförderung und Sprachplanung [31] um der Sprecher willen treten, denen die Sprache für ihre heutigen und künftigen Kommunikationsbedürfnisse bequem, d. h. zur Erhöhung ihrer Sprachkompetenz sprachökonomisch effizienter und freier verfügbar gemacht werden sollte. Germanistische Linguistik sollte auch für die Methodik des Deutschunterrichts als Fremdsprachenlehre etwas tun [32], sollte die Sprache des öffentlichen Lebens in Deutschland seit der Französischen Revolution lexikographisch und mit repräsentativen Textausgaben aufarbeiten, sollte nicht zuletzt auch das Jiddische in die Germanistik einbeziehen, einen aus außerwissenschaftlichen Gründen vernachlässigten Zweig der deutschen Sprache, der noch kontrastiven Aufschluß über die strukturelle und soziale Geschichte der deutschen Sprache seit dem Spätmittelalter verspricht.

Solche Ziele sind weder mit traditionell-philologischen noch mit feuilletonistischen Mitteln zu erreichen. Es genügt auch nicht, sich Theorien von Nachbardisziplinen wie Soziologie oder Psychologie herzunehmen und sich dazu passende Beispiele aus der deutschen Sprache zu suchen; und es wäre eine Illusion, zu glauben, man brauche nur genügend Material zu sammeln und könne linguistische Ergebnisse erzielen durch maschinelle Datenverarbeitung ohne theoretisch vorbereitete linguistische Programmierung oder durch mathematische Verwertung der Anzahlen von Buchstaben, Silben, Wörtern, Substantiven oder Sätzen, die nicht linguistisch, sondern rein typographisch nach Punkten oder Abständen definiert werden. Wissenschaftliche Sprachanalyse ist nicht möglich ohne linguistische Theorie und ohne eine dem aktuellen Forschungsstand der Linguistik entsprechende Methodik. Diese Voraussetzungen können nicht innerhalb der Germanistik allein entwickelt werden. Dazu ist die ständige theoretische Hilfe und Korrektur durch die Allgemeine Linguistik unerläßlich, die bisher nur an sehr wenigen Universitäten der Bundesrepublik vertreten ist, ferner der Austausch mit Linguisten der Anglistik, Romanistik und Slavistik [33]. Germanistische Linguistik kann also nicht viel mehr sein als eine Angewandte Linguistik. Aber es muß sie geben um der Reform des Deutschunterrichts willen, und es wird sie geben – auch dort, wo heute noch keine Ansätze dazu vorhanden sind –, wenn sie in Studium, Lehre und Forschung aus beschränkenden Bindungen an Altgermanistik, Literaturgeschichte und Philologie befreit wird und sich nach anderen systematischen Wissenschaftsdisziplinen hin offenhält.

## Anmerkungen

1 F. de Saussure, Cours de linguistique générale, 3. Aufl. 1931, S. 13, 21; dt. Übersetzung: Grundfragen der allg. Sprachwissenschaft, Berlin 1931, 2. Aufl. 1967, S. 1, 8.

2 O. Jespersen, Language, London 1922, 10. Aufl. 1954, S. 64 f.

3 L. Bloomfield, Language, New York 1933, S. 21 f.

4 H. Glinz, Die innere Form des Deutschen, eine neue deutsche Grammatik, 2. Aufl. Bern-München 1961; Ders., Der deutsche Satz, Wortarten und Satzglieder wissenschaftlich gefaßt und dichterisch gedeutet. Düsseldorf 1957.

5 H. Seidler, Allgemeine Stilistik, Göttingen 2. Aufl. 1963, S. 58 f., 62 f.

6 E. Riesel, Stilistik der dt. Sprache, Moskau 1959; E. Riesel, Der Stil der dt. Alltagsrede, Moskau 1964; I. Coteanu, Considerations upon the Stylistic Structure of Language, in: Revue de Linguistique 7, 1962, S. 223–241; A Prague School Reader on Esthetics, Literary Structure and Style, Washington 1964; vgl. auch W. Winter, Stil als linguistisches Problem, in: Satz und Wort im heutigen Deutsch (Sprache d. Gegenwart I), Düsseldorf 1967, S. 219–235; Style in Language, ed. Th. A. Sebeok, Cambridge, Mass., 1964.

7 P. v. Polenz, Zur Quellenwahl für Dokumentation und Erforschung der dt. Sprache der Gegenwart, in: Wirkendes Wort 16, 1966, S. 3–13, und in: Satz und Wort, a. a. O., S. 363–378; ferner in: Germanistik – eine dt. Wissenschaft, Frankfurt 1967, S. 148 f.

8 G. Jakob in einem Bericht über eine Diskussion zur Situation der Linguistik in der Bundesrepublik anläßlich des Internationalen linguistischen Sommerkurses in Kiel, in: Linguistische Berichte 1, 1969, S. 68.

9 H. Paul, Principien der Sprachgeschichte, Halle 5. Aufl. 1920, S. 20.

10 D. Sternberger – G. Storz – W. E. Süskind, Aus dem Wörterbuch des Unmenschen, neue erweiterte Ausgabe mit Zeugnissen des Streites über die Sprachkritik, Hamburg-Düsseldorf 1968; Deutsch – gefrorene Sprache in einem gefrorenen Land? Berlin 1964; Sprachnorm, Sprachpflege, Sprachkritik (Sprache der Gegenwart II), Düsseldorf 1968; H. J. Heringer, Karl Kraus als Sprachkritiker, in: Muttersprache 77, 1967, S. 256 ff.; E. Pankoke, Sprache in sekundären Systemen, Zur soziologischen Interpretation sprachkritischer Befunde, in: Soziale Welt 17, 1966, S. 253–273.

11 H. Weinrich, Linguistik der Lüge, Heidelberg 1966; W. Schmidt, Lexikalische und aktuelle Bedeutung, Berlin 1963; G. Nickel, Sprachlicher Kontext und Wortbedeutung, in: Germ.-

rom. Monatsschrift 46, 1965, S. 84 ff.; E. Coseriu, Lexikalische Solidaritäten, in: Poetica 1, 1967, S. 293–303.

12 K. Baumgärtner, Die Struktur des Bedeutungsfeldes, in: Satz und Wort, a. a. O., S. 165–197: K. Baumgärtner, Forschungsbericht ›Syntax und Semantik‹, in: Deutschunterricht für Ausländer 17, 1967, S. 50–67; H. M. Gauger, Die Semantik in der Sprachtheorie der transformationellen Grammatik, in: Linguistische Berichte 1/1969, S. 1–18.; V. Beeh, Opposition, Felder und Antonyme im Deutschen, München 1969. K. Heger, ZromPh 85, 1969, 144–215.

13 W. Fleischer, Strukturelle Untersuchungen zur Geschichte des Neuhochdeutschen, Berlin 1966; W. G. Moulton, Zur Geschichte des dt. Vokalsystems, in: Beitr. (Tüb.) 83, 1961, S. 1–35; H. Lüdtke, Ausbreitung der nhd. Diphthongierung? In: Zs. f. Mundartforschung 35, 1968, S. 97–109.

14 Wortgeographie und Gesellschaft, hrsg. v. W. Mitzka, Berlin 1968; W. Dieckmann, Information und Überredung, Zum Wortgebrauch der politischen Werbung in Deutschland seit der Französischen Revolution, Marburg 1964; E. Mittelberg, Wortschatz und Syntax der Bild-Zeitung, Marburg 1967.

15 H. Zimmermann, Zu einer Typologie des spontanen Gesprächs, Bern 1965; H. Steger, Gesprochene Sprache, Zu ihrer Typik und Terminologie, in: Satz und Wort, a. a. O., S. 259 bis 291.

16 R. Römer, Die Sprache der Anzeigenwerbung, Düsseldorf 1968; H. Steger, Probleme der sprachlichen Kommunikation in der Industriegesellschaft, in: H. Steger, Zwischen Sprache und Literatur, Göttingen 1967.

17 C. Berning, Die Sprache des Nationalsozialismus, in: Zs. f. dt. Sprache 16–19, 1960–1963; Dies., Vom ›Abstammungsnachweis‹ zum ›Zuchtwart‹, Vokabular des Nationalsozialismus, Berlin 1964; R. Glunk, Erfolg und Mißerfolg der nationalsozialistischen Sprachlenkung, in: Zs. f. dt. Sprache 22–24, 1966–1968.

18 H. H. Reich, Sprache und Politik, Zum offiziellen Sprachgebrauch in der DDR, München 1965; W. Dieckmann, Kritische Bemerkungen zum sprachlichen Ost-West-Problem, in: Zs. f. dt. Sprache 23, 1967, S. 136–165; Ders., Sprache in der Politik, 1969.

19 L. Weisgerber, Sprachwissenschaftliche Methodenlehre, in: Dt. Phil. im Aufriß, Bd. I, 2. Aufl. Berlin 1957, Sp. 1–38; Ders.,

Von den Kräften der deutschen Sprache, 4 Bde., 3. Aufl. Düsseldorf 1962; Ders., Die vier Stufen in der Erforschung der Sprachen, Düsseldorf 1963; H. Brinkmann, Die deutsche Sprache, Gestalt und Leistung, Düsseldorf 1962; H. Glinz, Grundbegriffe und Methoden inhaltbezogener Text- und Sprachanalyse, Düsseldorf 1965; P. Grebe, Duden, Grammatik der deutschen Gegenwartssprache, 2. Aufl. Mannheim 1966; J. Erben, Abriß der deutschen Grammatik, Berlin 7. Aufl. 1964.

20 W. Betz, in: Deutsch – Gefrorene Sprache ..., a. a. O., S. 159–163; G. Helbig, Die Sprachauffassung L. Weisgerbers, in: Deutschunterricht 13, 1961, H. 3, S. 120 ff.; G. Helbig, Glinz' Weg von der strukturellen Beschreibung zur inhaltbezogenen Grammatik, in: Deutsch als Fremdsprache 1, 1964, H. 2, S. 6–13; W. Neumann, Wege und Irrwege der inhaltbezogenen Grammatik, in: Weimarer Beiträge 8, 1962, S. 140 ff.; vgl. auch L. Joost, Sprache als Werk und wirkende Kraft, ein Beitrag zur Geschichte der energetischen Sprachauffassung, Bern 1960.

21 H. Glinz, Deutsche Syntax (Sammlung Metzler), Stuttgart 1965; Ders., Sprachwissenschaft heute, Aufgaben und Möglichkeiten (Dichtung und Erkenntnis), Stuttgart 1967; J. Erben, Deutsche Grammatik (Fischer Handbücher), Frankfurt 1968.

22 H. Kolb, in: Zs. f. dt. Wortforschung 16, 1960, S. 168 ff.; Kl. Heger, in: Zs. f. roman. Philologie 81, 1965, S. 517–522; I. Dal, in: Gött. Gel. Anz. 218, 1966, S. 98–114; G. Ungeheuer u. E. Zwirner, in: Satz und Wort, a. a. O., S. 409–415; H. J. Heringer, in: Zs. f. dt. Philologie 87, 1968, S. 426 ff.; P. v. Polenz, in: Zs. f. dt. Sprache 24, 1968, S. 1 ff., 129 ff.; und in: Festschrift H. Moser, Düsseldorf 1969; G. Stötzel, Ausdrucks- und Inhaltsseite der Sprache, Methodenkritische Studien, München 1969; V. Beeh. a. a. O.

23 G. Schiwy, Der französische Strukturalismus, Mode, Methode, Ideologie (rde), Hamburg 1969.

24 N. Chomsky, Aspects of the Theory of Syntax, Massachusetts 1965; dt. Übersetzung: Aspekte der Syntax-Theorie, Frankfurt 1969; J. Lyons, Introduction to Theoretical Linguistics, Cambridge 1968; H. Krenn-K. Müllner, Biographie zur Transformationsgrammatik, Heidelberg 1968; J. Bechert, W. Thümmel u. a. Lehrbuch der generativen Transformationsgrammatik, München 1969.

25 Bierwisch, Strukturalismus, Geschichte, Probleme und Me-

thoden, in: Kursbuch 5, 1966, S. 77–152; Ders., Aufgaben und Form der Grammatik, in: Zeichen und System der Sprache III, Berlin 1966, S. 28–59; G. Zepschy, Strukturale Sprachwissenschaft, 1969.

26 Kl. Baumgärtner, in: Deutschunterricht für Ausländer, a. a. O.; Ders., Spracherklärung mit den Mitteln der Abhängigkeitsstruktur, in: Beitr. z. Sprachkunde und Informationsverarbeitung 5, 1965, S. 31–53; Chr. Rohrer, in: Indogerm. Forschungen 71, 1966, S. 161–170; H. J. Heringer, Theorie der deutschen Syntax, München 1969.

27 M. Bierwisch, Poetik und Linguistik, in: Mathematik und Dichtung, München, 2. Aufl. 1967, S. 49–66; K Baumgärtner, Formale Erklärung poetischer Texte, ebenda S. 67–84; K. Baumgärtner, Linguistik und konkreter Text, in: Konkrete Kunst 1968, Karlsruhe 1968, S. 46–61; I. T. Piirainen, Zur Linguistisierung der Literaturforschung, in: Linguistische Berichte 1/1969, S. 70 bis 73.

28 Vgl. z. B.: H. Göhring, Generative Grammatik und Kulturanthropologie, in: Anthropos 62, 1967, S. 802–814; vgl. auch G. Schiwy, a. a. O. (über den Einfluß schon des älteren Strukturalismus auf Ethnologie, Soziologie, Mythologie, Literaturkritik usw.).

29 W. Kamlah-P. Lorenzen, Logische Propädeutik, Vorschule des vernünftigen Redens (Hochschultaschenbücher), Mannheim 1967, s. 5, 11; Vgl. auch H. Steger, Sprachnorm, Grammatik und technische Welt, in: Sprache im techn. Zeitalter 3/1962, S. 183 bis 198.

30 P. Grebe, H. Steger, E. Oksaar, J. Fourquet, in: Sprachnorm, Sprachpflege, Sprachkritik, a. a. O.; S. Jäger, Die Sprachnorm als Aufgabe von Sprachwissenschaft und Sprachpflege, in: Wirkendes Wort 18, 1969, S. 361–375. H. Henne, Punktuelle und politische Sprachlenkung, Zu 13 Auflagen von G. Wustmanns ›Sprachdummheiten‹, in: Zs. f. dt. Sprache 21, 1965, S. 175 ff., P. v. Polenz, Fremdwort und Lehnwort sprachwissenschaftlich betrachtet, in: Muttersprache 77, 1967, S. 65–80; A. Ströbl, ebda 79, 1969, S. 129–141.

31 V. Tauli, Introduction to a Theory of Language Planning, Uppsala 1968; dazu S. Jäger, in: Muttersprache 79, 1969, S. 42 bis 52; E. Haugen, Linguistics and Language Planning, in: Sociolinguistics, Paris-The Hague 1966, S. 50 ff.

32 Probleme des Deutschen als Fremdsprache, hrsg. v. M. Triesch, München 1969. Neben der Zeitschrift des Goethe-Instituts zur Pflege deutscher Sprache und Kultur im Ausland e. V. (›Deutschunterricht für Ausländer‹) gibt es seit 1964 die Zeitschrift des Herder-Instituts Leipzig (›Deutsch als Fremdsprache‹) mit guten linguistischen Beiträgen.

33 Einen Anstoß dazu gibt P. Hartmann mit der Gründung der Zeitschrift ›Linguistische Berichte, Forschung, Information, Diskussion‹, 1969 ff.

Hans Glinz:

# Moderne Linguistik im germanischen Studium

## *1. Einleitung, Übersicht*

Dieser Beitrag befaßt sich mit der Einführung moderner linguistischer Methoden und einer modernen linguistischen Theoriebildung in das Studium der Germanistik. Daß diese Einführung nötig ist, wird wohl kaum bestritten. Die Frage ist, *wie* sie erfolgen soll, denn es müssen zugleich folgende Forderungen erfüllt werden können:

– das Studium darf nicht verlängert, sondern es muß eher gestrafft werden können;

– das Studium darf nicht (noch mehr als heute) im Elfenbeinturm einer »reinen Wissenschaftlichkeit« bleiben, als l'art pour l'art, sondern es muß sachgerecht und in strenger wissenschaftlicher Verantwortung auch auf die spätere *praktische* Tätigkeit der Absolventen vorbereiten (Unterricht in Schulen aller Art, Arbeit in Presse, Rundfunk, Fernsehen, im Verlagswesen u. a. m.);

– es muß nach Möglichkeit nicht nur ein Einheitsstudium, sondern ein Aufbau mit sinnvoll gestuften Abschlüssen (z. B. nach dem 6. Semester, nach dem 9. Semester) geschaffen werden.

Dazu kommt eine weitere Schwierigkeit: es gibt nicht *eine* moderne Linguistik, sondern es gibt verschiedene miteinander konkurrierende linguistische Richtungen, die nur gewisse Grundauffassungen gemeinsam haben, in der Einzelarbeit aber sehr weit auseinandergehen (gelegentlich soweit, daß der eine Linguist die Bücher und Aufsätze des anderen kaum mehr lesen kann, schon einfach wegen des verschiedenen Fachjargons).

Es kann sich daher nicht einfach um einen Austausch von »Stoffgebieten« handeln, z. B. daß man ein Proseminar über moderne Grammatiktheorien an die Stelle eines Proseminars über Gotisch setzt, oder die Lautgeschichte nun nicht mehr nach junggrammatischen, sondern nach phonologischen Prinzipien behandelt usw., sondern es muß aus dem gesamten Angebot der modernen Linguistik alles das (und nur das) entnommen werden, was einen zureichenden Gesamtaufbau des germanistischen Studiums nach den erwähnten Forderungen ermöglicht. Dabei ist vor allem auch nötig, daß der Student nicht nur fertige Resultate zur Kenntnis nimmt (oder einfach mit modernen Fachausdrükken um sich wirft), sondern daß er die *Gewinnung* der Resultate durchschaut und daß er *Prüfmethoden* erlernt und *Gesichtspunkte* gewinnt, die ihm eine zureichende eigene Beurteilung möglichst aller heute vorhandenen Einzelresultate und der ihnen zugrundeliegenden Theorien und Methoden gestatten.

Ein solcher Gesamtaufbau soll hier skizziert werden, und zwar ausgehend von den Grundbegriffen, über die bei allen modernen Linguisten weitgehende Übereinstimmung herrscht, und von da aus weitergehend zu dem Ausbau, den der Verfasser dieses Beitrags im einzelnen entwickelt hat. In Stichwörtern:

1. Synchronie vor Diachronie
2. Arbitraire du signe
3. Systemcharakter der Sprache, Strukturalismus;
   –deduktiv, modellbauend
   – empirisch-experimentierend, auf Textanalyse gerichtet
4. Schichtung in der Sprache
5. Allgemeinverbindliches und individuell Verschiedenes im Sprachbesitz; angemessener Grad der Genauigkeit oder »Globalität«
6. Vollanalyse von Texten

Dabei sollen nach Möglichkeit die Ergebnisse früherer germanistischer Forschungen, insbesondere auch des 19. Jahrhunderts einbezogen werden können – schon aus arbeitsökonomischen Gründen. Wir wollen nicht so tun, als finge die Sprachwissenschaft erst heute an, sondern wir wollen uns aus der Akkumulation von wissenschaftlicher Information und Material, die dank der Arbeit vieler Generationen heute vorliegt, möglichst viel zu Nutze machen. Zugleich müssen wir aber die Beschränktheit und z. T. die Fehler, die in dieser Information und diesem Material stecken, klar erkennen; dann können wir von einem sicheren modernen Standpunkt aus und mit Hilfe moderner Prüfmethoden erst den rechten Vorteil ziehen aus dem Gesamt der bisher geleisteten wissenschaftlichen Arbeit in der Germanistik.

## 2. *Darstellung*

### 2.1 SYNCHRONIE VOR DIACHRONIE

Es ist unbestritten, daß jede natürliche Sprache eine historisch-soziologische Größe ist, wie jedes Rechtssystem, und daß heute antreffbare sprachliche Einheit oder Struktur das Ergebnis entsprechender sprachgeschichtlicher Vorgänge ist. Es ist aber heute ebenso unbestritten – darüber sind wohl alle modernen Linguisten einig –, daß der *wissenschaftliche Zugang* zu den sprachlichen Einheiten und Strukturen nicht primär *von* diesen geschichtlichen Vorgängen *zu* den heute oder zu einer bestimmten früheren Zeit geltenden Einheiten und Strukturen geht, sondern von der *Beobachtung* der tatsächlich vorhandenen Einheiten und Strukturen zum *Erschließen* der historischen Vorgänge, die vermutlich zu ihnen geführt haben.

Der Grund ist ganz einfach das, was man in allen historischen Wissenschaften die »Quellenlage« nennt; die Quellen für den Germanisten sind:

a) alle heute lebenden deutschsprechenden *Menschen*, deren sprachliches Verhalten, Verstehen, Mißverstehen usw. man beobachten kann – aus deren Sprach*gebrauch* (Parole, Performanz) man das (in ihnen vorhandene, aber nicht bewußte und nicht unmittelbar erfaßbare) Sprach*system* (Langue, Kompetenz) erschließen kann;

b) alle vorhandenen deutschen *Texte*, als »Ergebnisse sprachlichen Handelns«, in der heutigen Sprache wie in früheren Sprachstufen.

Aus dieser Quellenlage ergibt sich m. E. zwingend, wenn man nicht gegen allgemeine Regeln wissenschaftlichen Arbeitens verstoßen will: man muß mit der Analyse der *heutigen* Sprache anfangen, weil hier die *meisten Quellen* und die *besten Überprüfungsmöglichkeiten* vorhanden sind; erst wenn man daran die Methoden geschult und einen zureichenden begrifflichen Rahmen entwickelt hat, kann man sich an die früheren Epochen machen, für die wir keine Sprecher, also keine unmittelbaren Informanten mehr besitzen, sondern nur noch geschriebene Texte und auch diese mit wachsender Entfernung von der Gegenwart in immer geringerer Zahl (und dadurch mit größeren Fehlerquellen beim Verstehen).

Als ebenso wichtige Forderung ergibt sich: man muß immer zuerst einen Sprach*zustand* genau analysieren, sei es den heutigen oder einen in einem Text aufbewahrten früheren, und erst aus dem Vergleich solcher aufeinanderfolgender Zustände, die man jeden für sich analysiert hat, kann man dann zu Aussagen über die sprach*historischen* Vorgänge kommen, die vom früheren Zustand zum späteren geführt haben.

## 2. 2 »LE SIGNE LINGUISTIQUE EST ARBITRAIRE«

### *2. 2. 1 Allgemeines*

Diese These von Saussure markiert den Beginn der modernen Linguistik und ist Gemeingut aller heutigen linguistischen Richtungen, so verschieden sie sonst sein mögen. Man kann sie folgendermaßen erläutern: Das sprachliche Zeichen ist nicht ein notwendiger Ausfluß bestimmter »Wesen« oder »Begriffe« oder außersprachlicher »Vorstellungen«; es ist eine einmal individuell erfolgte und dann sozial fest gewordene Reaktion (oder Konstruktion) von Menschen, als Antwort auf die diesen Menschen begegnenden Eindrücke und Forderungen. Natürlich liegen diesen Reaktionen/Konstruktionen allgemeine Tatsachen der menschlichen und der sie jeweils umgebenden außermenschlichen Natur zugrunde (vor allem auch der Speicherungsmöglichkeiten und Schaltungen im menschlichen Nervensystem), und damit gibt es in verschiedenen Sprachen, auch wenn sie ganz unabhängig voneinander entstanden sind, gewisse Ähnlichkeiten, ja Gleichheiten. Aber solche Gleichheiten muß man *antreffen* und *empirisch* aufweisen, man darf sie nicht einfach a priori voraussetzen, auch nicht auf Grund von Beobachtungen an vier oder fünf bekannten Sprachen.

Es hat sich als unpraktisch erwiesen, den Saussureschen Fachausdruck »arbitraire« durch das deutsche Wort »willkürlich« zu übersetzen, weil dadurch leicht Mißverständnisse entstehen. Das sprachliche Zeichen ist nicht »willkürlich« in dem Sinne, daß *jeder* Benützer es *jederzeit* willkürlich schafft oder umschafft. Zu seinem Begriff gehört, daß es zwar einmal spontan geschaffen wurde, aus einer bestimmten menschlichen Lage heraus, daß es dann aber sozial fest und verbindlich geworden ist und dadurch

*Verstehen* und überhaupt *soziale Interaktion* ermöglicht. Zwar ist auch jetzt jederzeit Umdeutung oder völliges Neuschaffen einzelner Zeichen möglich, aber nur im Rahmen einer Vielzahl von gleichbleibenden anderen Zeichen und ganzen Strukturen und im Rahmen einer das Verstehen ermöglichenden gemeinsamen Situation und eingespielter Verstehenstechniken.

### *2. 2. 2 Anwendung in der Germanistik*

Ein Hauptwert des Grundsatzes »arbitraire du signe« für den Studenten der Germanistik liegt darin, daß man dadurch immun wird gegen ein (noch in manchen unentbehrlichen älteren Werken, z. B. Wörterbüchern steckendes) romantisches Organismus-Denken und daß man die Sprache klar als *historisch-soziologische* Größe versteht, eine Größe, die freilich *strukturiert* ist, aber eben *nicht* wie ein Organismus, sondern wie eine *Institution*, die von einer Vielzahl von Organismen (soziologisch: von einer *Gruppe*) geschaffen worden ist und getragen wird.

### *2. 2. 3 Exkurs zur Terminologie*

Nicht weniger wichtig ist das »arbitraire du signe« für den richtigen Umgang mit aller *Terminologie*. Auch alle wissenschaftlichen Begriffe sind in diesem Sinne »arbitraire«, nämlich nicht von irgend einer außermenschlichen, übernatürlichen Macht gegeben, sondern von Menschen, von Wissenschaftlern geschaffen, im Blick auf bestimmte Phänomene und zur Bewältigung gewisser Aufgaben. Der *Name* des Begriffs ist oft so gewählt, daß er gewisse Hinweise gibt auf den Begriffsinhalt und damit gewisse Hilfen für Verstehen und Handhabung (vgl. unten »subsemantische Phänomene«). Doch darf man den Namen grundsätzlich nie als Definition verstehen. Was unter einen gegebenen Begriff fällt und was nicht, das muß bestimmt werden nach einer »Identifikations-Vorschrift«, die zugleich nach Möglichkeit eine Operationsvorschrift sein soll (»führe an der zu bestimmenden Einheit oder Struktur die und die Operation aus; zeigt sich das und das, so gehört die Einheit oder Struktur unter den betreffenden Begriff; zeigt sich das und das andere, so gehört sie nicht darunter«). Man muß jeden Anfänger immer wieder darauf aufmerksam machen, gerade auch den Studenten der Germanistik, daß zwar ein Name oft ein sehr praktisches Hilfsmittel ist, (wenn es sich um einen guten »sprechenden Namen« handelt), daß man aber *nie* die Sache aus dem Namen deuten darf, daß man die Namen nicht überschätzen darf, daß jede Einheit oder Struktur auch anders benannt sein könnte, ohne ihre Identität als Einheit oder Struktur zu verlieren. Wenn diese Forderung sorgfältiger beachtet würde, ließen sich viele Mißverständnisse und Scheinprobleme vermeiden, über die man heute immer wieder stolpert (vor allem auch im Deutschunterricht der Schulen aller Stufen).

## 2.3 SYSTEMCHARAKTER DER SPRACHE; STRUKTURALISMUS

### *2. 3. 1 Allgemeines*

»La langue est un système où tout se tient«: mit diesem Gedanken ist Saussure zum Ahnherrn dessen geworden, was man seit etwa 35 Jahren »Strukturalismus« nennt. Das Wesentliche daran ist: man geht nicht vom Einzelzeichen aus (Wort, syntaktische Fügungsweise), sondern grundsätzlich von der ganzen Struktur, vom ganzen Systemzusammenhang, in den dieses Einzelzeichen eingebettet ist, in dem es »funktioniert«, durch das sein Wert wie seine Begrenzung festgelegt wird (letztere vor allem durch die unmittelbar danebenstehenden, konkurrierenden Zeichen und Fügungsweisen).

### *2. 3. 2 Modellbauend-formalisierender und empirisch-experimenteller Strukturalismus*

Im Blick auf die System-Natur der Sprache sind nun zwei methodische Haltungen möglich und demgemäß zwei linguistische Richtungen entstanden:

A) Man versucht ein »künstliches« System (d. h. einen Komplex von Sprach-Erzeugungs-Prozessen oder »Regeln«) so zu konstruieren, daß dadurch das natürliche Sprachverhalten möglichst genau nachgebildet wird (d. h. daß durch die Anwendung der Regeln aller Sätze gebildet oder »erzeugt« werden können, die in der betreffenden Sprache als grammatisch richtige Sätze anerkannt werden – und daß dabei *keine* Sätze produziert werden, die in der betreffenden natürlichen Sprache nicht als grammatisch richtig anerkannt werden können).

Ein Satz der natürlichen Sprache gilt dann als »erklärt«, wenn er mit Hilfe eines solchen Systems Mathematik-ähnlicher Regeln »erzeugt« oder »abgeleitet« werden kann (weil durch solche Konstruktion – nach der Auffassung dieser Forscher – auch die »Bedeutung« des betreffenden Satzes eindeutig und objektiv konstruiert worden ist). Diese Auffassung hat den Vorteil, daß sie eine strenge Formalisierung im mathematisch-logischen Sinn gestattet. Sie setzt aber, wie man leicht sieht, einen ziemlich hohen Grad von »Idealität« des ganzen Sprachsystems wie der einzelnen Sätze voraus. Hauptvertreter dieser Richtung ist heute wohl eindeutig Noam Chomsky, in dessen Gefolge sich in weniger als zehn Jahren eine eigentliche Schule gebildet hat. Von älteren Forschern sind Namen wie Tesnière und Hjelmslew zu nennen – auch Trubetzkoy kann in diesem Zusammenhang gesehen werden.

B) Man stellt von vornherein in Rechnung, daß es sich bei einer natürlichen Sprache nicht um ein einheitliches System handelt, sondern um einen Komplex ineinander verzahnter, sich z. T. in ihrem Bau widersprechender, aber trotzdem gemeinsam funktionierender und geltender Teilsysteme und System-Ansätze. Nun versucht man mit Hilfe von Proben (d. h. systematischem Verändern gegebener Sätze dieser Sprache und Beobachten, wie die veränderten Sätze von den Sprachteilhabern verstanden werden, wie sie wirken) diese verschiedenen Teilsysteme und Systemansätze bewußt zu machen und abzugrenzen. Man gewinnt dadurch Klassen von Einheiten und Strukturen, die man anschließend interpretiert (d. h. man gewinnt objektive und kontrollierbare Grundlagen für dasjenige, was die traditionelle Grammatik mit ihren Wortartbegriffen, Satzgliedbegriffen, Paradigmen usw. angezielt hat). So kann man in einem stets wiederholten Prozeß von Proben (vor allem Ersatzproben, für Sprachen wie das Deutsche auch Verschiebeproben) und darauf gestützter Begriffsbildung alles aufarbeiten, was in der betreffenden Sprache überhaupt an Systematischem faßbar ist, und man hat am Ende eine Beschreibung des vorhandenen Systemkomplexes und Listen der kleinsten (nicht mehr weiter systematisch erfaßbaren) Einheiten, d. h. traditionell gesprochen der Wörter (oder Morpheme). Der Vorteil bei dieser Richtung ist, daß man beliebig textnah bleiben kann und ständig eine objektive Prüfmethode an der Hand hat. Dafür nimmt man in Kauf, daß keine widerspruchsfreie Formalisierung im logisch-mathematischen Sinn möglich ist – weil eben nach Ansicht dieser Forscher der Gegenstand selbst, eine natürliche Sprache, mit einer solchen Formalisierung nicht zureichend faßbar ist. Diese ganze Richtung hat sich gleichzeitig in verschiedenen Ländern entwickelt; einige Namen: Bloomfield, Fries, Pike, Firth, Fourquet; für das Deutsche: Drach, Porzig, Trier, Glinz, z. T. Grebe, Erben, Flämig, von Polenz und andere.

### *2. 3. 3 Anwendungsmöglichkeit für die Germanistik*

Richtung A, modellbauend-formalisierend, ist heute in Form der »generativen Transformationsgrammatik« von Chomsky und seinen Schülern stark in Mode gekommen. Sie wird auf sehr viele Sprachen angewendet – aber überall erst auf gewisse zentrale (oder auch nur zentral scheinende), der Formalisierung besonders leicht zugängliche Bereiche. Eine auch nur einigermaßen vollständige Durcharbeitung des Deutschen nach diesen Methoden ist noch nicht geleistet; auch die »Studia Grammatica« von Bierwisch, Motsch und anderen bieten erst Ansätze dazu; dasselbe gilt für die Arbeiten von Baumgärtner, Vater, Heringer, Stötzel und anderen, soweit man sie überhaupt zu dieser Richtung rechnen kann. Vollständige Textanalysen, auch von ganz kurzen Texten, sind noch nicht vorgelegt worden. Diese linguistische Richtung scheint mir daher heute, trotz des großen theoretischen Interesses, das sie mit Recht beanspruchen kann, für eine Anwendung in der Germanistik noch nicht reif zu sein, weder in ihren Methoden noch in ihrer zusammenfassenden Theorie. Natürlich sollen die Studenten erfahren, daß es diese Richtung gibt, wer sie vertritt und worauf sie beruht. Aber ein Einüben bis zur selbständigen Handhabung halte ich für den Großteil der Studenten noch nicht für angezeigt, weil der zu erwartende Ertrag mir noch zu gering scheint.

Von der Richtung B liegt für das Deutsche eine vollständige Durcharbeitung der Grammatik des einfachen Satzes vor (Satzglieder, Wortformen, Wortarten) dazu die Grundlagen der Lehre vom zusammengesetzen Satz und verschiedene Beispiele für eine vollständige Textanalyse, die vom Gemeinten bis zum letzten Wort geht. Dazu steht eine umgreifende Theorie zur Verfügung, die auch den Sprachunterricht aller Stufen einbezieht, und in den letzten Jahren ist die Anwendung auf ältere deutsche Sprachstufen und damit überhaupt auf die Sprachgeschichte weitgehend möglich geworden. Dazu sind die Grundlagen entwickelt für eine tabellarische Darstellungsform, die einen bruchlosen und an jedem Punkt kontrollierbaren Übergang von der kategorialen zur quantitativen (mathematisch-statistischen) Bearbeitung ermöglicht. Schließlich ist nicht ganz unwichtig, daß für die elementaren Bereiche ausgearbeitete Schulbücher vorliegen, die den Anfangsunterricht auch an der Universität nicht unwesentlich erleichtern können. Diese linguistische Richtung scheint mir daher alle Forderungen zu erfüllen, die man an eine linguistische Theorie und Methodenlehre für das Gesamtgebiet der Germanistik stellen kann.

## 2. 4 SCHICHTUNG DER SPRACHE UND VERSUCHE, IHR METHODISCH GERECHT ZU WERDEN

### *2. 4. 1 Allgemeines*

Während in der ersten Zeit des Strukturalismus in den meisten Fällen grundsätzlich *alle* sprachlichen Erscheinungen auf *eine* Ebene bezogen und als gleichgewichtig betrachtet wurden (was bei der damaligen Forschungslage methodich sehr wohl begründet war, hat sich in den letzten 15 Jahren mehr und mehr die Einsicht durchgesetzt, daß man mit einer *Schichtung* in der Sprache rechnen muß, und zwar nicht nur in die bekannten Bereiche »Syntax, Lexikon, Morphologie, Phonologie«, sondern quer durch Syntax, Lexikon und Morphologie hindurch in »sichtbare, lautlich dargestellte Strukturen und Einheiten« und in »dahinter- oder darunterliegende, nicht für sich lautlich dargestellte und daher nicht unmittelbar faßbare, aber nicht weniger existente Strukturen und Einheiten« (Weisgerber: Sprachinhalte gegenüber Sprachkörpern; Chomsky nach Hockett und Wittgenstein: Tiefenstruktur gegenüber Oberflächenstruktur; Baumgärtner nach Šaumjan: Tektogrammatik gegenüber Phänogrammatik).

### *2. 4. 2 Tiefenstruktur–Oberflächenstruktur*

Das heute wohl bekannteste Schichtungsmodell ist die Unterscheidung von »Oberflächenstruktur« und »Tiefenstruktur«; dabei gehört zur Oberflächenstruktur praktisch alles Lautliche (alles Hörbare und als solches Identifizierbare); die Tiefenstruktur besteht aus allem Darunterliegenden, Abstrakteren, nicht unmittelbar Hörbaren, aber für das richtige Verstehen Unerläßlichen. Oft ist diese Tiefenstruktur ganz einfach »Bedeutungsstruktur« oder »Bedeutung« schlechthin.

### *2. 4. 3 Nomosphäre, Morphosphäre und Phonomorphie; der Platz für die inhaltbezogene Sprachforschung*

Ein genauer entwickeltes Schichtenmodell habe ich, angeregt durch Weisgerber und in Auseinandersetzung mit ihm, seit 1960 entwickelt und 1965 vorgelegt (»Grundbegriffe und Methoden inhaltbezogener Text- und Sprachanalyse«). Ein erster wesentlicher Punkt ist die Unterscheidung der »unmittelbar geltenden Einheiten und Strukturen« von den »zwar (noch) funktionierenden, aber nicht (mehr) unmittelbar geltenden Einheiten und Strukturen«. Das entspricht also in grober Annäherung der Weisgerberschen Unterscheidung von »inhalt- und leistungsbezogenen« einerseits und »laut- oder gestaltbezogen« andererseits und der Wittgenstein-Hockett-Chomskyschen Unterscheidung von »surface structure« und »deep structure«. Darum verstehe ich auch mein Herausarbeiten der *unmittelbar geltenden* Strukturen und Einheiten durchaus als eine Art von *»inhaltbezogener* Sprachforschung« (obwohl mir diese Bezeichnung, da sie zu vielen Mißverständnissen Anlaß gegeben hat, heute gar nicht mehr glücklich erscheint).

Nun kommt aber dazu, daß ich sorgfältig unterscheide, ob verschiedene Wörter, Wortkomplexe usw. als *besondere funktionierende Strukturen oder Einheiten* zu betrachten sind oder ob es sich nur um *verschiedene lautliche Darstellungen* einer an sich einheitlichen funktionierenden Struktur oder Einheit handelt. Ein Beispiel: Die vier Kasus im Deutschen gehören in den Bereich der nur funktionierenden Strukturen, die Unterscheidung Einzahl-Mehrzahl oder Singular-Plural gehört teils zu den nur funktionierenden Strukturen (bei den Kollektiven wie »Herde«), teils zu den unmittelbar geltenden Strukturen; die verschiedene lautliche Darstellung aber (schwache Flexion, starke Flexion, Plural mit oder ohne Umlaut usw.) gehört weder zum einen noch zum andern, sondern ist nur »verschiedene lautliche Darstellung«, »verschiedenes Signal-Material für ein in seinem Funktionieren und gegebenenfalls in seiner unmittelbaren Geltung identisches Signal«. Diesen letzteren Bereich, der bei Chomsky in der »Oberflächenstruktur« mit enthalten ist, nenne ich »Phonomorphie«. Beim Bereich der funktionierenden Strukturen oder Einheiten spreche ich von »Morphosphäre« (Morpho-Syntax und Morpholexikon). Den Bereich der unmittelbar geltenden Strukturen und Einheiten, soweit er von der Morphosphäre zu unterscheiden ist (die beiden können nämlich auch ungeschieden sein, doch läßt sich nie vorhersagen, ob das der Fall ist oder nicht) nenne ich »Nomosphäre« (Nomosyntax, Nomolexikon). Bei der Benennung habe ich auf griechische Wortwurzeln zurückgegriffen, weil ich störende metaphorische Wirkungen – wie sie sich bei »surface« und »deep«, »Oberfläche« und »Tiefe« fast unweigerlich einstellen – nach Möglichkeit ausschalten wollte.

Schließlich lege ich großes Gewicht darauf, die *festen* sprachlichen Strukturen und Einheiten (also die Nomosphäre und ggf. die Morphosphäre) deutlich zu unterscheiden von dem, was mit ihrer Hilfe *jeweils dargestellt* wird, der »Mitteilung«, dem »Intendierten« oder dem »Gemeinten«, wie ich es nenne. In der Tiefenstruktur nach Chomsky scheinen mir nämlich, wenn ich recht sehe, *feste geltende* sprachliche Strukturen und mit ihnen *jeweils Gemeintes* ununterschieden ineinanderzustecken, ja durcheinander zu gehen – etwa wie im landläufigen Begriff »Bedeutung«, wo man auch bald von der »Bedeutung« eines bestimmten Wortes spricht (also von einer Tatsache der *Langue*, des Sprachbesitzes), bald von der »Bedeutung« eines Satzes, einer Stelle (also von einer Tatsache der Parole, der Sprachverwendung im jeweiligen Einzelfall).

Über einen letzten Begriff, die Phonodie (= alles das an den lautlichen Gestalten, was *nicht* als Einzelmerkmal an einer Einheit faßbar ist) kann hier nicht genauer gesprochen werden.

Für die explizite Darstellung der Begriffe, die hier aus Raumgründen natürlich nicht möglich ist, verweise ich auf das erwähnte Buch »Grundbegriffe und Methoden«, ferner auf »Sprachwissenschaft heute« (4 Aufsätze 1967) und den Aufsatz

»Sprachwissenschaftliche Voraussetzungen für die Arbeit des Didaktikers und Pädagogen« (Zeitschrift für Pädagogik, Beiheft 7, 1968, S. 189–212).

### *2.4.4 Anwendung auf die Germanistik*

Die konsequente Unterscheidung von Phonomorphie und Morphosphäre (Morphosyntax, Morpholexikon) ist grundlegend für das Verständnis vieler sprachgeschichtlicher Phänomene. Es ist ein wesentlicher Unterschied, ob sich z. B. eine Kasusrektion geändert hat, also etwas in der Morphosyntax (z. B. »Sie genossen *der* schönen Aussicht«, noch bei Goethe, heute »Sie genossen *die* schöne Aussicht«) oder ob sich nur die Phonomorphie geändert hat, die Morphosyntax aber gleich geblieben ist (»ik gihorta dat seggen« – »ich hörte das sagen«, wo nur bei »gihorta« gegenüber »hörte« eine eventuell über den Bereich der Phonomorphie hinausgehende Veränderung zu erwägen ist). Für zeitlich koexistente, nur orts-, schichten- oder situationsspezifisch verteilte Sprachformen (also z. B. verschiedene Umgangssprachen und Mundarten, die von ihren Sprechern als *einer* Hochsprache zugeordnet verstanden werden) kann oft bei großer phonomorphischer Verschiedenheit völlige morphosyntaktische und morpholexikalische Äquivalenz vorliegen. Das zu erkennen ist grundlegend für die noch heute zu beobachtenden »Verständnisgemeinschaften« zwischen Sprechern recht verschiedener Mundarten, und es ist ebenso grundlegend für die richtige Beurteilung der mhd. und ahd. Sprech- und Schreibdialekte.

Die konsequente Unterscheidung von Nomosyntax und Morphosyntax gibt den Schlüssel für viele Phänomene der deutschen Grammatik, gerade auch für die Gegenwartssprache, insbesondere im Bereich des »höheren Satzbaus«, auch in dem der viel diskutierten »Satzpläne«. Die Unterscheidung von Nomolexikon und Morpholexikon bietet den Schlüssel zum Verständnis der Entwicklung des Wortschatzes (»Bedeutungswandel« = »Übernahme eines neuen geltenden Inhalts durch ein schon vorhandenes Zeichen«, oder besser: »Heranziehen eines schon vorhandenen Zeichens für einen neuen, nach den Forderungen einer neuen Situation gebildeten und nun geltenden Inhalt«). So kann die Hauptmasse des in bald zwei Jahrhunderten germanistischer Forschung erarbeiteten Materials (vor allem die Wörterbücher aller Art) mit der nötigen Kritik und Überprüfung benützt werden.

Ganz allgemein ergibt sich auch die Möglichkeit eines Einbezugs des von Weisgerber als »inhaltsbezogene Sprachforschung« Geforderten und seine sachgerechte Verknüpfung mit dem Strukturalismus. Die Strukturen und Einheiten der Morphosphäre lassen sich geradezu definieren als »Ergebnisse strukturalistischer Methoden elementarer Art«, während die Strukturen und Einheiten der Nomosphäre durch strukturalistische Verfahren höheren Grades zu gewinnen sind (insbesondere durch Ersatzproben mit strengeren Vorschriften).

## 2. 5 DER BEGRIFF »SUBSEMANTISCHE PHÄNOMENE«

### *2. 5. 1 Subsemantisches gegenüber Nomosemantischem*

Die Begriffe »Nomosphäre« und »Morphosphäre« (»unmittelbar geltende Einheiten und Strukturen« und »funktionierende, aber nicht unmittelbar geltende«) beziehen sich per definitionem auf die »Langue«, auf die Sprache als Überindividuelles, als Verstehens- und Ausdrucksgemeinschaft, als soziale und als solche verbindliche Institution. Es gibt nun aber noch einen wichtigen Bereich von Inhaltlichem in der Sprache, der *nicht* verbindlich geregelt, *nicht* unerläßlich für das Verstehen ist, sondern offen bleibt für individuelle Formung durch jeden einzelnen Sprachteilhaber, nämlich für seine persönliche Art, aus dem Aufbau der Sprach*körper* vielfache *Merkhilfen* zu ziehen für das *Behalten* und *individuelle Zurechtlegen* der (durch Nachvollzug der entsprechenden Handelns- und Erkenntnissituationen originär erfaßten) Sprachinhalte. Für die Gesamtheit solcher *nicht*-verbindlicher, sondern nur *möglicher* Inhaltsaspekte habe ich den Terminus »subsemantische Phänomene« vorgeschlagen (abzuheben von dem nomosemantischen Bereich, der Nomosphäre).

Ich erläutere das durch ein Beispiel: »Hochschulreform«. Der geltende Inhalt ist: »Gesamt der heute vorgeschlagenen (als nötig betrachteten) Änderungen in Struktur und Arbeitsweise der Universitäten, Technischen Hochschulen und ihnen gleichzusetzenden oder sich an ihnen orientierenden Lehr- und Forschungsinstitutionen«. Dieser geltende Inhalt, zugleich Ergebnis wissenschaftlich-gesellschaftlicher Auseinandersetzungen wie Programm für solche, ist fest, ist verbindlich. Wer etwa unter dem Wort nur »Reformen an Technischen Hochschulen« verstünde, oder etwa »Reformen an Pädagogischen Hochschulen«, »an Kunst- oder Sporthochschulen«, (weil diese das Wort »Hochschule« in ihrem Namen tragen und die Universitäten nicht) der verstünde es falsch, und Mißverständnisse in der Diskussion wären die Folge.

Nun bietet aber der Wortkörper durch seinen Aufbau weitere Möglichkeiten inhaltlicher Deutung geradezu an; es ist kein völlig für sich stehender Wortkörper, sondern er enthält die auch sonst bekannten Teile »hoch«, »Schule« und »Reform«, und dieses letzte seinerseits enthält, mindestens für den Lateinkundigen, das Wort »Form« und die Vorsilbe »re«, die man im allgemeinen mit »wieder, gegen« in Verbindung bringt. Man kann sich daher das ganze Wort »Hochschulreform« gut merken, sein »arbitraire« ist ergänzt durch ein »relativement motivé«, nämlich »es hat mit Hochschulen zu tun, und es geht um eine Veränderung, das Schaffen eines anderen Zustandes dieser Hochschulen«. Auch wer das Wort zum ersten Mal hört oder liest, hat an diesem Aufbau des Wortkörpers (neben Situation und Kontext) eine Hilfe für das richtige Entwerfen des Inhalts. Diese Hilfe darf aber nicht überschätzt und keineswegs absolut genommen werden. Wer den Namen zu ernst nimmt, kann den geltenden Inhalt völlig verfehlen, indem er z. B. an »Reform nur der Einrichtungen, die den Namen ›Hochschule‹ tragen« denkt. Andere mögliche Auffassungen aus dem Wortkörper heraus: »Hochschulreform« = »hohe Schulreform« (»Schulrefom, die es auf anderen Stufen schon gab, nun auch im Bereich der Hochschule«) oder = »Veränderung im Blick auf ein Idealbild eines früher vorhandenen, seither verlorengegangenen guten Zustandes der Hochschulen« (Re-Form wörtlich genommen; das wurde in einem Gespräch allen Ernstes vertreten, und daraus der Schluß gezogen, man dürfe nicht mehr von *Reform*, sondern müsse von *Innovation* sprechen).

Die eben erwähnten Deutungen sind negativ wirkende subsemantische Phänomene, weil sie sich *an die Stelle* des geltenden Inhalts setzen. Die subsemantischen Phänomene können aber auch durchaus positiv sein, so wenn jemand aus dem Wortkörper »*Hochschul-*« für sich immer die Mahnung zieht, es dürfe die Wichtigkeit des Lehrens und Lernens (neben der »reinen Wissenschaft«) nicht vergessen werden, (weil es ja »Hoch*schul-*« heiße), und es dürfe andererseits nie vergessen werden, daß die Lernenden keine Kinder, sondern erwachsene, selbstverantwortliche Menschen sind und daher besondere Ansprüche auf aktive Mitwirkung zu stellen haben (weil es ja »*Hoch*schul-« heißt), usw.

Man müßte hier vielleicht noch weiter gehen und auch terminologisch trennen, ob es sich um »individuelle Zurechtlegung und Merkhilfe aus dem Wortkörper« handelt, wobei der geltende Wortinhalt durchaus erfaßt ist, oder ob dieser *geltende Wortinhalt selber* unrichtig gefaßt ist, weil man zu sehr auf die eigene, spontane Interpretation des Wortkörpers vertraut hat. Man könnte das »idiosemantisch« nennen (in Anlehnung an den Terminus »Idiolect«, der die Eigensprache eines Individuums bezeichnet), und man müßte beides, das (durchaus erwünschte) *Subsemantische* und das (das Verstehen gefährdende) *Idiosemantische* in ihrem Gegensatz sehen zum in der Sprachgemeinschaft nun eben einmal *Geltenden,* dem *Nomosemantischen.* Um diesen Gegensatz leichter festzuhalten, könnte man statt des Terminus ›idiosemantisch‹ vielleicht auch einen Terminus ›parasemantisch‹ bilden und sagen: unter ›idiosemantisch‹ wollen wir alles verstehen, was *nicht* zu den *verbindlichen, geltenden* Inhalten gehört, und wir teilen es auf in das durchaus erwünschte *Subsemantische* (das das exakte Verstehen *begleitet*) und das unerwünschte *Parasemantische* (das sich selber an die Stelle des richtigerweise aufzufassenden Inhalts setzt).

### *2. 5. 2 Anwendung in der Germanistik*

Subsemantische Phänomene sind im Deutschen ganz besonders wichtig – vor allem wegen der großen Freiheit in der Wort-Zusammensetzung und der Vorliebe für »sprechende Wörter«. Hier liegt ein großer Reichtum für allen *dichterischen* Ausdruck – es ist sicher einer der Gründe für die künstlerische Wirkung eines Textes, daß er die Möglichkeit reicher subsemantischer Ausdeutung durch verschiedene Leser bietet. Es liegt hier aber ebenso eine große Gefahr für den *wissenschaftlichen* Sprachgebrauch – und dieser Gefahr ist man nicht immer entgangen, am wenigsten in der Philosophie, aber auch nicht in der Germanistik.

### *2.5.3 Korrekturfunktion des Begriffs »subsemantisch« gegenüber Überhöhungen der inhaltbezogenen Betrachtungsweise*

Es braucht wohl nicht ausgeführt zu werden, wie wichtig die Unterscheidung des Subsemantischen vom Nomosemantischen ist, um aus dem Gesamtkomplex dessen, was man »inhaltbezogene Sprachwissenschaft« nennt, das Fruchtbare festzuhalten (nämlich daß die Inhalte ihre eigene Konstitution und Struktur haben und die Wissenschaft diese herausarbeiten muß), ohne daß man dabei Überhöhungen und Verzeichnungen in Kauf nehmen muß; ich verweise hier auf die Diskussion über den »Menschen im Akkusativ« (vgl. Kolb »Der inhumane Akkusativ«, Zeitschrift für deutsche Sprache, 16, 1960, S. 168–177). Es ist freilich oft im Einzelfall recht schwer, die genaue Grenze zu ziehen zwischen dem Nomosemantischen und dem Subsemantischen an einer sprachlichen Einheit oder auch Struktur; aber mindestens muß man sich immer vor Augen halten, daß hier eine wichtige Aufgabe liegt, deren Vernachlässigung zu empfindlichen Fehlern führen kann.

## 2.6 VOLLE TEXTANALYSE MIT KONTROLLIERTEM GRAD DER GENAUIGKEIT ODER »GLOBALITÄT«

Die in 2.1 bis 2.5 kurz dargestellten Begriffe und Verfahren bieten nun die Grundlage für das, was mir die wichtigste, ja die entscheidende Aufgabe des gesamten linguistischen Teils im germanistischen Studium zu sein scheint: sie ermöglichen es, das *Verstehen von Texten,* das ja zunächst in einer Folge von weitgehend unbewußten Akten abläuft, ins Bewußtsein zu heben und dadurch kontrollierbar zu machen. Eine solche objektive Kontrolle wird in dem Augenblick methodisch möglich, wo man darauf verzichtet, gewissermaßen in die Persönlichkeit des Verfassers eines Textes hineinzuschlüpfen und von hier aus durch individuelle (notgedrungen unkontrollierbare) Einfühlung zu verstehen, und wo man statt dessen einen Text als ein »Angebot an eine Mehrzahl von Lesern« (oder, bei gesprochener Sprache, von Hörern) versteht und die Verstehensreaktionen solcher Leser – deren erster man meist selber ist – als Grundlage für ein sauberes Herausarbeiten des mit dem Text Gemeinten benützt. Es ist also ein Übergang von einer romantischen, ein Mitschöpfertum beanspruchenden Identifikation zu einer soziologischen, empirisch-nüchternen Methode und Gesamthaltung. Man braucht dabei erfahrungsgemäß gar keine unabsehbaren Zahlen von Lesern oder »Informanten« zu bemühen – es ist erstaunlich, wieviel an gegenseitiger Korrektur und damit Objektivität sich schon ergibt, wenn ein Seminar von 20–30 Teilnehmern mit solchen Methoden auch an schwierige und »dunkle« Texte herangeht. Ich verweise hier auf meinen Aufsatz zu »Kinder auf der Landstraße« von Kafka, der im »Jahrbuch für Internationale Germanistik« erscheinen soll.

Die Methoden sind vor allem von zwei Arten: Klangproben (d. h. erproben, welche Art des Lesens, welche Stimmführung, welche »Einstellung« sich als dem Text angemessen erweist) und »streng sinngebundene Ersatzproben«, d. h. spontane Umformungen, die die Auffassung einer Stelle oder des Ganzen verdeutlichen. Klangproben wie Ersatz- oder Umformungsproben sind dabei oft nur »Verstärker«, sie machen das bewußt und für die ganze Arbeitsgruppe faßbar, was sonst unbewußt im Innern des einzelnen Lesers und Interpreten abläuft. Es klingt vielleicht für manchen zuerst etwas seltsam, aber es ist eine Tatsache, die man immer wieder konstatieren kann: der methodische Zwang (= die wissenschaftliche Selbstdisziplin), das erfolgte Verstehen in einer verdeutlichenden, explizierenden Umformung des Textes auch hörbar und sichtbar (geschrieben) zu dokumentieren, führt sehr oft zur sofortigen Zurücknahme und Korrektur unzureichender Auffassungen, die ohne eine solche Verdeutlichung und Verstärkung viel eher unbemerkt und damit unkorrigiert geblieben wären.

Eine letzte wichtige Vorschrift ist dabei, daß man nicht am einzelnen Satz oder gar am einzelnen auffälligen oder schwierigen Wort ansetzt, sondern zuerst bei einem *Ganzen* (oder wenn das Ganze zu umfangreich ist, bei einem verhältnismäßig abgeschlossenen Teilganzen: Buch, Kapitel, Akt, Szene usw.). Man macht dabei eine Arbeitshypothese, die vielleicht für gewisse besondere Texte nicht zutrifft (das muß sich dann im Gang der Untersuchung zeigen), die aber für die große Mehrzahl der Texte – *auch* der fiktional gemeinten – gute Lösungen oder zumindest gute Annäherungen gestattet. Man nimmt nämlich an, daß ein Text kein Zufalls-Konglomerat ist, sondern eine Ordnung hat, daß die einzelnen Kapitel, Abschnitte, Sätze sich aufeinander beziehen, daß sie in einer gedanklichen oder bildbedingten Folge stehen, und daß diese Ordnung sich herausholen läßt, wenn man geduldig genug sich die in jeder Teileinheit gegebenen (intendierten) »Portionen des Gemeinten« vergegenwärtigt (am besten auf Grund von Proben, in Zusammenarbeit mehrerer) und dann diese »Portionen des Gemeinten« nebeneinander hält und entsprechende Gesamtstrukturen, in die sie sich möglichst bruchlos einfügen, zu finden oder selber zu entwerfen versucht. So kommt man von diesen Ausgangsganzheiten sowohl zu den kleineren und immer kleineren Einheiten und Bestandstücken, bis zum letzten Wort (denn der Laut ist per definitionem *keine* linguistische Einheit, sondern nur ein Merkmal an einer Einheit), und man kommt umgekehrt, wo nötig, bis zu den größten, komplexesten Ganzheiten, z. B. einem ganzen Roman oder dem ganzen »Faust«. Das Detail solcher Arbeit kann hier nicht dargestellt werden, ich verweise dafür auf die schon erwähnten Schriften sowie auf den Aufsatz »Gegenwartssprache, linguistisch-literarische Methodenlehre und Sprachtheorie im Grundstudium der Germanistik«, Festschrift Moser, Düsseldorf 1969, S. 82–111.

### *3. Plan für den Aufbau in den ersten zwei Studienjahren*

Das in diesem Beitrag Vorgestellte mag manchem Kollegen als in der Praxis schwer durchführbar vorkommen. Ich gebe daher zum Schluß einen Plan für den Aufbau des gesamten Germanistikstudiums in den ersten zwei Jahren, bis zur Zwischenprüfung. Ich gehe aus von der Lage, die heute in den meisten Bundesländern gegeben ist: der zukünftige Lehrer muß zwei Fächer studieren und daneben philosophisch-pädagogische Vorlesungen und Übungen besuchen. Ich betrachte eine Zahl von 16–20 Stunden Unterrichtsveranstaltung je Woche als angemessen (zu jeder Wochenstunde 1–2 Stunden individueller Arbeit, so daß sich insgesamt etwa eine 40 Stunden-Woche ergibt). Von den 16–20 Wochenstunden rechne ich 7–8 für die Germanistik, weitere 7–8 für das jeweilige andere Fach und 2–6 für die Begleitstudien und für die Orientierung im Gesamtbereich der Universität. Damit stehen für die Germanistik in 4 Semestern 28–32 Wochenstunden zur Verfügung, und diese verteilen sich – gemäß der neuen Rahmenprüfungsordnung für das Staatsexamen – zu ungefähr gleichen Teilen auf die drei Teilgebiete: Sprache – Neuere

Literatur – Ältere Literatur. Bei den Lehrveranstaltungen zur Neueren Literatur gebe ich keine inhaltlichen Hinweise, da ich hier nicht über eigene Lehrerfahrung verfüge.

ERSTES SEMESTER (WINTER)

*1. Linguistisch-historischer Grundkurs* (vierstündig)

Sprachtheoretische Grundbegriffe (Gemeintes, Nomo- und Morphosphäre); konkrete Analysenmethoden (auch quantitativ), gezeigt an nhd. Texten; Repetition und Berichtigung der nhd. Schulgrammatik; Blick auf die dt. Mundarten und die dt. Sprachgeographie; Einführung ins Mhd.

*2. Literaturwissenschaftlicher Grundkurs* (vierstündig)

Angang an literarische Texte (Spontanreaktionen – Methoden für Bestätigung oder Korrektur); Zuverlässigkeit der Texte (philologische Kontrolle, elementare Editionsprobleme); Rolle der Sekundärliteratur gegenüber dem Text, Bibliographie allgemein; Metrik, beschreibend (dabei vor allem auch Vers*lesen*, Vers als »Gehörgröße«).

*3. Vorlesung zur neueren Literatur* (zweistündig)

ZWEITES SEMESTER (SOMMER)

*4. Analysekurs I und Sprachgeschichte* (dreistündig)

Texte vom klassischen Nhd. bis zurück zum Ahd. und As., jeweils im Faksimile des Originaldrucks oder der Hs.; damit ergibt sich ein Überblick über die ganze durch Texte belegte deutsche Sprachgeschichte und zugleich ein Üben und Verfeinern der im Grundkurs erlernten Analyseverfahren; an den Texten werden vor allem gezeigt: Probleme der Graphie (richtiges Lesen!) – phonomorphische Äquivalenzen mit der heutigen Sprache und damit »historische Laut- und Formenlehre« – andere Wortinhalte und Satzstrukturen als heute, und damit Wortgeschichte und historische Syntax, Umgang mit den großen Wörterbüchern.

*5. Proseminar zur Neueren Literatur* (zweistündig)

möglichst im Anschluß an die Vorlesung des vorigen Semesters.

*6. Proseminar zur mhd. Sprache und Literatur* (zweistündig)

Sicheres Übersetzen, Handhaben aller Hilfsmittel – ggf. Beurteilung schon vorhandener Übersetzungen – Lesetechnik (klar unterscheiden zwischen ganz genauem Lesen, das für zentrale

Stellen nötig ist, und zügigem Lesen, bei dem man bewußt einen etwas geringeren Genauigkeitsgrad in Kauf nimmt, damit man größere Werke in angemessenem Tempo aufnehmen und in ihrer Gesamtgestalt betrachten kann) – Einblick in Editionsprobleme – Einblick in eine literarische Situation des dt. Mittelalters und ihren Zusammenhang mit der geistigen und sozialen Lage der betr. Zeit.

DRITTES SEMESTER (WINTER)

7. *Analysekurs II und allgemeine Verstehenstheorie* (dreistündig)

Texte von der Gegenwart bis zurück zur Klassik (auch Sachprosa, Werbetexte), und daran jeweils zu untersuchen: Anspruch des Textes an den Leser – Genauigkeit, mit der das Gemeinte hier herauszuholen ist – Bereich des für angemessenes Verständnis Verbindlichen und Möglichkeiten zusätzlicher individueller Ausdeutung – Anteil verschiedener Strukturen und Einheiten von Nomo- und Morphosphäre an der Darstellung des hier Gemeinten, Ansatzstellen für Subsemantisches (damit auch ein Durchschauen subsemantischer Wirkungen, die der Verfasser bewußt einkalkuliert hat, z. B. in der gesamten Sprache der Propaganda). Als Hilfe dient oft ein Vergleich des nhd. Originaltextes mit einer Übersetzung (engl., franz., russ.) und der Vergleich eines lat. (ev. griech.) Originaltextes mit verschiedenen deutschen und ev. anderssprachigen Übersetzungen.

8. *Vorlesung zur Neueren Literatur, ggf. auch komparatistisch* (zweistündig)

9. *Ausschnitte aus der mhd. Literatur* (dreistündig)

Betrachtung repräsentativer Proben und kürzerer Gesamttexte, Konfrontation mit den diesbezüglichen Aussagen von Literaturgeschichten, und damit Einblicke in verschiedene literarische Situationen des dt. Mittelalters (mit Einbezug von Altfranz. und Mittellatein) und ihre soziologisch-historische Einbettung.

VIERTES SEMESTER (SOMMER)

10. *Geschichte und heutige Lage der Linguistik* (zweistündig, fakultativ)

Überblick, nach Möglichkeit an Hand von Originaltexten aus

der Forschung und von konkreten Problem-Lösungen

*11. Proseminar zur Neueren Literatur, ggf. auch komparatistisch* (zweistündig)

ev. im Anschluß an die Vorlesung des vorigen Semesters

*12. Proseminar zur mhd. Literatur* (zweistündig)

im Anschluß an Nr. 9 nun mit höheren Anforderungen als in Nr. 6, da eine gewisse Lesefähigkeit und Übersicht vorausgesetzt werden kann.

Grundkurs, Analysekurs I und die Veranstaltungen zum Mhd. haben wir in Aachen über mehrere Jahre hin ausprobiert, samt den entsprechenden Prüf-Verfahren; der Analysekurs II wird auf Grund der Erfahrungen bei den Zwischenprüfungen und der Arbeit des Hauptseminars im Winter 1969/70 erstmals gehalten; der Kurs für Ahd., As. und Got., den wir bisher im dritten Semester durchführten, wird in die Zeit nach der Zwischenprüfung verlegt (jetzt möglich auf Grund der neuen Rahmenprüfungsordnung). Für alle Veranstaltungen gilt als Prinzip die Zusammenarbeit mehrerer Lehrender und ein angemessener Anteil von Gruppenarbeit bei den Studenten.

III. Modelle

Wolfgang Iser:

# Überlegungen zu einem literaturwissenschaftlichen Studienmodell*

## *I. Forschung und Lehre*

Wenn die Aufgabe der literaturwissenschaftlichen Disziplinen an den Universitäten darin besteht, Lehramtskandidaten auszubilden und gleichzeitig Forschung zu treiben, so ist es notwendig, den bisher als unveräußerlich geltenden Zusammenhang von Forschung und Lehre zu überdenken. Die oft vertretene Forderung, die Lehre aus der Forschung zu entwickeln, bedeutet praktisch, daß die Ausbildungsbedürfnisse des künftigen Lehrers in den Hintergrund treten. Denn die Forschung hat heute einen so hohen Grad von Spezialisierung erreicht, daß eine an ihr orientierte Lehre nur aus einer Diskussion von Spezialitäten bestehen könnte.

Die literaturwissenschaftlichen Disziplinen stehen daher vor der Frage, inwieweit sie ihre wissenschaftliche Tätigkeit auf eine berufsbezogene Ausbildung oder auf Forschung konzentrieren wollen. Beides muß nicht unvereinbar sein. Sofern sich jedoch die Betrachtung von Literatur als Wissenschaft versteht, hat sie zwei Anforderungen zu entsprechen: Sie muß einen berufsbezogenen Ausbildungsgang formulieren können, gleichzeitig aber Forschung als wissenschaftliches Angebot begreifen. Berufsbezogenheit und Angebotscharakter bedeuten, daß Literaturwissenschaft sowohl unter dem Blickpunkt der Ausbildungsbedürfnisse als auch unter dem eines nicht unmittelbar ausbildungsorientierten Forschens betrieben werden kann. Wissenschaft als Angebot heißt, daß die Möglichkeit ihrer Verwendung nicht mitgedacht ist.

Die Möglichkeiten der Forschung würden erheblich schrumpfen,

* Der hier zur Diskussion gestellte Vorschlag wurde erstmals in ›Konstanzer Blätter für Hochschulfragen‹ 22 (1969), S. 25–39, veröffentlicht. Die hier vorgelegte, leicht revidierte Fassung hat bereits erste Diskussionsergebnisse berücksichtigt. – Die Studienmodelle von Wolfgang Iser und Harald Weinrich sind von der Fakultätskommission »Linguistik und Literaturwissenschaft« der Universität Bielefeld als Planungsgrundlage angenommen worden.

wenn sie ausschließlich am berufsbezogenen Bild des Lehramtskandidaten orientiert wären. Forschung entfaltet sich heute in einer international verlaufenden Diskussion, deren Problemstellung die wissenschaftliche Beschäftigung mit Literatur reguliert. So besitzen Forschung und Ausbildung unterschiedliche Orientierungen, deren man sich bewußt bleiben muß; denn nur so besteht die Chance, daß Resultate der Forschung als Ausbildungskorrektiv wirksam werden können. So wären aus den Resultaten der Forschung Alternativen für die berufsbezogene Ausbildung zu gewinnen. Die Forschung selbst kann jedoch am Bereitstellen solcher Alternativen nicht primär interessiert sein. Die Zielrichtung ihres Fragens überschießt die Berufsnotwendigkeiten des Lehramtskandidaten.

Aus der unterschiedlichen Orientierung von Berufsbezogenheit und Angebotscharakter ergibt sich eine Zweigleisigkeit des literaturwissenschaftlichen Studiums. Die Ausbildung soll immer dort mit Forschung in Berührung kommen, wo die Bedeutung von Forschungsresultaten für die Ausbildung festgestellt werden kann. Darüber hinaus sollte dem Lehramtskandidaten die Möglichkeit gegeben werden, sich an der Forschung zu beteiligen. Das aber setzt eine gründliche Einübung in die Art geisteswissenschaftlichen Fragens voraus. Denn Anteil an der Forschung zu nehmen heißt zunächst einmal, offene Fragen der eigenen Wissenschaft selbständig entdecken zu lernen.

## *II. Die Möglichkeit der Ablösung des philologischen Unterrichts durch neue Programme für Sprache und Literatur*

### a) DAS VERHÄLTNIS VON SPRACHE UND LITERATUR

Die Beschreibung eines berufsbezogenen Studienganges macht eine Vorüberlegung notwendig. Der bisherige Sprach- und Literaturunterricht an Höheren Schulen ist auf die jeweiligen Nationalliteraturen zugeordnet, die an den Universitäten zu Disziplinen geronnen sind. Für die Beseitigung solcher Departmentalisierungen sprechen eine Reihe von Gründen. Die Nation als letzter Bezugsrahmen für die Betrachtung von Literatur steht in deutlichem Gegensatz zu dem, was man an der Literatur studieren kann, so daß ein Festhalten an der geltenden Einteilung nur schwer zu rechtfertigen sein dürfte. Literatur als Ausdruck eines

Nationalcharakters zu verstehen heißt, eine nach dem 1. Weltkrieg formulierte Funktion der Literatur verewigen zu wollen. Dieser Provinzialismus ist allerdings kein deutsches Privileg.

Literaturwissenschaft aber ist eine Wissenschaft von Texten und nicht von Nationen. In diesem Zusammenhang ist es nur entscheidend, daß wir Texte in jeweils unterschiedlichen sprachlichen Medien haben, die ihrerseits zur Differenzierung des zu betrachtenden Textrepertoires beitragen. Daraus ergibt sich der Vorschlag, die bisher auf die Nationalliteraturen bezogenen Unterrichtsfächer an der Höheren Schule zugunsten eines getrennten Sprachen- und Literaturunterrichts aufzuheben. Es empfiehlt sich daher, künftighin den Sprachen- bzw. Literaturlehrer weithin gesondert auszubilden. Linguistik und Literaturwissenschaft sollten dann jeweils als Ein-Fach-Studium gewählt werden können. Die einzige Gemeinsamkeit der beiden Lehrertypen bestünde lediglich darin, daß auch der Literaturlehrer Kenntnisse und Lehrbefähigung in mindestens einer Fremdsprache nachweisen müßte.

Eine solche Lösung bietet verschiedene Vorteile. Zunächst ließe sich das Erlernen von Fremdsprachen an der Höheren Schule erheblich intensivieren, da der künftige Sprachenlehrer durch die für seine Ausbildung immer wichtiger werdende Technik eine größere Effektivität in der Vermittlung fremder Sprachen zu erzielen vermag. Dazu bedarf es einer eigenen Sprachdidaktik, die zu einer wichtigen Disziplin des Sprachenlehrinstitutes an den Universitäten werden wird. Die Tätigkeit des künftigen Sprachenlehrers sollte jedoch nicht ausschließlich auf die Steigerung der Effektivität in der Sprachvermittlung beschränkt bleiben. Es wäre denkbar und wünschenswert, daß durch ihn Fragestellungen der Linguistik überhaupt erst einmal an der Schule zur Kenntnis gebracht werden. Von nicht zu unterschätzender Bedeutung aber ist die Chance, daß der künftige Sprachenlehrer den Unterricht der deutschen Sprache mit dem Kontrastprogramm der Fremdsprache in einer ungleich intensiveren Weise verbinden kann, als dies bisher der Fall war.

Was für die Muttersprache gilt, trifft in gleichem Maße für die eigene Literatur zu. Sie erhält einen ganz anderen Hintergrund, wenn sie mit anderen Literaturen zusammen gesehen wird. Der Deutsch- und Literaturunterricht ist dann nicht mehr auf die Vermittlung national orientierter Bildungsgüter abgerichtet, sondern soll als Literaturunterricht die aus literarischen sowie expositorischen Texten zu gewinnenden Einsichten lehren. Er ist daher als Wissenschaft von Texten in erster Linie auf das kritische Verstehen und Beurteilen, aber auch auf das Abfassen von Texten, ferner auf die Sensibilisierung der Wahrnehmung und auf das Wecken der Urteilsfähigkeit der Schüler bedacht.

### b) DAS TÄTIGKEITSFELD DES KÜNFTIGEN LITERATURLEHRERS

Wenn Literaturwissenschaft eine Wissenschaft von Texten ist, dann kann sie im Schulunterricht nicht primär als Vermittlung von ›Bildungsgütern‹ verstanden werden. Als Wissenschaft von Texten bietet sie zunächst die Möglichkeit, den heutigen Deutsch- und Literaturunterricht zu entideologisieren. Es wird somit vornehmliche Aufgabe des Literaturlehrers sein, die Beschaffenheit und die Konstitution von sehr verschiedenartigen Texten zu behandeln. Textbeschreibung und Textkonstitution bilden daher die zentrale Orientierung im Literaturunterricht.

Wir leben in einer Welt, in der Texte höchst verschiedener Art täglich an uns appellieren. Die Reklame, die Zeitung, die politische Rede, die Trivialliteratur sowie die großen Werke der Weltliteratur sind typische Beispiele eines solchen Textrepertoires. Ein künftiger Literaturunterricht kann sich daher nicht mehr ausschließlich auf die Besprechung der ›Meisterwerke‹ beschränken. Er wird zwangsläufig die genannten Textarten stärker berücksichtigen und dazu noch andere Varianten sogenannter expositorischer Literatur mit betrachten müssen. Der künftige Literaturlehrer muß daher in der Lage sein, qualitativ unterschiedliche Texte zu beschreiben, um die in ihnen erkennbaren Verfahren aufzudecken. Er muß ferner in der Lage sein, die unterschiedlichen Konstitutionsweisen von literarischen und expositorischen Texten zu analysieren, damit die von solchen Texten ausgehende Wirkung und die von ihnen verfolgte Intention studiert werden können. Daraus ergeben sich die für den Literaturunterricht wichtigsten Zielvorstellungen:

1. Textbeschreibung und Textkonstitution sollen Komposition und Absicht von Texten durchschaubar machen. Angesichts des unentwegten Appellierens von Texten bedeutet Durchschaubarmachen das Gewinnen von Distanz. Diese ist notwendig, um kritische Positionen zu entwickeln.

2. Literarische Texte sind Alternativen zu unserer täglichen Wahrnehmung. Sie zu analysieren heißt zugleich, unsere Wahrnehmungsfähigkeit zu sensibilisieren. Durchschaute und analysierte Texte provozieren das Urteilsvermögen.

3. Schließlich kann ein Literaturunterricht nicht nur ein Unterricht *für* die Literatur, sondern auch ein solcher *an* ihr sein. An der Literatur lassen sich Verhaltensweisen studieren, die im Alltag ebenfalls eine Rolle spielen. Dazu gehört etwa die Symbolbildung, die unentwegt geschieht, wenn wir etwas beschreiben oder kenntlich machen wollen. Gewöhnlich wird der Darstellungsraster unserer Beobachtung nicht selbst Gegenstand des Nachdenkens. Aber auch die zahlreichen Varianten der Spiel- und Experimentiersituationen, die die Literatur entfaltet, eröffnen die Möglichkeit, Einsicht in eine verwandte alltägliche Verhaltenspraxis zu gewinnen. Solche und ähnliche Zielvorstellungen des Literaturunterrichts würden damit eine wichtige Funktion im Aufklärungsprozeß erfüllen.

Das aber hat zur Folge, daß man die Wissenschaft von Texten operational versteht. Die Universität muß das Instrumentarium zur Erschließung von Texten bereitstellen und ihre Erprobung exemplarisch üben. Literaturwissenschaft muß die Möglichkeit ihrer Anwendung mit reflektieren, wenn sie ihren wichtigen Platz in der Ausbildung behaupten will. Indem das Operieren mit Instrumentarien stärker in den Vordergrund rückt, versteht sich Literaturwissenschaft so, wie es für alle praxisbezogenen Wissenschaften seit eh und je eine Selbstverständlichkeit gewesen ist.

## *III. Konsequenzen für das Lehramt an höheren Schulen*

Der Aufgabenbereich des künftigen Literaturlehrers ergibt sich aus der beschriebenen Tätigkeit. Sein Deputat würde sich aus einem Drittel des heutigen Fremdsprachenunterrichts und aus zwei Dritteln des heutigen Deutschunterrichts zusammensetzen. Danach müßte der künftige Literaturlehrer den jetzigen Fremdsprachenunterricht dort übernehmen, wo an der Oberstufe die Textlektüre einsetzt. Die restlichen zwei Drittel des von ihm zu erteilenden Literaturunterrichts hätten dann vornehmlich der Vermittlung von Beschreibungstechniken, der Abfassung von Texten aller Art und damit der Reform des deutschen Schulaufsatzes sowie der Analyse literarischer bzw. expositorischer Texte und nicht zuletzt der Schulung der Diskussionsfähigkeit zu gelten. Es versteht sich, daß dieser Katalog erweiterungsfähig ist. Im Prinzip geht er davon aus, daß künftighin Deutsch immer nur in Verbindung mit fremden Sprachen bzw. fremdsprachlichen Literaturen gelehrt werden sollte.

## *IV. Der Ausbildungsgang des künftigen Literaturlehrers*

Der Ausbildungsgang muß sich am Berufsbild orientieren. Es ist daher notwendig, für die Literaturwissenschaft eine Topographie ihrer Lehr- und Forschungssituation zu entwerfen, um das Minimalprogramm für die Ausbildung des Lehramtskandidaten begründen zu können. Die folgenden Gebiete mögen die Literaturwissenschaft in ihren Möglichkeiten nicht erschöpfen. Sie sind aber im Hinblick auf die derzeitige Forschung und im Hinblick auf den zu formulierenden Ausbildungsgang des Lehramtskandidaten notwendig. Es lassen sich vier große Gebiete benennen, die für eine wissenschaftliche Literaturbetrachtung als unabdingbar erscheinen.

### a) WERKBESCHREIBUNG

Diese bildet eine Grundvoraussetzung für die wissenschaftliche Beschäftigung mit Texten. Hier gilt es zunächst, das Beschreibungsrepertoire zu erarbeiten, das von der antiken Rhetorik bis hin zum *New Criticism* formuliert und zur Aufschlüsselung von Texten bereitgestellt worden ist. Dieses Beschreibungsrepertoire soll aber nicht bloß zur Kenntnis genommen, sondern als Instrumentarium der Textanalyse praktisch angewendet werden. Da es sich hierbei um einen literaturwissenschaftlichen Grundkurs handelt, sollte die Werkbeschreibung auf literarische Texte im engeren Sinne beschränkt bleiben. Dies empfiehlt sich vor allem deshalb, weil poetische Texte eine reichere Strukturierung besitzen und daher der Analyse eine größere Vielfalt an Textmustern sowie deren verschiedenartigster Kombinationen zu bieten haben. Aus diesem Grunde sollte auch den unterschiedlichen Textarten der Literatur: Lyrik, Prosa und Drama, jeweils gesondert Rechnung getragen werden. Dabei kommt es darauf an, das Instrumentarium der Textanalyse und die Verwendung des Beschreibungsrepertoires so zu üben, daß durch sie das Verfahren der Texte aufgedeckt und ihre Absicht analysiert werden kann.

Gleichzeitig soll damit auch die Möglichkeit gegeben werden, aus der Einsicht in die Beschaffenheit der Texte das eigene Qualitätsurteil über sie begründbar zu machen. Dazu bedarf es jener Form der Übung, die in der angelsächsischen Literaturbetrachtung als *practical criticism* bezeichnet wird.

### b) TEXTKONSTITUTION

Dieses heute erst in seinen Anfängen erforschte Gebiet bildet einen zentralen Gegenstand der Literaturwissenschaft. In ihm überschneiden sich die Interessengebiete des Linguisten mit denen des Literaturwissenschaftlers. Ein Text besteht nicht einfach nur aus Sätzen, die aneinandergereiht sind. Er läßt sich besser erfassen, wenn man Textformanten annimmt, durch die seine Besonderheit wesentlich bedingt ist. Das Studium von Textformanten, ihre jeweilige Leistung sowie die Strukturen ihres Zusammenspiels bilden wichtige Elemente der Textkonstitution. Diese baut auf der Werkbeschreibung auf, unterscheidet sich jedoch von ihr in methodischer wie in sachlicher Hinsicht.

Textkonstitution beschränkt sich nicht allein auf das Aufdecken des Verfahrens, sondern versucht zunächst einmal, die unterschiedlichen Konstitutionsbedingungen literarischer und expositorischer Texte zu ermitteln. Die Frage nach dem ›poetischen Charakter‹ eines Textes sowie die Art seiner Kommunikation stehen im Vordergrund des Interesses. Allein schon deshalb muß die Textformation expositorischer Literatur mit herangezogen werden, so daß es hier innerhalb der Literaturwissenschaft zu einer Erweiterung der zu betrachtenden Textarten kommt. Eine solche Ausweitung auf unterschiedlich strukturierte Texte macht indes noch nicht die volle Bedeutung der Textkonstitution aus.

Eine Analyse der Textformanten erlaubt, die im Text programmierte Wirkung zu entschlüsseln. Die Dekodierung der Information und die Bedingungen ihres Zustandekommens bilden zentrale Aspekte der Textkonstitution. Hierbei gilt es besonders, die unterschiedlichen Appellwerte von literarischen bzw. expositorischen Texten festzustellen. Da Texte bestrebt sind, ein Verhalten zu induzieren oder uns in ein Verhältnis zu den von ihnen entworfenen Gegenständen zu bringen, ist es wichtig zu erkennen, wodurch eine solche Verhaltensinduktion zustande kommt. Das Studium des Kommunikationsvorganges wird daher nicht nur an literarischen, sondern ebenso an expositorischen Texten besonders lehrreich sein, zumal sich an expositorischen Texten besonders gut beobachten läßt, wodurch sie uns für einen Gegenstand bzw. Sachverhalt einnehmen möchten.

In diesem Zusammenhang gewinnt auch die Literaturgeschichte eine andere Bedeutung. Es wird vielfach darauf ankommen, die historischen Bedingungen zu entdecken, die für die Konstitution des jeweiligen Textes ausschlaggebend waren. Es wird eine Art von ›Textarchäologie‹ betrieben werden müssen, um die Funktion von historisch bedingten Gattungskreuzungen und verwandten Erscheinungen abschätzen zu können. Dahin gehört auch der in der Literaturgeschichte immer wieder zu beobachtende Austausch von Textformanten zwischen Literatur und Trivialliteratur sowie zwischen literarischen und expositorischen Texten.

### c) LITERATURGESCHICHTE

Wenn man Literaturgeschichte nicht länger als die Ansammlung der ›Bildungsgüter‹ einer Nation versteht, die sich von den Anfängen bis zur Gegenwart entwickelt haben, so wird man das Verhältnis von Kunst und Geschichte unter andere als die bisher geläufigen Fragestellungen rücken müssen. Literatur ist weder identisch mit dem historischen Substrat, das in sie eingegangen ist, noch besteht sie ausschließlich aus zeitlosen Werten und Normen. So bietet sich das Verhältnis zwischen dem historischen Substrat und den epochalen Normen seiner Organisation als ein Gegenstand der Forschung. Literatur ist durch und durch historisch und gleichzeitig ein beständiger Überschuß über ihre historische Bedingtheit. Wenn daher Literaturbetrachtung auf diese fundamentale Beziehung von Kunst und Geschichte Antworten geben möchte, dann muß sie darauf bedacht sein, systematische Blickpunkte zu entwickeln, die ein solches Verhältnis zu fassen vermögen. Rezeptionsgeschichte, aber auch die heute erst in ihren Anfängen steckende Funktionsgeschichte der Literatur stellen solche Betrachtungsmöglichkeiten bereit. In diesen Zusammenhang gehören selbstverständlich auch Gattungs- und Formengeschichte, die sich zum Teil fast ausschließlich damit beschäftigen, wie Kunst aus Kunst entsteht. Ein solcher Katalog ließe sich verlängern, je nach der Akzentuierung des Verhältnisses von Kunst und Geschichte.

Wie immer auch die Fragegesichtspunkte beschaffen sein mögen, so kann sich heute jedenfalls die Literaturgeschichte, sofern sie Gegenstand des akademischen Unterrichts ist, nicht mehr in einer bloßen Aufreihung der Denkmäler erschöpfen. Dafür gibt es Lehrbücher. Literaturgeschichte muß von systematischen Prämissen ausgehen oder entsprechende heuristische Fragen stellen, damit Antworten formuliert werden können. Das Modell einer historischen Frage- und Antwortlogik sollte den literaturgeschichtlichen Unterricht bestimmen.

### d) KUNSTTHEORIE, ÄSTHETIK, INTERPRETATIONSLEHRE UND POETIK

Die Beschäftigung mit Theorie und die Methodenreflexion gehören allein schon deshalb zum literaturwissenschaftlichen Studium, weil alle Textbeschreibungen Modelle sind, deren operationaler Charakter immer wieder überprüft und gegebenenfalls verändert werden muß. Es sind in der Regel drei verschiedene Arten von Theorien, mit denen sich ein Literaturwissenschaftler beschäftigen sollte.

1. Ästhetische Theorien, die darauf abzielen, den Kunstcharakter der Kunst oder den vom Kunstwerk eröffneten anthropologischen Horizont beschreibbar zu machen.

2. Ästhetische Theorien, die sich primär nicht als eine Interpretationslehre verstehen, aus denen jedoch ein Interpretationsmodell gewonnen werden kann.

3. Interpretationsmodelle.

Die Literaturwissenschaft besitzt heute noch keine den verwandten Wissenschaften vergleichbare Theorie. Sie auszubilden ist ein Gegenstand der Forschung, denn erst eine Theorie der Literatur wird Feststellungen darüber erlauben, welches spezifische Erkenntnismedium der literarische Text verkörpert. Als Medium anthropologischer Einsicht besitzt er schon deshalb einen ausgezeichneten Stellenwert, weil es Literatur bereits vor der Schriftlichkeit der Kulturen gegeben hat. In engem Zusammenhang damit steht eine kritische Sichtung der von Ästhetik und Kunsttheorie bereitgestellten Beschreibungsmodelle. Sie erlaubt, die Elemente der einzelnen Modelle zu isolieren, um die Voraussetzungen für eine Theorie ästhetischer Theoriebildung zu gewinnen. Darüber hinaus wird sich eine solche Beschäftigung als ständige Korrektur der in der Praxis verwendeten Interpretationsverfahren von Texten erweisen.

Die Poetik befaßt sich mit verwandten Fragestellungen, allerdings vornehmlich innerhalb der historischen Dimension. Für sie gibt es ein zentrales Problem, denn die von ihr formulierten Rezepte, Vorschriften oder Erklärungen poetischer Texte greifen ständig zu kurz. Sie zeigen eine nicht abbaubare Erklärungsinsuffizienz ästhetischer Begriffe angesichts der im poetischen Text enthaltenen Rezeptionsmöglichkeiten. Eine Beschäftigung mit Poetik zielt letztlich auf die Frage ab, wie es denn überhaupt um die Erklärbarkeit von poetischen Texten bestellt ist.

Die hier gegebene Topographie der Literaturwissenschaft beansprucht keineswegs, eine vollständige Vermessung ihrer wissenschaftlichen Möglichkeiten zu sein. Sie gibt lediglich eine Anschauung von Literaturwissenschaft, die notwendig ist, damit der berufsbezogene Ausbildungsgang begründet werden kann. Die vier beschriebenen Bereiche lassen erkennen, daß manche von ihnen primär Lehrgebiete, manche jedoch fast reine Forschungsgebiete sind. In einigen ergeben sich Überschneidungen. Diese sollten für die Ausbildung genutzt werden.

Wenn man die Aufgabenstellung des Literaturlehrers an der Schule zugrundelegt und diese an den zentralen Gegenstandsbereichen der Literaturwissenschaft orientiert, so ergibt sich für den Lehramtskandidaten das folgende Studienmodell, das lediglich Minimalforderungen für eine Literatur formuliert:

a) Der Lehramtskandidat soll sich intensiv mit Werkbeschreibung beschäftigen. Er wird daher insgesamt 3 Kurse bzw. Seminare über Werkbeschreibung absolvieren müssen, die jeweils der Lyrik, der Prosa und dem Drama gelten. Werkbeschreibung ist kein eigentliches Forschungsgebiet der Literaturwissenschaft, nicht zuletzt deshalb, weil gerade hier Resultate in einem reichen Maße zur Verfügung stehen, die nun für den Unterricht voll genutzt werden sollten.

b) Der Lehramtskandidat soll ein Seminar über Textkonstitution besuchen. So sehr dieses Gebiet heute noch weithin Forschungsgegenstand der Literaturwissenschaft ist, so gibt es bestimmte allgemeine Einsichten, deren Anwendung geübt werden sollte. Außerdem hat der Lehramtskandidat an diesem Punkt seiner Ausbildung die Möglichkeit, mit literaturwissenschaftlicher Forschung in Berührung zu kommen.

c) Der Lehramtskandidat soll ein Seminar über Interpretationslehre bzw. Poetik besuchen. Interpretationslehre verkörpert heute im Bereich von Ästhetik und Kunsttheorie ein abspaltbares Sondergebiet. Hier hat der Lehramtskandidat Gelegenheit, die jeweils unterschiedlichen heuristischen Annahmen der Interpretationsmodelle kennenzulernen, um in der Überprüfung solcher Setzungen Kritik entwickeln zu können. Eine kritische Reflexion gibt den Blick auf den Leistungscharakter solcher Modelle frei. Es wird daher Aufgabe dieser Seminare an der Universität sein, die gängigen Interpretationsmethoden vorzustellen und ihre Resultate durch Textinterpretationen sichtbar zu machen. Dadurch geschieht nicht nur eine Einübung in die verschiedenen Interpretationsverfahren, es wird auch verhindert, daß der Lehramtskandidat von der Universität den Eindruck gewinnt, die Lehrmeinung seiner Lehrer sei die einzig mögliche Interpretationsweise von Texten.

Auch die Poetik kann und soll Gegenstand der Seminare für Lehramtskandidaten sein. Sie zeigt, wie systematische Gesichtspunkte in historischer Dimension entwickelt werden.

d) Der Lehramtskandidat soll im Verlauf seines Studiums mindestens zwei Kurse bzw. Vorlesungen literaturgeschichtlichen Inhalts besuchen. Die Reduzierung auf zwei solcher Kurse geht von der Annahme aus, daß das Studium exemplarisch und nicht extensiv angelegt werden sollte. Es genügt daher, in zwei Kursen die Bedingungen historischer Gegebenheit von Texten zu studieren bzw. Literaturgeschichte unter einem systematischen Fragehorizont zu betreiben. Auch hier werden sich Berührungen mit Forschung ergeben, denn Literaturgeschichte als Funktionsgeschichte sowie als Rezeptionsgeschichte sind solche Forschungsgebiete.

Die Anlage dieses Studienmodells geht nicht mehr davon aus, daß der Literaturlehrer ein möglichst enzyklopädisches Wissen besitzen soll. Aus diesem Grund ist hier auf die Verzeichnung von Kursen verzichtet worden, die Überblickscharakter haben. Den akademischen Unterricht mit solchen Veranstaltungen zu füllen, scheint angesichts der berufsnotwendigen Ausbildung des Literaturlehrers nicht mehr vertretbar zu sein. Überblicke sind heute aus einer zahlreich vorhandenen Literatur zu entnehmen. Der Literaturlehrer soll daher weniger über ein enzyklopädisches Wissen verfügen als vielmehr über die notwendige Sicherheit, im Umgang mit Beschreibungsmodellen Texte und ihre Intentionen zu erschließen. Damit aber die Basis im Umgang mit Texten nicht zu schmal wird, sollte der oben genannte Katalog noch um eine weitere Veranstaltung ergänzt werden: Jeder Student erhält eine Bibliographie wichtiger Texte und Sekundärliteratur über eine von ihm zu wählende Epoche bzw. Gattung. Der Textbestand einer solchen Liste sollte so gehalten sein, daß es dem Studenten möglich ist, ihn während der vorlesungsfreien Zeit eines Studienjahres durchzuarbeiten. Ein solcher Lektürekurs sollte im Verlauf des Studiums mindestens einmal absolviert werden. Seine Motivation besteht darin, daß der Student seine Erfahrung im Umgang mit Texten über das in den Unterrichtsveranstaltungen gebotene Repertoire hinaus erweitert und gleichzeitig die in den Unterrichtsveranstaltungen erlernten Methoden an einem ihm bisher fremden Textbestand in Form einer Selbstkontrolle ausüben kann. Ein solcher Lesekurs bietet ferner die Chance, die eigene Produktivität in der Textanalyse über das in den Kursen gewährte Maß hinaus zu entfalten.

## V. Gliederung der Ausbildung

### a) DIE KOMBINATIONSMÖGLICHKEITEN

Für das Staatsexamen des künftigen Literaturlehrers wird vorausgesetzt, daß er eine Lehrbefähigung für mindestens zwei Literaturen erworben hat. Eine davon muß eine fremdsprachliche sein. Die oben genannten Minimalforderungen sind daher zu verdoppeln; dabei sollte durch eine Austauschbarkeit von Kursen die Möglichkeit der Schwerpunktbildung auch innerhalb des Minimalprogramms geboten werden. Der Lehramtskandidat erhält seine literarische Ausbildung im Fachbereich Literaturwissenschaft, seine sprachpraktische im Sprachlehrinstitut.

Für die Lehrbefähigung an dem künftigen Oberstufenkolleg der Gymnasien wäre an alternative Ausbildungsforderungen zu denken:

1. Kenntnisse in drei Literaturen.
2. Spezialisierung, sofern nur zwei Literaturen gewählt werden (Vorschläge für einen möglichen Katalog solcher Spezialisierungen: ältere Literaturstufen einzelner Literaturen, Mediävistik, Ästhetik, Literaturtheorie, linguistische Methodenlehre etc.).

b) EINTEILUNG DES STUDIUMS

Das Studium soll in der Regel sowohl für die Lehramtskandidaten als auch für die an der Forschung interessierten Studenten bis zum 4. Semester relativ einheitlich sein. Da die Ausbildung der Lehramtskandidaten eine wissenschaftliche ist, besitzt jeder Student während dieser Zeit die Möglichkeit, seine eigenen wissenschaftlichen Interessen abzuschätzen. Dies bedeutet, daß in den ersten vier Semestern vornehmlich Werkbeschreibung geübt und Kenntnisse in literaturgeschichtlichen Kursen erworben werden sollen. Textkonstitution sowie Interpretationslehre und Poetik sollten vornehmlich dem 2. Studienabschnitt vorbehalten bleiben. Desgleichen wird es notwendig sein, während dieser Zeit zumindest einen weiteren literaturgeschichtlichen Kurs zu besuchen. Diejenigen Studenten, die promovieren wollen, werden ein zusätzliches, auf Forschung bezogenes Lehrprogramm erhalten. Ihr Studiengang kann nicht geregelt werden, denn hier handelt es sich nicht um eine berufsbezogene Auffassung von Wissenschaft, sondern um Wissenschaft als Angebot. Selbstverständlich wird es möglich sein, daß Lehramtskandidaten auch an den anderen, nicht für ihre Ausbildung notwendigen Unterrichtsveranstaltungen teilnehmen. Sie sind aber nicht zur Teilnahme an Übungen verpflichtet, deren Orientierung vornehmlich forschungsgebunden ist.

Die Zweiteilung des Studienganges nach dem 4. Semester erlaubt daher eine von den jeweiligen Interessen des Studenten bestimmte Differenzierung. Sie bietet ihm Wahlmöglichkeiten, die kein Entweder-Oder darstellen, sondern ihm die Chance einräumen, nach dem Baukastenprinzip die Minimalbedingungen des Studienganges durch forschungsbezogene Veranstaltungen zu ergänzen.

Das skizzierte Studienmodell versteht sich als Versuch, den verschiedenartigen Interessen und Forderungen eines literaturwissenschaftlichen Studiums gerecht zu werden. Es zeigt durch die inhaltlich definierten Minimalanforderungen den Ausbildungsgang des künftigen Literaturlehrers an. Es ermöglicht darüber hinaus, eine von den Ausbildungsbedürfnissen unabhängige Forschung zu betreiben, und es erlaubt ferner denjenigen Studenten, die sich ausschließlich auf ihre Ausbildung konzentrieren möchten, einen Hochschulabschluß nach acht Semestern.

Schließlich sind in diesem Modell auch die Möglichkeiten für ein Kontaktstudium angelegt. Daß dies wünschenswert ist, gilt heute als unbestritten. Der vom Gymnasium zur Universität zurückkommende Lehrer wird dann die forschungsorientierten Veranstaltungen des Fachbereichs Literaturwissenschaft besuchen können.

## *VI. Didaktische Übungen während der Studienzeit*

Für den Lehramtskandidaten wäre die Einrichtung didaktischer Übungen ein dringendes Erfordernis. In solchen Veranstaltungen würde es in erster Linie darum gehen, die pädagogische Umsetzung der in den Grundkursen erlernten Sachverhalte auf die Schulklasse zu üben. Die Transformation des Erlernten auf die im Beruf geforderte Anwendung müßte die zentrale Beschäftigung in solchen didaktischen Kursen sein. Durch sie würde ein für den Lehramtskandidaten sinnvolles pädagogisches Begleitstudium zustande kommen. Hier wäre dann auch der Ort im akademischen Lehrplan, an dem die Studienräte eine ihren Erfahrungen entsprechende Betätigung finden könnten. Gleichzeitig bedeutet die Einrichtung solcher Kurse einen Vorgriff auf die Referendarzeit, die dann ganz erheblich verkürzt werden könnte, da ein Teil der Aufgaben dieser Ausbildung in das Studium eingegliedert wäre. So ließe sich nicht nur die Kluft zwischen wissenschaftlicher und schulpraktischer Ausbildung abbauen, sondern auch die Ausbildungszeit erheblich verkürzen, selbst wenn dies eine Gesamtstudienzeit von etwa 9-10 Semestern bedeuten würde. Sicherlich müßte der Plan eines didaktischen Begleitstudiums noch genauer durchdacht werden. Zwei Kurse jedoch sollten zum Minimalprogramm gehören: 1. Pädagogische Vermittlung von Werkbeschreibung im Klassenunterricht und 2. Pädagogische Vermittlung von Textkonstitution. Dabei käme es auf zweierlei an: Wie lassen sich die erkennbaren Kommunikationsvorgänge literarischer bzw. expositorischer Texte im Klassenunterricht umsetzen, und in welcher Form kann das Arsenal literarischer Textformanten, das die Alternativen und Varianten sprachlichen Ausdrucks bereitstellt, Gegenstand des Schulunterrichts sein? Verstünde man solche didaktischen Kurse als einen sinnvollen Ersatz für einen nicht unerheblichen Teil der Referendarzeit, dann ließe sich daraus ein weiterer Vorteil für den akademischen Unterricht gewinnen, denn sie erlaubten eine ständige Überprüfung der Lernziele akademischer

Grundkurse. So würde die Einbeziehung didaktischer Übungen in das Studium einerseits den besseren Fluß wissenschaftlicher Information von der Universität zur Schule garantieren, und andererseits würde eine solche Lösung gestatten, Lehrgegenstände akademischer Grundkurse im Spiegel ihrer möglichen Auswirkungen zu betrachten.

Harald Weinrich:

# Überlegungen zu einem Studienmodell der Linguistik (2. Fassung, Juni 1970)*

## *I. Zur Lage der Linguistik*

In ihrer traditionellen Gestalt war die Linguistik vor allem Sprachgeschichte. Vom gegenwärtigen Stand der Sprachen ging sie in selbstloser philologischer Kleinarbeit zu früheren Sprachstufen zurück und unternahm es, das Sein der Sprachen aus ihrem historischen Werden zu erklären. Im Sprachvergleich errichtete sie des weiteren einen Stammbaum verschiedener Sprachen, der dann – für die meisten europäischen Sprachen – in der Rekonstruktion einer indogermanischen Ursprache zu einem gewissen Abschluß kam. Die indogermanischen Sprachen erwiesen sich dabei nach allgemeiner Überzeugung als besonders hochentwickelte Sprachen.

Diese Auffassung von Linguistik spiegelt sich noch heute in der Verteilung der linguistischen Lehrstühle an den meisten Universitäten. Sie sind den einzelnen Philologien zugeordnet und nach ihrer Tradition und dem Zwang des Lehrplans weitgehend auf die deutsche, englische, romanische Sprachgeschichte usw. fixiert. Dem indogermanistischen Lehrstuhl bleibt die Aufgabe, die Einzelergebnisse der verschiedenen Philologien in einer Art Synthese zusammenzufassen. Tatsächlich aber hat sich die Indogermanistik selber entweder zu einer Hilfswissenschaft der Klassischen Philologie oder zu einer Einzelphilologie derjenigen indogermanischen

---

* Die vorliegenden Überlegungen sind in einer ersten Fassung im Jahre 1968 entstanden (Publiziert in den Linguistischen Berichten, 2, 1969; ferner in: Universität Bielefeld – Lehre, Studium, Strukturmerkmale, Bielefeld 1969; und in: Ansichten einer künftigen Germanistik, 1.–3. Aufl., München 1969 ff.). Sie sind als Komplement zu den »Überlegungen zu einem literaturwissenschaftlichen Studienmodell« von Wolfgang Iser konzipiert (Siehe Seite 191 ff.). Beide Modelle haben – neben zahlreichen anderen Diskussionskreisen – einer Reformkonferenz des Zentrums für interdisziplinäre Forschung der Universität Bielefeld als Vorlage gedient. Als Ergebnis dieser Konferenz ist einstimmig das »Memorandum zur Reform des Studiums der Linguistik und der Literaturwissenschaft« verabschiedet worden (Siehe Seite 217 ff.). Das Rhedaer Memorandum sowie andere kritische Anregungen sind in der vorliegenden zweiten Fassung dieser Überlegungen berücksichtigt worden.

Randsprachen entwickelt, die nicht selber eine eigene Philologie hervorgebracht haben.

Seit Ferdinand de Saussure († 1913) ist es möglich, die Linguistik auch anders zu sehen. Vordringliche Aufgabe der Linguistik ist nach Saussure neben und vor der Geschichte der Sprachen die Beschreibung ihrer synchronischen Zeichenstrukturen. Unter dem fortdauernden Einfluß Saussures hat sich die Aufmerksamkeit der internationalen Forschung von den interessanten Details der Einzelsprachen weitgehend auf die allgemeine Sprachtheorie verlagert. Viele ungelöste Probleme sind sichtbar geworden; sie können hier nur durch die Stichworte Informationstheorie, Formale Linguistik, Generative Grammatik, Textlinguistik, Computer-Linguistik, Soziolinguistik und Linguistische Didaktik angedeutet werden. Es sind im Regelfall Probleme, die nicht spezifisch einzelphilologisch sind.

In dieser Lage der Linguistik hat sich die Bindung der Wissenschaft an die besonderen Zielsetzungen der einzelnen Philologien, einschließlich der Indogermanistik, als Behinderung und Verzögerung im Schritthalten mit der wissenschaftlichen Diskussion erwiesen. Einige Universitäten haben zwar neben den linguistischen Lehrstühlen der Einzelphilologien und ihrer ›Alten Abteilungen‹ einen Lehrstuhl für Allgemeine Linguistik eingerichtet. Die Situation verlangt jedoch konsequentere Maßnahmen. Es ist kein Grund einzusehen, warum die aus dem vorwiegend genetisch orientierten 19. Jahrhundert übernommene Bindung der Linguistik an die Einzelphilologien und ihre Sprachgeschichte in der gegenwärtigen Form aufrecht erhalten bleiben sollte. Die Linguistik der deutschen Sprache hat keine anderen Methoden als die Linguistik der englischen oder russischen Sprache. Die Linguistik ist eine Wissenschaft mit einem einheitlichen, wenn auch im Einzelfall kontroversen Methodenbewußtsein, das an den verschiedenen Einzelsprachen, Sprachstufen und Dialekten spezifisch linguistische Erkenntnisse überhaupt erst ermöglicht. Auch dort, wo einzelne Sprachen in einer vergleichenden Sprachentypologie auf ihre Verschiedenheiten hin beobachtet werden, vollzieht sich dieser Vergleich vor dem Horizont einer allgemeinen strukturalen Vergleichbarkeit der Sprachen. Die Methode hat daher in der Linguistik den Primat vor dem Gegenstand.

Das Studium der Linguistik wird grundsätzlich als Studium der Allgemeinen Linguistik definiert. Innerhalb der Linguistik werden keine institutionalisierten Fächer und Einzelphilologien mehr unterschieden. Die linguistischen Fragestellungen differenzieren und nuancieren sich von Fall zu Fall je nach der Sprache, auf die sie angewandt werden. Das Studium der Linguistik ist aber mit dem Erwerb von Sprachkenntnissen nicht zu identifizieren, sondern setzt diese voraus. Die linguistische Wissenschaft ist vielmehr, auf der Grundlage ausgebreiteter Sprachkenntnisse, definierbar als eine semiotische Anthropologie, eine Wissenschaft also, die darüber Auskunft geben soll, wie Menschen sich mit den primären Zeichensystemen ihrer Sprachen und weiteren, aus ihr abgeleiteten sekundären Zeichensystemen in der Welt orientieren.

Es wird im folgenden angenommen, daß eine Universität sich entschließt, eine Fakultät (Abteilung, Fachbereich) für Linguistik mit 9 Lehrstühlen einzurichten. Diese sollten weder nach den herkömmlichen Philologien und Fächern noch nach dem Plausibilitätswert gerade herrschender Lehrmeinungen und Schulen definiert werden, sondern sollten in ihren Denominationen die wichtigsten Grenzlinien der linguistischen Theorie zu erkennen geben. Es sind also *zum Beispiel* die folgenden Lehrstühle denkbar.

I Allgemeine Grammatik und Sprachtheorie;
II Vergleichende Grammatik;
III Kommunikationstheorie;
IV Formale Linguistik
V Linguistische Didaktik;
VI Phonologie;
VII Syntax;
VIII Semantik;
IX Texttheorie.

Zu diesen Denominationen sind einige Erläuterungen angebracht:

1. Jeder Lehrstuhl gilt grundsätzlich als Lehrstuhl der Linguistik; die jeweilige Denomination ist im Sinne eines Schwerpunktes zu verstehen.
2. Im Hinblick auf zukünftige Wandlungen der Wissenschaft muß jede Denomination bei einer Neubesetzung des Lehrstuhls in Frage gestellt und verändert werden können.

3. Es wird als selbstverständlich angenommen, daß die Fakultät für Linguistik in Forschung und Lehre interdisziplinär mit anderen Fakultäten zusammenarbeitet. Grenzgebiete wie Soziolinguistik, Psycholinguistik, Mathematische Linguistik usw. sollen daher interdisziplinär in Arbeitsgruppen von Linguisten und Soziologen, Linguisten und Psychologen, Linguisten und Mathematikern usw. behandelt werden.

Es ist möglich, Linguistik und Literaturwissenschaft organisatorisch zu einer Fakultät zusammenzufassen. Die Studiengänge bleiben jedoch getrennt. Literarische Studien für Studenten der Linguistik können empfohlen werden; sie werden dann im allgemeinen Rahmen interdisziplinärer Studien durchgeführt.

*III. Das Sprachlehrinstitut (Sprachenzentrum)*

Gesicherte Sprachkenntnisse sind die Voraussetzungen für ein Studium der Linguistik. Wünschenswert ist, daß die Studenten bereits vor ihrem Studium alle nötigen Sprachkenntnisse erworben haben. Diese Voraussetzungen können jedoch nur in Ausnahmefällen als verwirklicht gelten. Daher muß im Lehrplan der Universität dem Sprachunterricht ein beträchtlicher Platz eingeräumt werden. Auch der Sprachunterricht muß wissenschaftlicher Unterricht sein.

Es wird daher empfohlen, daß die Universität den gesamten Sprachunterricht, der in ihrem Lehrplan angeboten wird, in einem zentralen Sprachlehrinstitut (Sprachenzentrum) zusammenfaßt. Das Sprachlehrinstitut ist zugleich Institut für Sprachlehrforschung. Es steht, wie alle Einrichtungen der Universität, unter dem Anspruch von Forschung und Lehre. Die Mitglieder des Sprachlehrinstituts bilden ein wissenschaftliches Kollegium. Der Stellenplan muß so ausgestattet sein, daß es möglich ist, auch aus dem Ausland Wissenschaftler mit Sprachlehrerfahrung zu gewinnen.

Das Sprachlehrinstitut verfügt über alle technischen Einrichtungen, die für Sprachlehre und Sprachlehrforschung notwendig sind.

Es ist anzustreben, daß das Sprachlehrinstitut im Hinblick auf eine zukünftige Gesamthochschule als gemeinsame Einrichtung der Universität, der Pädagogischen Hochschule, der ortsansässigen Studienseminare und gegebenenfalls eines Oberstufenkollegs errichtet wird. Die Einteilung der Unterrichtsgruppen erfolgt dann ausschließlich nach der Eignung des angebotenen Unterrichts für den vorauszusetzenden oder angestrebten Kenntnisstand. Wenn dafür Sorge getragen wird, daß die Arbeit am Sprachlehrinstitut mit einer Tätigkeit als Hospitant und Praktikant des Sprachunterrichts verbunden ist, kann ein Teil der Referendar-Ausbildung vom Sprachlehrinstitut vorweggenommen werden.

Die alten Sprachen und älteren Sprachzustände sind ebenso Lehr- und Forschungsgegenstände des Sprachlehrinstituts wie die neueren Sprachen. Die deutsche Sprache wird nur als Fremdsprache für Ausländer gelehrt. Insofern übernimmt das Sprachlehrinstitut Aufgaben eines Staatlichen Studienkollegs.

Am Sprachlehrinstitut sind die folgenden zwei Abschlüsse vorgesehen:

1. Der *Sprachschein* bestätigt Lesekenntnisse und elementare Ausdrucksfähigkeit in einer Sprache.
2. Das *Sprachdiplom* bestätigt die geläufige Beherrschung einer Sprache in Wort und Schrift.

### *IV. Sprachenkombinationen*

Es wird im folgenden vorausgesetzt, daß nicht mehr, wie bisher, für das Staatsexamen zwei Fächer und für die Promotion ein Hauptfach und zwei Nebenfächer studiert werden. Es gibt nur das Studium der Linguistik als Ein-Fach-Studium. Innerhalb des Studiums der Linguistik sind jedoch Variationen möglich, je nach den Sprachen, die der Student beherrscht oder erlernt. Die Bedürfnisse der Schulpraxis erzwingen dabei eine gewisse Beschränkung in der Kombinationsfreiheit der Sprachen. Unter diesen Umständen werden die Sprachen in die folgenden vier Sprachengruppen eingeteilt:

1. Grundsprache: Deutsch;
2. Verkehrssprachen: Englisch, Französisch, Lateinisch;
3. Weitere indogermanische Kultursprachen: (z. B.) Russisch, Griechisch, Schwedisch, Italienisch, Spanisch;
4. Nicht-indogermanische Sprachen: (z. B.) Arabisch, Chinesisch, Baskisch, afrikanische und amerikanische Sprachen.

Die Sprachenkombination ist normiert nach diesen Sprachengruppen, jedoch frei in der Auswahl der einzelnen Sprachen innerhalb der jeweiligen Sprachengruppe.

Die Kombinationsregeln der Sprachengruppen richtet sich nach dem angestrebten Studienabschluß, wobei grundsätzlich die Studienabschlußprüfung als Universitätsprüfung und die Berufseingangsprüfung als Staatsprüfung zusammenfallen sollen:

1. *A-Prüfung:* Universitätsgrad Baccalaureus (oder anders), Befähigung zum Lehramt im Sekundarschulbereich;
   a) die Grundsprache,
   b) 1 Verkehrssprache.
2. *B-Prüfung:* Universitätsgrad Magister, Befähigung zum Lehramt im Tertiärschulbereich (Oberstufenkolleg);
   a) die Grundsprache,
   b) 1 Verkehrssprache,
   c) 1 weitere indogermanische Kultursprache.
3. *C-Prüfung:* Universitätsgrad Doktor, Befähigung zur beauftragten Lehre an der Universität;
   a) die Grundsprache,
   b) 2 Verkehrssprachen,
   c) 1 weitere indogermanische Kultursprache,
   d) 1 nicht-indogermanische Sprache.

In den Verkehrssprachen wird in der Regel das Sprachdiplom, in den übrigen Fremdsprachen nur der Sprachschein erworben. Es sind jedoch, je nach dem Berufsziel, individuelle Abweichungen von dieser Norm möglich. Der Sprachschein und das Sprachdiplom können für die einzelnen Sprachen in beliebiger Reihenfolge und zu beliebigem Zeitpunkt des Studiums erworben werden. Die Teilnahme an einzelnen Lehrveranstaltungen kann jedoch an den Nachweis bestimmter Sprachenkenntnisse geknüpft werden. Es ist zu wünschen, daß ein Student der Linguistik sich die für sein Studium nötigen Sprachkenntnisse möglichst früh aneignet.

## *V. Gliederung des Studiums*

Die linguistische Wissenschaft verändert sich schnell. Es gibt keinen kanonischen Bestand des gesicherten Wissens, der zur Grundlage eines festen Lehrplans gemacht werden könnte. Das Studium muß flexibel allen neuen Fragestellungen und Forschungsrichtungen der Wissenschaft folgen können. Es ist nur als exemplarisches Studium denkbar. Die Wahl der Lehrveranstaltungen aus einem offenen Lehrangebot kann dem Studenten nicht abgenommen werden. Er hat jedoch Anspruch auf eine kundige Studienberatung.

Für den ersten Studienabschnitt empfehlen sich solche Lehrveranstaltungen, die in die wichtigsten Arbeitsbereiche der Linguistik einführen, zum Beispiel: Texttheorie, Semantik, Syntax, Phonologie. Diese Lehrveranstaltungen werden gleichzeitig Einführungen in die wichtigsten Methoden der Linguistik sein, zum Beispiel: Sprachbeschreibung, Theoriebildung, Sprachgeschichte, Sprachgeographie, Sprachsoziologie. Im zweiten Studienabschnitt treten problemorientierte Lehrveranstaltungen in den Vordergrund, zum Beispiel: Paradigma und System, Sprachökonomie und Redundanz, Bedeutungswandel, »Languages in Contact«, Null-Werte in der Linguistik, Politische Rhetorik. Die linguistische Methodenlehre wird auf dieser Stufe weiter differenziert und umschließt auch empirische Erhebungen, Arbeit mit Informanten, field work. Eine interdisziplinäre Lehre führt in die Probleme und Risiken der interdisziplinären Forschung ein. Die Teilnahme an einigen Lehrveranstaltungen anderer Fakultäten, die frei gewählt werden können, gilt als Bestandteil des linguistischen Fachstudiums.

Eine Begrenzung der Studienzeit nach unten und nach oben wird entbehrlich, wenn das Studium nach Studieneinheiten bemessen wird. Berechnungen nach verschiedenen Gesichtspunkten legen es nahe, eine Studieneinheit von 100 Stunden anzusetzen. Das entspricht einem Intensivkurs (»Block«) von fünf Wochen Dauer mit jeweils fünf Arbeitstagen zu je vier (2 x 2) Stunden. Unter Vernachlässigung der Semestergrenzen kann die Fakultät im Studienjahr acht Studieneinheiten anbieten. Den Studenten wird empfohlen, im Jahr nicht mehr als vier Studieneinheiten zu belegen und die Zwischenzeit zur Lektüre und intensiven Vorbereitung der nächsten Studieneinheit zu nutzen. Wer 16 Studieneinheiten mit Erfolg studiert hat, kann sich zur Prüfung melden.

Auch das Sprachlehrinstitut bietet intensive Sprachkurse als Studieneinheiten an. Auf das Studium der Linguistik werden vier Studieneinheiten des Sprachlehrinstituts angerechnet. Wer mehr Sprachkurse braucht, um die gewählten Sprachen so zu beherrschen, daß er sie auch lehren kann, muß länger studieren.

Statt mit Studieneinheiten des intensiven Blockstudiums kann das hier vorgestellte Modell des Linguistik-Studiums auch mit halb-intensiven Studieneinheiten oder im gestreuten Wochenstundenplan verwirklicht werden.

## VI. Linguistik auf der Schule

Die gegenwärtige Situation des Sprachunterrichts an der Schule ist dadurch gekennzeichnet, daß er von Deutschlehrern, Englischlehrern, Französischlehrern, Lateinlehrern usw. in fachspezifischer Weise wahrgenommen wird. Alle diese Lehrergruppen sind in der Regel philologisch, und das heißt nach der gegenwärtigen Praxis meistens sprachgeschichtlich und literaturgeschichtlich ausgebildet. Sie betrachten daher nicht selten den Sprachunterricht als eine zwar notwendige, aber im ganzen unerfreuliche und bei den Schülern wenig beliebte Vorstufe des höher bewerteten Literaturunterrichts. Auf dieses Berufsbild sind auch die philologischen Disziplinen der Universität bezogen, allerdings unzureichend.

Das in diesem Modell vorgestellte Studium der Linguistik bezieht sich unter dem Gesichtspunkt der Schule auf das neue Schulfach Linguistik, das während der ganzen Schulzeit zu lehren ist. Es ersetzt die Schulfächer Deutsch, Englisch, Französisch usw. in ihren sprachlichen Teilen und ergänzt sich mit dem Schulfach Literaturlehre, das die Schulfächer Deutsch, Englisch, Französisch usw. in ihren literarischen Teilen ersetzt. Eine »Landeskunde« zu lehren, die man nicht wissenschaftlich studiert hat, wird weder dem Lehrer der Linguistik noch dem Literaturlehrer zugemutet. Diese Aufgabe muß von dem Schulfach Gesellschaftslehre (Geschichte, »Gemeinschaftskunde«) wahrgenommen werden.

Nach den im Studium zugelassenen Sprachenkombinationen ist der Linguistiklehrer immer zugleich Lehrer der Grundsprache (»Muttersprache«) und mindestens einer Fremdsprache. Er kann daher die Möglichkeiten des kontrastiven Sprachunterrichts nutzen. Im Curriculum des Schulfaches Linguistik sind die verschiedenen Sprachen in wechselnder Gruppierung und Konzentration auf die Schuljahre verteilt. Jede neueingeführte Sprache beginnt mit einer intensiven Lernphase, in der die anderen Sprachen ausgesetzt werden.

Der Phasenvorsprung der Grundsprache kann dazu benutzt werden, schon in den ersten Schuljahren Grundfragen der Linguistik zu besprechen. Es bleibt eine Aufgabe der Wissenschaft und Wissenschaftsdidaktik, parallel zur »Neuen Mathematik« eine »Neue Grammatik« zu entwickeln, die in ihren Elementen bereits im Grundschulalter, vielleicht sogar im Vorschulalter lehrbar ist.

## Memorandum zur Reform des Studiums der Linguistik und der Literaturwissenschaft

Die Linguistik und die Literaturwissenschaft sind, von einer Ausnahme abgesehen, gegenwärtig aufgeteilt auf die einzelnen Philologien wie z. B. Germanistik, Anglistik, Romanistik usw. Diesen Studienfächern entsprechen die Berufsbilder des Deutschlehrers, Englischlehrers, Französischlehrers usw. Zweifellos ist dieses System, das durch den Bildungs- und Wissenschaftsbegriff des 19. Jahrhunderts geprägt ist, nicht mehr wirklichkeitsgerecht. Die zunehmende Kommunikation zwischen den Sprachen und Literaturen verbietet heute eine Beschränkung auf den isolierenden nationalen Bezugsrahmen. Der Gegenstandsbereich der Linguistik und der Literaturwissenschaft hat sich durch die wachsende Bedeutung neuer Medien und anderer Textsorten sowie durch das Interesse an veränderten sprachlichen Verhaltensweisen wesentlich erweitert. Die so entstandenen Gesamtgegenstände Linguistik und Literaturwissenschaft verlangen ein Studium der Sprache und der Literatur unter allgemeinen Gesichtspunkten. Die folgenden Empfehlungen und Studienmodelle enthalten in koordinierter Form entsprechende Vorschläge für die Universität und die Höhere Schule. Sie sind als langfristige Lösungen konzipiert, schließen jedoch Übergangslösungen ein, wie sie z. B. der Romanistenverband bereits beschlossen hat. Die Erprobung der hier vorgelegten Studienmodelle wenigstens an einigen Universitäten und Schulen sollte unverzüglich eingeleitet und von den zuständigen Institutionen unterstützt werden.

### *I. Generelle Reformthesen*

1) An die Stelle der einzelnen Philologien Germanistik, Anglistik, Romanistik usw. treten die allgemeinen Studienfächer Linguistik und Literaturwissenschaft. Sie sind zugleich Schulfächer.
2) Die Linguistik und die Literaturwissenschaft werden in Studieneinheiten gelehrt, die je nach den Studien- und Berufszielen verschieden kombiniert werden können.
3) Regionale oder epochale Orientierungen können im Rahmen eines interdisziplinären Studienprogramms mit dem allge-

meinen Studium der Linguistik und der Literaturwissenschaft vereinbart werden.

4) Das Studium der Linguistik und das Studium der Literaturwissenschaft verlangen die Beherrschung mehrerer Sprachen. In der Sprachenkombination sind überregionale Verkehrs- und Wissenschaftssprachen bevorzugt.
5) Die Didaktik der Linguistik (einschließlich der Didaktik der Sprachen) sowie die Didaktik der Literaturwissenschaft sind Forschungs- und Lehrgegenstände auch an der Universität.
6) Die Grundsprache wird kontrastiv zur Fremdsprache, die eigene Literatur in ihren Zusammenhängen mit anderen Literaturen gelehrt.

*II. Thesen zur Linguistik*

1) Die Vertreter des Faches Linguistik betrachten es als ihre Aufgabe, den Studiengang in ihrer Disziplin so zu orientieren, daß er den jetzt schon bestehenden Berufsbildern wie auch den in Zukunft zu erwartenden Tätigkeiten gerecht wird. Solche Berufsbilder sind neben dem Sprachwissenschaftler der Sprachlehrer an den Schulen, der Fachmann für linguistische Datenverarbeitung und andere praktische Berufe.
2) Der Linguistik als zentralem Zweig der Wissenschaft von der gesellschaftlichen Kommunikation ist ein Platz im Schulunterricht einzuräumen.
3) Dementsprechend ist, ausgehend von neuen Studienmodellen, z. B. denen von ISER und WEINRICH, ein neuer, d. h. eigener Typ des Sprachlehrers zu entwickeln. Seine Aufgabe besteht in der Vermittlung von Sprachkenntnissen, der Einführung in die Prinzipien der wissenschaftlichen Sprachbeschreibung und der Entwicklung eines kritischen Sprachbewußtseins.
4) Durch die Zusammenlegung des sprachlichen Teils der bisherigen Einzelphilologien in Verbindung mit der allgemeinen Sprachwissenschaft zu einem einheitlichen Linguistikstudium wird eine kontrastive Analyse von Muttersprache und Fremdsprache auch im Schulunterricht gewährleistet.
5) Sowohl die Sprachkenntnisse als auch die Fähigkeit zu ihrer

Vermittlung (Sprachdidaktik, Sprachlaborpraxis) erwirbt der Studierende an einem Sprachlehrinstitut, das der Universität oder mehreren Hochschulen verschiedenen Typs zentral zugeordnet ist.

6) Die allgemeintheoretische Sprachbetrachtung vertieft die erworbenen Sprachkenntnisse und macht die Rolle und Funktion der Sprache als Kommunikationsmittel und ihre Wandlungsfähigkeit bewußt. Voraussetzung dafür ist, daß das Studium der Linguistik unter die zentralen Gesichtspunkte der Methodologie und Sprachtheorie gestellt wird.

7) Ein kritisches Sprachbewußtsein wird den Schüler befähigen, die Sprache in ihrer erkenntnistheoretischen und gesellschaftlichen Stellung sowie in ihren Bezügen zu außersprachlichen Bezugsrahmen zu beurteilen. Die Vermittlung dieser Befähigung setzt voraus, daß im Studiengang des zukünftigen Linguistiklehrers die Möglichkeit der Kombination von Linguistik mit Begleitfächern wie etwa Literaturwissenschaft, Philosophie, Soziologie, Psychologie, Mathematik vorgesehen wird.

## *III. Thesen zur Literaturwissenschaft*

1) Das Studium der Literaturwissenschaft ist ein allgemeines Studium der Literatur, das zum zukünftigen Literaturwissenschaftler, zum zukünftigen Literaturlehrer und zu anderen literarisch orientierten Berufen wie Kritiker, Verlagslektor usw. ausbildet.

2) Gegenstand der Literaturwissenschaft sind literarische und expositorische Texte; die Literaturwissenschaft berücksichtigt darüberhinaus andere relevante Medien der Kommunikation.

3) Die Literaturwissenschaft behandelt die thematischen Texte unter allen kontextuellen Bedingungen und den Gesichtspunkten der Produktion, Rezeption und Wirkung.

4) Die textanalytische Arbeit der Literaturwissenschaft setzt eine möglichst genaue Kenntnis linguistischer Methoden sowie die Beherrschung mindestens einer Fremdsprache voraus. Für die Aufgaben der Inhaltsanalyse ist die interdisziplinäre Zusammenarbeit mit Disziplinen wie Philosophie, Soziologie, Psychologie, Geschichte usw. notwendig.

5) Der Literaturunterricht ist ein methodisch einheitlich aufge-

faßtes Schulfach von der Unterstufe bis zur Oberstufe, das sich mit der Analyse und dem Verfassen von Texten beschäftigt.

6) Der Literaturunterricht soll Einsicht vermitteln in die Bedingungen und Auswirkungen sprachlichen und literarischen Verhaltens und zur kritischen Auseinandersetzung mit den Textinhalten und Textintentionen anleiten.

7) Auf der Unterstufe wird Literatur vorwiegend an Texten der Grundsprache gelehrt; mit wachsender Fremdsprachenkenntnis der Schüler breitet sich der Literaturunterricht auf der Mittelstufe auf die anderen Literaturen aus und wird auf der Oberstufe allgemeiner Literaturunterricht.

Rheda, im Oktober 1969

*Dieses Memorandum wurde unterzeichnet von:*

Hans-Heinrich BAUMANN, Konstanz;
Klaus BAUMGÄRTNER, Stuttgart;
Gunter BRETTSCHNEIDER, Köln;
Bernd DAMMANN, Münster;
Manfred FUHRMANN, Konstanz;
Ulrich GAIER, Konstanz;
Peter HARTMANN, Konstanz;
Klaus HEGER, Heidelberg;
Wolfgang ISER, Konstanz;
Hans-Robert JAUSS, Konstanz;
Jürgen KOLBE, München;
Eberhard LÄMMERT, Berlin;
Eckhard LOBSIEN, Konstanz;
Wolfgang PREISENDANZ, Konstanz;
Wolfgang RAIBLE, Bielefeld;
Siegfried J. SCHMIDT, Karlsruhe;
Helmut SCHNELLE, Berlin;
Wolf-Dieter STEMPEL, Konstanz;
Jürgen STERNSDORFF, Münster;
Jurij STRIEDTER, Konstanz;
Manfred WALTHER, Bielefeld;
Harald WEINRICH, Bielefeld;
Dieter WELLERSHOFF, Köln;
Dieter WUNDERLICH, Berlin.

Beda Allemann, geb. 1926 in Olten/Schweiz, Ordinarius für Neuere deutsche Literaturgeschichte und Allgemeine Literaturwissenschaft an der Universität Bonn. Veröffentlichungen u. a.: *Hölderlin und Heidegger*, ²1956; *Zeit und Figur beim späten Rilke*, 1961; *Ironie und Dichtung*, ²1969.

Reinhard Baumgart, geb. 1929, lebt als freier Schriftsteller in München. Neben Romanen und Erzählungen veröffentlichte er u. a.: *Literatur für Zeitgenossen*, 1966; *Aussichten des Romans*, 1968.

Reinhard Döhl, geb. 1934, Assistent am Institut für Literatur- und Sprachwissenschaft der Universität Stuttgart. Veröffentlichung: *Das literarische Werk Hans Arps 1903–1930*, 1967.

Hans Glinz, geb. 1913, Professor für deutsche Philologie an der Philosophischen Fakultät der Technischen Hochschule Aachen. Veröffentlichungen u. a.: *Ansätze zu einer Sprachtheorie*, ²1966; *Sprachwissenschaft heute, Aufgaben und Möglichkeiten*, 1967; *Die innere Form des Deutschen, eine neue deutsche Grammatik*, 1952, ⁵1968; *Der deutsche Satz*, 1957, ⁶1970.

Herbert Heckmann, geb. 1930, Studium der Germanistik in Frankfurt, Promotion über die *Elemente des barocken Trauerspiels*, 1959. 1966/67 Gastprofessor in den USA. Mitherausgeber der »Neuen Rundschau«, lebt als freier Schriftsteller in Frankfurt.

Wolfgang Iser, geb. 1926, Professor für Literaturwissenschaft an der Universität Konstanz. Veröffentlichungen u. a.: *Walter Pater. Die Autonomie des Ästhetischen*, 1960; *Die Appellstruktur der Texte. Unbestimmtheit als Wirkungsbedingung literarischer Prosa*, 1969; in den Bänden »Poetik und Hermeneutik« die Beiträge: *Möglichkeiten der Illusion im historischen Roman; Image und Montage. Zur Bildkonzeption in der imagistischen Lyrik und in T. S. Eliots »Waste Land«, Reduktionsformen der Subjektivität.*

Hans-Wolf Jäger, geb. 1936, Professor für deutsche Literaturgeschichte an der Universität Bremen. Veröffentlichungen u. a.: *Politische Kategorien in Poetik und Rhetorik der zweiten Hälfte der 18. Jahrhunderts, 1970; Politische Metaphorik im Jakobinismus und im Vormärz*, 1971; *Zur Poetik der Lehrdichtung in Deutschland«*, Deutsche Vierteljahresschrift 1970;

Mitarbeit an »Jahrbuch für internationale Germanistik«, »Neue Deutsche Biographie« und den Bänden »Der literarische Vormärz«, 1973 und »Hölderlin ohne Mythos«, 1973.

Hilmar Kallweit, geb. 1941, Wissenschaftlicher Mitarbeiter am Institut für Soziologie der Freien Universität Berlin. Arbeitet über *Wissenschaftsgeschichte der Germanistik.*

Eberhard Lämmert, geb. 1924, Dr. phil. an der Universität Bonn 1952, Habilitation dort 1960, Professor für Deutsche Philologie und Allgemeine Literaturwissenschaft an der Freien Universität Berlin 1961–1971, seither an der Universität Heidelberg. Publikationen mit rezeptions- und wirkungsgeschichtlichen Fragestellungen: *Eichendorffs Wandel unter den Deutschen. Überlegungen zur Wirkungsgeschichte seiner Dichtung.* Zuerst in: »Festschrift für Richard Alewyn«, 1967, erweitert in: *Die deutsche Romantik,* hg. von H. Steffen, 1968. *Reimsprecherkunst im Spätmittelalter. Eine Untersuchung der Teichnerreden,* 1970. *Der Dichterfürst,* in: *Dichtung, Sprache, Gesellschaft,* hg. von V. Lange u. H.-G. Roloff, 1971. *Über die öffentliche Verantwortung des Schriftstellers,* in: *Poesie und Politik,* hg. von W. Kuttenkeuler, 1973. *Beiträge zur Wissenschaftsgeschichte,* von 1966–1971 bibliografiert in: Herfurth/Hennig/Huth, *Topographie der Germanistik. Standortbestimmungen,* 1971, dazu: *Wissenschaftsgeschichte und Forschungsplanung,* in: *Historizität der Literatur,* hg. von W. Müller-Seidel, 1973.

Wolf Lepenies, geb. 1941, Professor am Institut für Soziologie der Freien Universität Berlin. Veröffentlichte Zeitschriftenaufsätze; *Melancholie und Gesellschaft,* Frankfurt/Main 1969; *Orte des wilden Denkens. Zur Anthropologie von Claude Lévi-Strauss* (Herausgeber mit Hanns H. Ritter), Frankfurt/Main 1970; *Kritik der Anthropologie. Marx und Freud, Gehlen und Habermas, Über Aggression* (zusammen mit Helmut Nolte), München 1971.

Michael Pehlke, geb. 1943, Studium der Germanistik, Publizistik und Theaterwissenschaft an der Freien Universität Berlin, anschließend Literaturwissenschaft, Linguistik und Philosophie an der Technischen Universität Berlin. Aufsätze in »Sprache im Technischen Zeitalter«.

Peter von Polenz, geb. 1928, Professor für deutsche Philologie und Linguistik an der Universität Heidelberg. Veröffentlichungen u. a.: *Funktionsverben im heutigen Deutsch,* 1963; Ge-

*schichte der deutschen Sprache,* [7]1969; *Sprachpurismus und Nationalsozialismus* in »Germanistik – eine deutsche Wissenschaft«, 1967.

Herbert Singer, 1923–1970, Professor am Institut für Deutsche Sprache und Literatur der Universität Köln. Veröffentlichungen: *Rilke und Hölderlin,* 1957; *Der galante Roman,* 1961; *Der deutsche Roman zwischen Barock und Rokoko,* 1963.

Peter Wapnewski, geb. 1922, Professor am Seminar für deutsche Literatur des Mittelalters der Universität (TH) Karlsruhe. Bücher und Aufsätze vor allem zur sog. Blütezeit der deutschen Literatur des Mittelalters. Publizistische Arbeiten u. a. zur Universitäts- und Fachsituation und zum Theater.

Harald Weinrich, geb. 1927, Professor für Linguistik an der Universität Bielefeld. Veröffentlichungen u. a.: *Tempus – Besprochene und erzählte Welt,* 1964; *Linguistik der Lüge,* 1966.

# Geschichte der Philosophie

Herausgegeben von
François Châtelet

ein Ullstein Buch

Band I
Die heidnische Philosophie
Ullstein Buch 2991

In Vorbereitung:

Band II
Die Philosophie des Mittelalters

Band III
Die Philosophie der Neuzeit

Band IV
Die Aufklärung

Band V
Philosophie und Geschichte

Band VI
Die Philosophie im Zeitalter von Industrie und Wissenschaft

Band VII
Die Philosophie der Sozialwissenschaften

Band VIII
Das XX. Jahrhundert

# Haupt-strömungen der sozialwissen-schaftlichen Forschung

Herausgegeben
von der UNESCO

Folgende Bände sind
bisher erschienen:

ein Ullstein Buch

**Stein Rokkan**
**Vergleichende Sozialwissenschaft**
Ullstein Buch 2918

**O. Lange / W. Brus / T. Kowalik / I. Sachs**
**Wirtschaftswissenschaft**
Ullstein Buch 2919

**W. J. M. Mackenzie**
**Politikwissenschaft**
Ullstein Buch 2923

**Raymond Boudon**
**Mathematische Modelle und Methoden**
Ullstein Buch 2942

**Jean Piaget**
**Erkenntnistheorie der Wissenschaften vom Menschen**
Ullstein Buch 2950

**Paul F. Lazarsfeld**
**Soziologie**
Ullstein Buch 2956

**Pierre de Bie**
**Problemorientierte Forschung**
Ullstein Buch 2962

**Jean Bourgeois-Pichat**
**Bevölkerungswissenschaft**
Ullstein Buch 2963